Viagem à Calábria

Viagem à Calábria

Sérgio Capparelli

1ª edição

EDITORA RECORD
RIO DE JANEIRO • SÃO PAULO
2014

CIP-BRASIL. CATALOGAÇÃO NA PUBLICAÇÃO
SINDICATO NACIONAL DOS EDITORES DE LIVROS, RJ

C247v Capparelli, Sérgio, 1947-
       Viagem à Calábria / Sérgio Capparelli. – 1. ed. – Rio de Janeiro:
       Record, 2014.

       ISBN 978-85-01-02424-4

       1. Romance brasileiro. I. Título.

                                        CDD: 869.93
14-11086   CDU: 821.134.3(81)-3

Copyright © by Sérgio Capparelli, 2014

Texto revisado segundo o novo Acordo Ortográfico da Língua Portuguesa.

Direitos exclusivos desta edição reservados pela
EDITORA RECORD LTDA.
Rua Argentina, 171 – 20921-380 – Rio de Janeiro, RJ – Tel.: 2585-2000

Impresso no Brasil

ISBN 978-85-01-02424-4

Seja um leitor preferencial Record.
Cadastre-se e receba informações sobre nossos
lançamentos e nossas promoções.

EDITORA AFILIADA

Atendimento e venda direta ao leitor:
mdireto@record.com.br ou (21) 2585-2002.

Deixa de ser bobo!
Pra que se preocupar
com alegrias rasas dadas de favor?
Pra que se preocupar
com a rejeição?
Por que se debater no mar
ajudando os outros
ou ser por eles abandonado?
Como chegar ao Imperador Amarelo
ou a Confúcio
para marcar uma consulta?
Quem foi que disse
que seu corpo não é um sonho?

Wang Wei (701-761)

1
Viagem à Calábria

Estou aqui na Itália, agora, para cumprir uma promessa que nunca fiz. Nunca fiz, mas agora cumpro. A de meu pai ver a Itália com os meus olhos. Não promessa lacrimosa, de matriz melodramática. Não, isso, não. Mas o que posso fazer? De vez em quando a realidade segue esse caminho. Muitos e muitos anos atrás meu pai me pediu dinheiro para ver a Itália antes de morrer. Eu não tinha. Melhor, não quis emprestar. E só agora venho à terra que ele tanto queria ver e lhe empresto meus olhos. Com eles, verá a terra que tanto amava.

Se entrar em cunha na paisagem, tenho, à minha esquerda, a 50 quilômetros, a entrada nos Alpes por Montereale e Barcis. E, à minha direita, o Mar Adriático, com as praias de Caorle, Bibiano ou Lignano Sabbiadoro. Às minhas costas, Veneza. À minha frente, Trieste. Mas não é aqui, San Vito, que eu pago o que não prometi. Esta pequena cidade onde moro é um posto de passagem. Já o que pago divido em prestações, mais ao sul.

No fim da tarde, me sento na Piazza del Poppolo, abro os olhos, e meu pai examina detidamente as pessoas, as crianças de bicicleta, o campanário, a Loggia Publica e a Porta Scaramuccia. E, 50 anos depois, meu pai aprova o que vê com um leve movimento da cabeça. Eu fico comovido. E, por minha vez, repasso com esses mesmos olhos o que ele viu: as pessoas, as crianças de bicicleta, o campanário, a Loggia Publica e a Porta Scaramuccia.

Me lembro de dizer ao meu pai, chega aqui, pai, não fique repassando lugares. Alguns selvagens, por exemplo, incendeiam acampamentos de ciganos, porque não gostam de quem chega. É uma situação muito diferente do que aconteceu com o senhor, quando chegou ao Brasil. Há também aqui sociedades secretas e seus clãs dominam a política em pequenas e grandes cidades. E, se alguém os combate, seus membros pactuam com a máfia do Estado para derrotá-los.

Mais para o norte, de Milão até a fronteira suíça, no Vêneto e em outras regiões, estudiosos tentam sem sucesso entrar em contato com algumas tribos isioladas da Padânia. Dizem que esses selvagens, sem contato com a civilização, têm o costume de comer um coração de negro no almoço e um coração de gay no jantar. Mas preferem sobremesas sortidas: nariz, orelha ou joelho de napolitanos e calabreses.

Mas, pai, não se preocupe, pode ser só a primeira impressão.

O senhor se lembra de quando mamãe queria saber se algum lugar era aceitável de se viver? Ela perguntava: A água é boa? O povo é bom? Sim, pai, aqui o povo é bom e a água é boa, e posso concluir com mamãe: este é um lugar bom de se viver.

Olho de novo a praça. As mães de bicicleta com as crianças. O dono da imobiliária apressado. Os cafés sobre as mesas do terraço. *Cappuccino*, café *ristretto* ou americano. E os jornais abertos. *Corriere* e *La Reppublica*. E observo mais uma vez o seu *paese*, pai, mesmo que seu *paese* de verdade esteja mais longe do que os seus olhos conseguem avistar.

Naquele tempo eu não tinha dinheiro para te emprestar, papai. Quer dizer, tinha como ajudar com o dinheiro da passagem, mas economizava para algo que julgava mais importante, não para uma viagem saudosa de um pai frágil. Por isso não te emprestei. É por isso que todo dia observo o movimento da praça, para que o senhor também o veja, com esses olhos de empréstimo.

No instante seguinte, a praça muda e entro em um sonho. Estou numa quermesse. Não sei onde, nem por que, mas numa quermesse de línguas estranhas. E não entendo quem você é. A música toca. Me ouço dizer: é você, certeza, a música! E o relógio da sala do apartamento de baixo bate duas da madrugada, e eu me digo, é tarde, pai, as magnólias já se descabelam no caminho de Savorgnano. Ouço então estalos. Viro-me na cama. Quero paz; paz; pai, quero dormir.

Mas é impossível. Não consigo. A quermesse prossegue agora no jardim da velha senhora, que pede sempre para o mundo dormir na hora certa, sem tentativas de evasão e desculpas incendiárias, dessas que deixam a boca e o coração em descompasso. Aí me levanto, pisando duro, cheio de ódio, e me ponho a escrever esta carta. Passe bem, pai, passe bem, e me dê também um pouco de paz.

E aí, me ergo, esfregando os olhos, e me insurjo. Não, não pode. Minha vida quer imitar dramas lacrimosos. Alto lá! E no instante seguinte já estou com Zuddio na Torre dos Turcos, perto de Spezzano Albanese, na Calábria. O assunto é o mesmo. Havia comentado alguma coisa sobre telenovela, com a obsessão de pais em busca de filhos, de filhos em busca de pais ou de Caim em busca de Abel. Nessa busca, disse a Zuddio, algumas famílias chegam a se reconstituir, se bem que depois de 300 capítulos, com muita luta e muitas lágrimas.

Ele estava distraído. E disse: o homem sente necessidade de suas origens. Falei: ótimo, assim poderá se consolar. Consolar-se em relação a quê? Respondi: em relação a esse grande mal-entendido que é a vida. Para ser sincero, nunca fui muito tentado a voltar às raízes. Até porque meu GPS de relações familiares não consegue enquadrar afetos.

Mudei de assunto: quer dizer que Vô Giacomo trabalhava aqui na Itália? Zuddio mostrou-se surpreso: trabalhar? Seu avô não trabalhava. Seu avô nasceu de férias. Passava os dias debaixo daquelas oliveiras, tocando violão... — e apontou para uma mancha verde na encosta da colina. Está vendo a igreja? Ao lado dela fica o cemitério e, no cemitério, tem oliveiras brancas. Há muitos e muitos anos, Gaetaninho trouxe as mudas de Portugal.

Ele contou que sua mãe tinha se encantado, pois as oliveiras de Spezzano Albanese eram de um verde mais escuro. Logo sua mãe havia descoberto que as brancas almas dos que morriam pousavam nas pálidas oliveiras, esperando o momento de serem conduzidas ao paraíso. Por isso, disse ele, de cada folha, de cada fruto do olival, de cada tronco, uma alma nos espia. Mamãe perguntava: não ouvem as vozes?

Zuddio ia contando sobre as almas do olival, e sua história me parecia familiar. Já tinha lido sobre isso em algum lugar.

Mas onde? Não sobre a mãe de Zuddio, certamente, mas sobre o pavor de alguém de noite avistando o córtice das oliveiras brilhando na escuridão. Zuddio encerra: com as velhas oliveiras transpirando as visões retorcidas no tombadilho que iria levar meu pai de volta para o Brasil. Perguntei: mas, Zuddio, essa história foi assim mesmo? Com essas palavras? Ele me olhou surpreso. Claro que foi assim, e as oliveiras ainda estão aí, de prova.

O que Zuddio contava me comovia e a um só tempo me inquietava. Eu tinha conhecido em algum lugar uma plantação como aquela. Não de olivas, propriamente. O fruto não importava, mas as almas espiando entre as folhas, sim, me davam calafrios. Ao mesmo tempo, encantava-me saber que vovô tocava violão debaixo das oliveiras, para distrair as almas brancas antes da longa viagem.

Como eu não reagisse, Zuddio mudou de assunto. E contou que nossa família tem também gente de coragem. O Francesco, por exemplo. Bem diferente de seu avô, foi o primeiro a se alistar. Perguntei: um herói? Sim, disse ele, de boca cheia, um herói: o primeiro a morrer, no primeiro tiro da primeira batalha. Seu nome está no monumento aos caídos da Primeira Guerra. Mas eu tinha dificuldades de me centrar no que ele falava. Onde mesmo havia um jardim, de onde as almas espiavam?

Calamo-nos, então, diante da Torre dos Turcos, admirando, de um lado, a Praia de Sibari, no Mar Jônico, e, do outro, mais ao norte, o Monte Pollino. Imaginei um menino de antigamente, no alto da torre, perscrutando o mar, para alertar seu povo sobre a chegada das naves turcas. Talvez eu tivesse dito alguma coisa em voz baixa. Talvez Zuddio tivesse confundido palavras com o som do vento. E me corrigiu: não é Torre dos Turcos, mas dos Sarracenos. Está bem, eu disse, dos Sarracenos. E continuei: o menino, que podia ser meu pai, procura uma nave turca dentro do filme da sua infância. Esse menino protege os olhos, por causa da intensa luminosidade, no alto da torre. Zuddio, aturdido com o zigue-zague de meus pensamentos, diz: o mar está a 19 quilômetros e isso foi o que restou da torre.

E, desde então, nos últimos 12 meses, tudo parece se repetir. Às vezes, verbalizado. Outras vezes, drama na sua forma bruta. Ou melodramas, que só existem enquanto narrativas. Daí os dividia, aparando arestas para ver melhor. Aos poucos recriei cenas sob um olhar mais suave. Um olhar quase amoroso. Como se, por obrigação ou dever, ajeitasse o que tinha restado numa esteira, cujos dois varais se estendiam às ancas de um cavalo branco chamado memória.

Nem sempre se renovava o olhar porque no instante seguinte era eu mesmo o cavalo branco, espantado com a grandeza do mundo. Sabia que a vida era cheia de inconvenientes. Por isso ofegava temeroso e fascinado ao mesmo tempo, achando que, se corresse, liberaria a claridade represada. Que era minha metáfora, enfim. E, mais importante do que desmontá-la, prometia seguir junto com ela, ao ponto de fuga. Sem saber o que fosse de verdade. Se saudade, avesso desse mesmo fascínio, ou puro medo. De novo embaralho tudo.

Impressão de estar permanentemente me afogando na grandeza das coisas. Apequenar-me até virar um cisco no olho da memória. Com dor ou culpa? Desconhecia a resposta. Vô Giacomo, por exemplo, reuniu o que tinha economizado e abriu um armazém de secos & molhados na beira da estrada que cortava o cerrado. Com o que sobrara, encomendou um terno branco e comprou um cavalo negro chamado Bocconi. E, de tardezinha, deixava um ajudante cuidando da loja no Prata e saía com o Bocconi pelas veredas, procurando uma mulher para casar.

Se ouro não havia, mulheres menos ainda. E ele, em profunda melancolia. Uma vez, perto do Rio das Velhas, passava por um casebre quando viu uma jovem na frente de casa. Ela segurava uma vassoura. Visão bíblica, contou Tia Maria mais tarde. Imediatamente apaixonou-se pela vassoura. Tinha encontrado uma vassoura exemplar. Posso ver? A jovem ruborizou. Ver o quê? Depende... A vassoura. Soube que se chamava Arzelina e era órfã. Cuidava de duas irmãs menores, sozinhas na casa de adobe desde o falecimento da mãe. Despediram-se. Naquela noite, a imagem bíblica da vassoura entrou no seu sonho. Varria e limpava. Ele nem se lembrava mais de que rosto ela tinha, mas da cor, tipo, qualidade da piaçava, ah, disso se lembrava.

Um mês depois foi buscá-la, a vassoura, trazendo-a na garupa do cavalo. Ela vinha calada, enlaçando-o na cintura. (Nessa parte, quando conta a história, Tia Maria dá uma risada.) Chegaram ao anoitecer. Ela estava ainda com seu vestido branco e um olhar de capivara no mormaço. Ao entrarem no quarto, teve de abrir caminho entre as mortadelas, linguiças e salames pendurados das traves do teto, nas janelas e no guarda-roupa.

Ele desculpou-se: trabalhava muito, não tinha tido tempo de preparar o quarto nupcial. Ela disse que não tinha importância. E, depois de passar por entre mortadelas e salames, arrumou a cama. Ele esperou calmamente que terminasse a arrumação, pois queria que ela lhe tirasse as botas, o que ela fez.

Ao fechar a porta do quarto para ir ao leito, descobriu a vassoura. Nova. Seus olhares se cruzaram. Os dela baixaram. Os dele cintilaram. E ele disse: não precisa varrer agora nem fazer toda a limpeza da casa. Isso pode ser feito mais tarde. Em primeiro lugar, os prazeres. O que não significa que carece de prazer o trabalho doméstico.

E, tanto tempo depois, na Piazza del Poppolo de San Vito al Tagliamento, me dava conta do quanto era difícil substituir o olhar de outra pessoa. E, se eu não olhasse a paisagem com os olhos de meu pai, mas, com uma esperteza atroz, eu contemplasse as minúcias do mundo com os olhos dele: o canto das rolinhas que também aqui levantavam voo, as oliveiras descabeladas nas colinas esperando a colheita, os carros que surgem de repente numa curva estreita, tudo, enfim, espiando sem nada ver.

Ele morreu com 75. Tenho 65. Dez ainda de vida?

Ouço Zuddio comentar: um bom menino, seu pai! Aqui, em Spezzano, fez parte do coro dominical, cantando aos domingos no santuário da Madonna delle Grazie. Um dia, no meio da festa da Madonna, cantou em grego, assustando os fiéis, que temiam um acirramento da questão religiosa. Todo mundo sabia que o ritual grego tinha sido suprimido em 1668, quando a Igreja Católica Romana estendeu sua influência sobre todo o Sul.

As autoridades eclesiásticas da época temiam a Reforma de Lutero e queriam a Calábria falando com uma única voz. D. Nicola Basta, bispo de rito ortodoxo, foi exilado em San

Lorenzo del Vallo, depois sequestrado e, como não queria abjurar o rito bizantino, morreu à míngua nas masmorras dos Spinelli, no Castelo de Terranova. E, de repente, a voz de D. Nicola Basta ascendia na nave do santuário, vinda do coral infantil.

Imaginei meu pai cantando com uma voz antiga, alguma coisa sobre o mar, de olhos voltados para a Grécia. Sua voz reboava pelo átrio como, em Minas, muito mais tarde, percutia o espelho de um pesado armário que tinha pertencido ao meu avô Giacomo, retinia nas panelas da cozinha e saía pela janela encantando os vizinhos. Outra voz, a de Zuddio, vinha interromper minhas divagações: aos 12 anos seu pai entrou para um grupo de teatro popular anarquista. Uma pena! O pároco pediu que ele fizesse uma opção, e ele escolheu o teatro.

2
Mare Nostrum

O lugar onde nos encontrávamos chamava-se Morano. Tinha, como uma de suas origens etimológicas, "Murenu", no dialeto de morano, ou "Morano", pelo fato de ser fundada e habitada pelos mouros — veja bem, apenas uma das possibilidades, pois pode ser também "Muranum" da época romana. Estávamos, dizia, nessa Morano adjetivada Calabro por causa de Morano sul Po, no norte da Itália, quando, à queima-roupa, Zuddio diz que somos descendentes de albaneses.

Diante de meu silêncio, prossegue: seu nome vem do ofício de fazer *cappa*, pequena capa, tradicional entre os rabinos de Berat, Durazzo, Elbassan e Valona, na Albânia, alguns ali morando desde os romanos, outros fugidos da Inquisição espanhola e outros, ainda, chegados depois de 1673, quando o falso messias Shabbetai Zevi ali aportou, exilado pelos turcos. Shabbetai Zevi morreu em Dulcigno, no dia 30 de setembro de 1676. Não é à toa, prossegue Zuddio, que ainda hoje existem ruínas de sinagogas castelhanas, catalãs, sicilianas e portuguesas em toda a Albânia. E também dos asquenazes, pois alguns desceram da Galícia oriental pela Polônia, Hungria e ali ergueram templos. E, como pode perceber, um dia entramos dentro delas.

Boeeeiiiiingg!

Eu me apoio no muro de taipa e fico um tempo absorto. E Zuddio explica agora ao meu irmão, que veio comigo nessa viagem: Shabbetai Zevi foi expulso de Smirna pelos próprios rabinos depois de dirigir uma cerimônia de núpcias, em que ele mesmo era o noivo, tendo por noiva o Torah.

Boeeeiiiinnnnnng!

Entrei em pânico de identidade. *Scusa*, isso não é nada certo, não que eu queira te ofender. E eu lhe disse calmamente: eu não sou judeu, Zuddio. Nunca fui. Mas isso não me ofende. Pelo contrário, me enche de alegria, se bem que nada tenha feito por merecê-lo.

Podia ter muitas origens. Brasileiro, italiano, albanês, turco ou galego. Um turco olhando o mar, deixando Smirna para atacar Dulcigno numa Albânia de ilírios — foi veneziana — e ali chegando, em novo êxodo com a estrela de davi, instalar-me no sul da Itália, até abrir os olhos e descobrir as flores do cerrado de Minas. Surpreso, me levanto, e no cerrado navegam barcos gregos, com meu pai cantando na proa.

Novamente meus olhos se erguem para o que restou da Torre dos Turcos, e vejo um menino com os olhos postos no horizonte, à procura das naves inimigas. De repente, tremula uma bandeira no mastro de uma nave imprecisa. Essa bandeira é vermelha. E, estranhamente, o menino não sente medo. A brisa sopra e a bandeira drapeja.

O menino esfrega os olhos e a torre se transforma em cajueiro. A bandeira das naves turcas são roupas no varal. E o azul do Mar Jônico, o verde do cerrado. Finalmente, o canto de um passarinho no galho da casuarina transforma-se no canto do passo-preto na gaiola. Esse canto entristece o menino porque, se ele não cantar bem, a mãe do menino promete furar seus olhos, para que cante melhor.

O menino ouve o canto do passo-preto e se enternece. Sabe que existe uma maneira de salvar o pássaro: servir-lhe uma medida de cânhamo com três medidas de alpiste. Por isso esse menino, que sou eu, decide descer da árvore e tentar mais uma vez salvar o passo-preto, comprando cânhamo no Armazém Tóquio.

Dona Japonesa faz garranchos numa folha. O que é isso? Dona Japonesa responde: jornal. Isso aqui é um jornal. Eu não fico satisfeito: jornal eu conheço e jornal tem letras. Esse não tem. Ela parece surpresa com minha ousadia. E eu, surpreso com um jornal sem letras. Não tem letras, mas é jornal.

Eu, que sabia de Japão, capital Tóquio, achei estranho jornal de garranchos. Fiquei junto do balcão para observar melhor a vida dos japoneses do Japão, capital Tóquio. Mais alguma coisa? Não, nada. Ah, sim, uma coisa. Me diz o que está escrito aqui. Dona Japonesa, atenciosa, põe os óculos de leitura: produção de carros japoneses aumenta 7% em 1959. Não me movo. Surpreendente, para mim, que houvesse pessoas capazes de ler rabiscos tão complicados. O progresso tinha chegado finalmente a Uberlândia, mas, pelo que eu via, tinha chegado também ao Japão, capital Tóquio. Havia alguma relação com o Cobiça-Cheque e Brasília?

E por que não escrevem direito, como em português? Muito mais fácil... Seu Tobe ou Seu Tashi, eu não sabia ao certo o nome dele, levanta-se da cadeira de balanço mais ao fundo e vem até o balcão. Ele diz: para um japonês é mais fácil ler o que está escrito em japonês. Para um português ou brasileiro, é mais fácil ler o que está escrito em português. Falou, falou, falou e eu exclamei: ah, é? Só que dessa vez meu *ah, é* era falso, porque disso eu sabia, não precisava de ele me explicar.

Mudava naquele mesmo instante minha imagem de Japão, capital Tóquio, perto da China, capital Pequim, e da Coreia, capital Seul. Antes, Tóquio era apenas um nome que eu tinha decorado por conta própria, em um livro de geografia. Agora esse nome se enchia de casas, e de prédios, e de avenidas e de pontes. Tóquio era um lugar de jornais, que anunciavam 7% de aumento de venda de carros. Não me contive: Japão, capital Tóquio, tem cidades grandes como Uberlândia? Prédios como o Tubal Vilela, com quase uma dúzia de andares?

Seu Tobe ou Tashi: e também fábricas de fabricar carros de verdade e não só charretes. Nossa! Pela primeira vez alguém me dizia que o mundo não acabava no cerrado. Alguma coisa existia além de plantas e pessoas raquíticas. Quer dizer, já sabia, mas não ditas por alguém assim, como um japonês. Dona Japonesa põe uma concha de semente de cânhamo dentro de um saquinho de papel e diz: fala para sua mãe que vão proibir o uso de semente de cânhamo, inclusive pra passarinho. Eu pergunto: é o Jusça que vai proibir, Dona Japonesa? O Cobiça-Cheque?

Eu sabia que aquele danado estava construindo uma cidade com asas no cerrado. Mas será que Dona Japonesa e Seu

Japonês sabiam? Se não sabiam, melhor não contar, porque levariam um susto. Que nem eu, quando soube. Melhor dizer outra coisa: Dona Japonesa, esse cânhamo é bom mesmo? Da outra vez os passarinhos comeram semente do coxo, mas cantar mesmo, neca! Mamãe disse que, se continuar assim, vai furar o olho do passo-preto, pra ele cantar melhor. Que tal um cânhamo de qualidade, né? Seu Japonês é quem responde: experimenta um pouquinho dessas folhinhas. Duvido que eles não cantem melhor! Olhei as folhinhas. Que folhinha é essa? Ele respondeu: *Cannabis. Cannabis*? Sim, *Cannabis*. Qual a diferença do cânhamo e *Cannabis*? Quase igual. Cânhamo é a semente. *Cannabis*, folhas. Mas diz pra sua mãe que logo vão proibir tanto o cânhamo quanto a *Cannabis*. Quem vai proibir? Respondeu: o governo. O Jusça? Sim, o Dr. Juscelino Kubitschek de Oliveira. E também a ONU. Em seguida, diante dos olhos preocupados de Dona Japonesa, Seu Japonês ajuntou um punhado de folhinhas: assim é melhor, mas cuidado, muito cuidado, faz um bom chá para o seu pai, não esquecendo de pôr junto um pouco de manteiga: o passo-preto e seu pai vão ficar mais alegrinhos e cantar melhor.

Na volta, encontrei um bilhete em cima da mesa com as instruções: uma medida de cânhamo e três medidas de alpiste. Lia o bilhete quando, de repente, papai encheu a casa com sua voz, triste, triste. De novo saudades de alguma coisa. Sempre assim. Deitado na cama, com as mãos sob a nuca, soltava uma voz melodiosa. Às vezes música de igreja, porque ele por pouco não tinha se ordenado padre. Mas tinha largado a batina e se casado. Com minha mãe, claro. Oito filhos de enfiada, que nem contas de um terço. Depois tinha sido do

Banco Franco-Brasileiro, agência de Formiga, depois dono de uma loja no Centro, que foi à bancarrota. Não dava para negócios, meu pai. Um dia Seu Valdemar não me viu e disse: ah, o Seu Rafael é meio lelé.

Eu não gostava de papai triste. Preferia-o reunido com a Abigail e o Alex, na leitura dramática. Era tão engraçada aquela voz forte de papai, ecoando na casa, alternada com a voz da Abigail, que na peça tinha o nome de Antígona. Era um riso e uma alegria sem fim. Agora, você veja, no meio do cerrado, papai querendo discutir com a Abigail, que era Antígona, se ela podia enterrar seu irmão. Acontece que meu irmão ainda nem tinha morrido. Depois, cansado de teatro, cantava belezas que só ele via.

Cheguei à porta para espiar, mas papai estava longe, entretido com as palavras que saíam de sua boca que nem passarinho pegando penugem. Se pudesse, ouviria papai cantar até mais não poder, mas mamãe tinha deixado uma ordem precisa: três medidas de alpiste e uma de cânhamo.

Levei o alpiste e o cânhamo para o viveiro, imaginando o que usaria para calcular as proporções certas, três medidas de alpiste e uma de cânhamo, ia repetindo, conforme estava no bilhete, três medidas de alpiste e uma de cânhamo, talvez o dedal da Abigail, três medidas de cânhamo e uma de alpiste. Com o dedal, fui calculando, três de cânhamo uma de alpiste, enchi o coxo dos canarinhos, troquei a água, igualmente as das gaiolas dos canários-belgas, dos bicudos, do passo-preto e dos periquitos-australianos.

A voz de papai ficou mais forte. Clarinha, clarinha, que nem água de mina. Meu maior desejo era que papai voltasse a ficar alegre. Mas ele tinha esquecido o gosto de viver, discutindo horas e horas com a mãe, depois que todo mundo dormia. Às vezes ele chorava também e quando ele chorava a noite ficava ainda mais escura.

Faltava ainda mudar a água dos passarinhos dentro do viveiro. Ao abrir a portinhola, para esticar o braço e pegar a vasilha de água, o passo-preto se jogou. Senti o bater de asa e avancei com o corpo, criando uma barreira para ele não fugir. Senti então no seu rosto o pânico. O ódio por estar preso. Ou ainda, o pavor por furar os olhos de quem não canta bem. Não sei. Difícil saber o que vai na cabeça de um passarinho. Ele deu-se conta de que fizera o que não devia e voou novamente para o fundo do viveiro, com um pouco de vergonha.

O resto do cânhamo misturei com o farelo no coxo das galinhas e dos patos. Ia saindo quando me lembrei do chá que tinha prometido fazer para o papai. Fiz uma jarra inteira com folhinhas e manteiga que me tinha dado Seu Japonês, pois achei que sua tristeza era muito grande. Depois experimentei. Estava bom, o chá. Conferi mais uma vez. Papai iria amar.

E corri, porque o César já estava me esperando de cara amarrada. Ainda ouvi papai dizer que eu era um menino muito bom. Só tive o tempo de responder que não se esquecesse do chá e passei sebo nas canelas. Na frente da venda, Seu Valdemar comentou que papai hoje estava inspirado: não para de cantar! Sim, não para, Seu Valdemar. E o César? Está te esperando no campo. Ah, bom, então até mais. Deviam estar ansiosos para começar o jogo. E frustrados com as toras de madeira da fábrica de móveis que invadiam parte do campo. Coisa de Brasília, diziam, porque agora, tudo que a cidade produzia, o Cobiça-Cheque levava para dar para os candangos.

Anoitecia, com uma lua redonda atrás da Fábrica de Banha Piau. Onze anos eu tinha! Nossa, estava ficando velho! César gritou: ei, está atrasado! Sei disso. O que estava fazendo? Negócio do meu pai. Um chá pra ele perder a tristeza. Bicanca caçoou: não sabia que chá tirava tristeza. Essa é nova. Tira, sim, eu disse. De que, o chá? Umas folhinhas que Seu Japonês arrumou para o papai. Ajuda a cantar melhor. Não vem me dizer que não conhece *Cannabis*? Claro que conheço, ele mentiu, bebo todo santo dia, antes da escola.

De repente, olhei para a a ola no meio do campo e disse: essa bola é muito engraçada. Todo mundo olhou a bola. Eu repeti: muito engraçada, assim, toda redonda. César pegou a bola do chão. Logo se viu rodeado pelos outros jogadores. Eu disse: engraçada demais. Olha só a redondice que ela tem! — e comecei a rir.

Jogamos até tarde. Às vezes eu ficava um pouco tonto, mas assim mesmo marquei dois gols. César falou que era sorte. Que eu era um perna de pau sortudo. Eu respondi: acho que é por causa da qualidade redonda da bola. Ele não entendeu e continuamos a jogar. Recebi a bola pelo alto e saltei. E no instante do salto me dou conta de que ela era mesmo muito engraçada, vindo pelo alto. E eu, muito louco, me esforcei para alcançá-la. Me sentia leve. Uma pluma, pois tinha perdido peso e densidade. Bati de testa. E senti o baque, pois o que tinha cabeceado era a lua cheia. Com o choque, ela desgovernou, picou e repicou no escuro e desapareceu na Via Láctea.

Gritei GOOOOL, com letras bem maiúsculas.

Nem pude comemorar. Estava zonzo. Zonzo demais, sô. Aff! Solto no ar. Demorava um tempão pra tocar o chão.

Dava até vontade de dormir ali mesmo, entre as nuvens. Será que mamãe deixava que eu transferisse minha cama para a Via Láctea, num gol esticado e feliz? Onde é que eu vou guardar minha bicicleta nova, se ganhar uma? Viche! Nunca chegava. Por fim, toquei o chão e desabei como um saco vazio.

Muito louco. Dentro e fora. Examinei o céu, para ver se a lua estava de novo no centro do campo. Está se sentindo bem? O quê? O quê? E ria a mais não poder, pois minha língua tinha desaprendido a falar. Sim, bem demais, cabeceei a lua — apontei para o céu. Que coisa! Cesinha perguntou: bebeu de novo o vinho de seu pai? Eu ri, porque o Cesinha também era muito engraçado. Não, não bebi. Cochicharam um pouco sobre minhas condições físicas. Cesinha insistiu: não bebeu mesmo?

Uóchinton coçou a cabeça, aproximando o rosto do meu. Diz: ah! Eu disse: ah! Uóchinton respirou fundo e balançou a cabeça. Disse: o bafo não é de vinho. Bebeu não, tenho certeza. Cesinha falou: melhor suspender o jogo. Acontece alguma coisa e somos culpados. Lena sugeriu: quem sabe bebemos um guaraná no Seu Valdemar? Eu respondi: é muito, mas muito engraçada mesmo. Todo mundo começou a rir junto, porque a lua, toda circunferência e redondeza, estava uma graça!

A avenida, na volta, estava agitada. Cachorros latiam. Gritos entrecruzados. Dona Análía corria para tirar a roupa do varal. De repente, uma pata branca, com a ninhada de patinhos, atravessou a rua despreocupada, fazendo um Scania bufar nos freios. A pata chegou do outro lado da rua e começou a rir do susto do motorista. Pelo ar chegava uma música alegre e repicada. César disse: é seu pai, só pode ser ele. Meu pai como? Seu pai, não está vendo? Tocando violão. Papai tocando violão?

Vovô tinha dado o violão para ele antes de morrer. Agarrados ao instrumento, seus dedos extraíam o ritmo ágil e divertido. Os trabalhadores da Bisson e da Banha Piau seguiam o ritmo com leves movimentos do corpo. No meio da pequena multidão tinha uma mesa de madeira e sobre ela um jarro de vidro quase cheio. Agenor, da Claudinha, dançava em volta, à procura do ritmo certo. Os outros batiam palmas. De vez em quando um trabalhador aproximava-se da mesa, enchia o copo de chá e voltava para o seu lugar. Parecia um ritual, pois, depois do copo cheio, exclamavam "Eta chazinho bom, sô!", e caíam na gargalhada. Papai tocava algumas músicas, cantadas ou não, depois parava para tomar chá. Pelo visto, as folhinhas do Seu Japonês estavam rendendo muito bem.

Com o tempo, fiquei chateado com a cena. Muito esquisita. Aquele papai que cantava e ria não era o papai que eu conhecia. Ele se contorcia, cochichando com o violão.

Quis me afastar mas desisti. Era como se a esquisitice de papai fosse contagiosa. Agora veja, primeiro papai sai do sério com um teatro grego no cerrado e logo depois quer ser bardo, com poesia e música. Ah, tem dó! A situação perigava. Demais. Melhor levar papai de volta para casa. Ao me erguer, encontrei os olhos sérios de Lena. Ela disse, queria ter um pai como o seu. Suas palavras me surpreenderam. Por que Lena falava assim?

Pior ainda, ela chorava. Mas Lena... Repetiu que só eu não dava valor ao pai bondoso que tinha. O que não entendo, prosseguiu, é como pode ter vergonha de um pai como esse.

Suas palavras me deixaram intrigado. Perguntei: você gosta de seu pai? Ela respondeu que preferia que ele não existisse, mas que o meu caso era diferente. Diferente como? Baixou os olhos. Ela contou então que seu próprio pai, Seu Evandro, estava levantando as asinhas para ela. Como assim? Que nem homem e mulher. Não acreditei. Lena tinha facilidade de inventar coisas.

3
Cais Santa Lucia

Poderia ter prosseguido e alguns quilômetros adiante já estaria na Torre del Greco, mas preferi parar em Nápoles para resolver assuntos pendentes. Algo exigia que as regras fossem respeitadas. O dono da loja de antiguidades me olhou com desconfiança. Pequeno, sólido e hostil. Disse-lhe o meu nome. Ele falou: também tenho o meu, Batiglioni — e riu —, estamos empatados. Não me dei por achado: passei pela encomenda. Ele pareceu desinteressado. De Duisburg, completei. Ele perguntou: tem alguma coisa por escrito? Não, não tenho. Por fim eu disse: da parte de Senhor Engelbert. Suas sobrancelhas arquearam. Ah! Tornou-se repentinamente simpático. Devia ter dito no início. E lá, estão bem? Sim, me parecem muito bem. Ele me olhou fixamente: não é você que trabalhava no restaurante? Eu disse: sim, eu mesmo. Ele falou: mas não se muda assim, nem mesmo quando a gente quer, e me deu as costas.

Chamei-o de volta: passei para dizer que mudei de ideia. Ele não me ouviu, pois entrava num pequeno cômodo ao lado. Ouvi o som de gavetas se abrindo, chaves e papéis sendo rasgados. Reapareceu. Eu sabia o que estava dentro daquela caixa. Um revólver. Encomenda que o Senhor Engelbert tinha feito para mim ao seu correspondente em Nápoles, depois de tentar em vão me explicar que vinganças desse tipo acontecem e até são necessárias, mas nunca contra um familiar, principalmente irmão. Pelo meu lado, eu já tinha concluído que o revólver servia apenas para esconder minha insegurança.

Era destinado a resolver alguns problemas com meu irmão, sim, mas um irmão que eu não conhecia. E temia que a sua ou a minha reação nos levassem a um beco sem saída. Posteriormente, mais calmo, achei tudo aquilo uma grande bobagem. Havia procurado Seu Batiglioni por deferência, devido aos laços com Duisburg e com o Senhor Engelbert. Achara melhor dizer pessoalmente que havia mudado de ideia, já que Nápoles estava no meu caminho.

Por isso, um pouco sem jeito, disse: Seu Batiglioni, me desagrada, mas passei para dizer que desisti — e apontei para a caixa que ele tinha na mão. Ele pareceu se tranquilizar. E disse: melhor assim! Quando Engelbert me falou, fiquei preocupado, porque tinha uma vaga lembrança de quem você era. E, nessas situações, medida como essa só em último caso. Eu disse: essa foi também minha conclusão. E quero pagar por todo esse inconveniente, mesmo não levando a encomenda. Ele fez um gesto, como se afastasse meu desejo de ressarci-lo, e falou: fica como está, e tenha boa sorte!

Ao sair da loja, o bafo sufocante do fim da tarde. Mas também a esperança de que, no Cais Santa Lucia, o mar me apaziguaria. Já no carro, li a placa de trânsito. Para a direita, a 8 quilômetros, Marechiaro, e, para a esquerda, Sorrento, a 43 quilômetros. E a Torre del Greco pouco mais adiante, onde um irmão desconhecido me esperava. Um dia ele disse: vou procurar na Itália o que não encontrei no meu país. Recomeçar é minha única saída.

Tinha partido com uma passagem de avião e 200 dólares no bolso. De Roma para Perugia, de Perugia para Pordenone e de Pordenone ao sul, Torre del Greco, onde morava nos últimos cinco anos. Conseguiria reconhecê-lo, depois de tanto tempo? Essas perguntas tinham o poder de me comover e de me inquietar ao mesmo tempo. Subo uma colina para chegar à sua casa, na periferia de Torre del Greco, encho os pulmões novamente com a brisa que chega do mar, freio e saio do carro. E me descubro calmo e tranquilo, na frente de um mar azul que se perde de vista.

Quando essa porta se abrir, o desconhecido que é meu irmão aparecerá, estendendo a mão e dizendo: muito prazer, sou seu irmão, e eu, estendendo a minha: muito prazer, sou também o seu, e a porta então se abre, ele diz: entre, e entro, passando ao lado daquele tipo estranho. Seguimos para a sala onde um apresentador criticava na tevê a situação caótica de Nápoles, prometendo uma nova emergência para a questão do lixo, mas meu irmão parece não escutá-lo, desliga o televisor, senta, senta, diz, indicando-me onde sentar, e ocupa a outra poltrona, para exclamarmos sincronizados:

Pois é!

Estendo os olhos pela sala, tudo *clean*, e me pergunto, *clean, clean*, por que *clean*? E ele pergunta: o que você disse? Eu respondo: nada, estava me dando conta de como aqui dentro está bem longe do inferno lá de fora, e pergunto: pronto para a viagem? Ele, surpreso: ah, a viagem!

De jeito nenhum me lembrava dele. Se o encontrasse na rua, seguiria adiante. Ou me lembrava? Esqueci de te falar que tenho um problema, só posso viajar amanhã. Aliás, não falei de propósito, pois queria que descansasse um pouco. Tem o mar, disse, como se soubesse que eu gostava de mar. Além disso, só me deram licença para amanhã depois do almoço.

Continuei a estudá-lo. Meu irmão, certeza, parecia bem, fisicamente. Bons dentes, o rosto ossudo, o cabelo raspado rente do crânio. Esse cara não economiza trabalho físico, pensei. Ele também me estudava e daria tudo para saber os resultados de seu exame.

Repeti: não tem problema mesmo! Havia, sobre a mesa, computador e modem de internet: Aproveito para terminar uns trabalhos. Ele não disse nada. Então eu perguntei: tem crianças? Ele olhou em volta, surpreso, e falou: ah, as crianças! Não são mais crianças. Ana trabalha em Roma, numa agência de publicidade. Raffaela estuda Direito em Salerno. Recebe a láurea em menos de uma semana.

Estava claro que a vinda de meu irmão para a Itália tinha dado certo. Evitei perguntar se estava casado. Depois me aproximei da janela, para ver o mar, mas estava de frente para um paredão do outro edifício. Por entre dois pilotis avistei finalmente uma barca iluminada navegando para o sul, talvez Capri, pode ser que sim, pode ser que não, e não quis saber se era mesmo para Capri que a barca avançava, pois isso não tinha importância e eu conhecia Capri apenas por conseguir localizá-la no mapa de meus sentimentos.

Ele perguntou: quer beber alguma coisa? Um copo d'água, respondi, sentindo sede de repente. Ele foi buscar água e eu o segui com os olhos pelo corredor. Antes que ele voltasse com a água, senti a necessidade urgente de me lavar.

Ele entrava com o copo d'água quando eu já estava de pé. Me desculpa, o banheiro? Ele pôs o copo e a garrafa de água mineral sobre a mesa e disse: corredor, segunda porta à esquerda. Por nada no mundo eu conseguiria beber a água antes de tirar aquela crosta de impureza e de fedor que eu tinha no corpo, por isso fechei a porta, abri a torneira e levei as mãos em concha cheia d'água ao rosto, uma, duas vezes, mas não me contentei e procurei sabão, e recomecei de forma obstinada, até ficar novamente tranquilo.

Meu irmão estava sentado no mesmo lugar de antes. Eu peguei o copo e ouvi o que ele dizia, entre exclamação e pergunta: e daí? Ignorava se ele se referia à água ou aos 54 anos transcorridos desde que nos tínhamos visto pela última vez. Exclamei: daí, e depois! Ele riu. Eu ri também. Dois engraçadinhos. E ficamos novamente silenciosos. Uma mosca entrou pela janela e começou a zumbir diante do buquê de crisântemos na mesa de centro. As flores tinham sido ideia dele? A mosca pousou no meu braço. Espantei-a e me lembrei de que ele era um menino muito inquieto. Zuiudo. Sim, era assim que o chamávamos, nós, os irmãos mais velhos. Foi então que distraidamente meus lábios se moveram e me ouvi dizendo:

Zuiudo!

Ele continuou sério, como se não tivesse ouvido. Ou, então, seu cérebro abria velozmente arquivos para conferir o passado. O fato de ter pronunciado seu apelido me deixou constrangido. Ideia essa, a minha! Não devia ter lembrado. Ele era o irmão mais novo, quando saí de casa. E irmão mais novo sempre tem apelidos estranhos. Que idiotice dizer "Zuiudo" a um irmão depois de tanto tempo. Ele mostrou ter compreendido minha apreensão. De tão longe só pra me dizer isso?

Ergueu-se, caminhando na minha direção. E sorriu. Disse isso só pra te deixar sem jeito. Sim, mas vamos tomar uma cerveja porque estou com a garganta seca e ao mesmo tempo me dou conta do quanto você me fez falta todos esses anos.

No dia seguinte, pegamos a Autoestrada A3, rumo a Salerno, e eu disse: velho, acho que temos ainda algum tempo sobrando e gostaria de tomar um café em Matera, na Basilicata. Onde? Mais embaixo, 250 quilômetros pelos lados do Mar Jônico. Ele quis saber o motivo e eu disse: por nada, apenas para conhecer o lugar. Uma vez li um livro escrito por Carlo Levi, um médico que Mussolini exilou na região. Ele conta como era a cidade daquele tempo. Acreditavam que, quando um caçador se perde no mato, com o tempo vira lobo. E retorna a casa como um lobo. Quatro patas, pelo, caninos, tudo. Zuiudo parece curioso: e daí? Eu dou de ombros: é recebido pela mulher, pois ela sabe de quem se trata. E nessa crença o lobo volta a ser humano? Não sei: essas coisas não ficam claras no livro. Falam sobre a transformação em lobo, mas não o que acontece com ele.

Explico um pouco mais: as pessoas de Matera moram em casas escavadas nas rochas. Cavernas? Sim, cavernas. Não naturais. Feitas pelos moradores. Como viviam há nove mil anos. Ele examinou o mapa: localizei. Passar Salerno, sair da autoestrada mais adiante, depois para Potenza e de lá a Matera. Duzentos e cinquenta e dois quilômetros. Apreciei que ele estivesse contente de ir a Matera. Ele disse: pelo menos saio um pouco. Só viajo por perto. Torre Anunziata, Castellammare, Portici, Gragnano e Nocera.

Eu estava na direção nessa primeira parte do percurso. Ele contou sobre sua vinda para a Itália, a chegada a Roma, o auxílio da Caritas, o primeiro emprego cuidando de um sacerdote doente em Perugia, sua ida para Pordenone. Falou também de outras dificuldades. Logo no início, por exemplo, faltava-lhe até mesmo um mapa. Diz: hoje não sei se por falta de dinheiro ou por não dar importância a esses detalhes. Sabia que estava no Norte. Mas onde precisamente? Em Perugia me haviam dito: pega o trem e se apresenta neste endereço. E fui. Desembarquei na estação ferroviária e me apresentei no endereço que me tinham dado. Sabia que a cidade era Pordenone e que, nos dias claros, as cristas das montanhas brilhavam de forma intensa. Mas o que me importava mesmo era estar trabalhando. Primeiro, enchendo cartuchos de impressoras, depois como manobrista numa empresa de ônibus.

Zuiudo faz uma pausa. Olha para a fachada da igreja do outro lado da rua. Suspira. E prossegue: há cinco anos, vim para o Sul. Aqui estou bem. Monto tendas... como dizer... essas coberturas de lona de feiras de indústria. Capannoni. Barraca? Sim, barraca. De até 500 metros quadrados. Estrutura de aço, coisa pesada. Sou eu também quem dirige o caminhão. Atendo os clientes, monto e desmonto as barracas.

E tem um belo apartamento, eu disse. Ele sorriu. Por enquanto. Por enquanto. Viu que eu trouxe comigo um terno? Sim, vi. Na volta, fico em Salerno. Como disse, Raffaela, minha mais nova, está se formando. Mais dois anos e tudo acabado. Ana não precisa mais de minha ajuda. Quanto ao apartamento, foi o pessoal da Caritas. De uma viúva. Construiu casa, deixou o apartamento para os filhos, que já se casaram. Como eu queria trazer minhas filhas, propôs um aluguel camarada. Quando estiver sozinho, terei de sair. Está no contrato.

Ele perguntou sobre meus filhos. Em Londres e Bruxelas, eu disse. E me calei. Falo pouco sobre meus filhos. O motivo? Não sei. Ele era ainda um estranho para mim. Esse, o motivo. E eu não queria ainda falar sobre filhos e outros assuntos particulares antes de saber um pouco mais sobre ele.

É muito esquisito estar com seu irmão dentro de um carro depois de tanto tempo. Você tira o olho da estrada, põe no navegador, para ver como estão as coisas, joga o olhar de lado e pergunta: quem é esse cara que diz ser meu irmão? Mas logo volta à estrada, os caminhões que saem da faixa de rolamento e iniciam ultrapassagens perigosas, a paisagem mais e mais castigada, mais e mais pedregosa, a autoestrada que se estreita, com menos movimento, novo desvio do olhar para o navegador e o asfalto a se perder de vista.

Uma hora e meia depois, em Potenza, meu irmão pegou a direção. Visivelmente, tinha mais habilidades que eu, especialmente nas ultrapassagens. Mãos de trabalhador braçal — no caso dele, manual, apesar de motorista de caminhão. E parecia um tipo saudável, confiante, como se a estrada fosse dele, sempre tivesse sido, e ele ali estivesse apenas para confirmar seus domínios. Como o criador de gado que vem saber se os animais estão bem alimentados e se o pasto é verde. Parece bem de saúde, comentei. Ele sorriu, satisfeito. Olhou para as mãos que seguravam firmes a direção. Disse: boas condições físicas para quem é apenas motorista. Então ele explicou que era motorista, mas também trabalhava na equipe de montagem e desmontagem das barracas. E completou: oito anos atrás, quando me decidi, me preparei muito, porque não sabia que tipo de trabalho ia encontrar. Até natação fiz, para ficar em boas condições físicas. E, quando cheguei aqui, andava de bicicleta todos os dias, dez quilômetros até a estação de trem, mais 20 minutos de viagem, outros 20 minutos na bicicleta até onde deixava a segunda bicicleta, e a volta, claro, no mesmo tempo e percurso.

Já perto de deixar a rodovia para pegar um desvio, acho que cochilei. Tinha confiança no meu irmão. Às vezes abria os olhos, conferia a estrada, e fechava os olhos novamente. Uma hora, semiadormecido, me lembrei de uma frase de Carlo Levi, falando sobre a Lucânia, onde estava Matera: *non ho mais capito se in quela sua esaltazione per i lupi ci fosse odio, o terrore, o piuttosto amore e desiderio, se quelle fughe notturne erano cacce, o convegno di amici antichissimi nella floresta*, ou seja, ele não conseguia entender se naquela sua exaltação pelos lobos existia ódio, terror, ou mesmo amor e desejo, se aquelas fugas noturnas, enfim, eram caça ou conciliábulo de amigos antiquíssimos da floresta.

No dia em que li essas palavras, estava na estação ferroviária de Turim, 35 anos atrás, procurando uma carona até Konstanz, na beira do Bodensee, onde havia conseguido emprego temporário em um restaurante. Acontece que um carro que me dera carona tinha me deixado num cruzamento difícil para prosseguir a viagem. Eu havia chegado da França, acho, sim, da França, claro, e deixado Grenoble na direção da Itália. Daquela vez não tinha ido pela estrada mais rápida, que passa por Chambery, Saint Jean-de-Maurienne e entra na Itália por Bardonecchia, mas havia optado por Bourg-Oisans e seguido por Alpe-d'Huez, passando por Les Écrins — essa a razão do desvio, apenas para contemplar a cor de um intenso azulado no fim da tarde — e Serre Chevalier, também à direita, entrando na Itália por Briançon, na França, e Susa, já na Itália. Acontece que naquele dia calculara mal os 220 quilômetros do percurso e o inverno começava. E estava eu, a poucos quilômetros de Turim, procurando carona que contornasse a cidade pela esquerda, seguisse na direção nordeste, deixando para trás Milão, Novara e entrasse na Suíça por Lugano. E não conseguia. Fazia sinais desesperados e os carros não paravam.

Não era como hoje; naquele tempo, os motoristas pagavam almoço ou janta na estrada aos pobres mochileiros e freavam, pedindo desculpas por terem parado muito longe e por nos terem obrigado a correr com pesadas mochilas. Não, aquele era outro tempo. O medo veio anos depois, já no fim dos anos 1970, com motoristas estuprando mochileiras, ou mochileiros assassinando motoristas otários. Mas naquele dia ainda não era assim. Por isso não entendia minha falta de sorte, mesmo quando escrevi uma placa com NOVARA em letras bem maiúsculas. E já noite, desacorçoado, caminhei até uma parada de ônibus (suprema humilhação) que me deixou na estação ferroviária.

Mas por que estou contando isso? Ah, o livro do Carlo Levi, *Cristo si è fermato a Eboli*. Pois bem, enquanto esperava o trem para Zurique, pego um livro numa banca, leio sobre o fascínio do personagem pelos lobos e me empolgo com a narrativa. E nesse dia fiquei sabendo que Mussolini castigava seus opositores exilando-os nas regiões mais pobres do país, onde se morria facilmente de malária. Esses exilados eram proibidos de exercer sua profissão. Que nem papai antes de ser assassinado.

Não dormi durante toda a viagem. Cinco ou seis horas, não me lembro mais, porque o trem foi parando pelo caminho. Por certo pararia até para mochileiro, caso houvesse algum ao lado dos trilhos — meu Deus, como parava! E nesse tempo eu lia. Carlo Levi contava sua experiência de médico, num lugar abandonado por Deus e pelos homens, na bota da Itália. Falava de uma cidade antiga, os moradores vivendo em cavernas, como há nove mil anos. Onde se morria de maleita. E onde as pessoas acreditavam que se transformava em lobo quem fosse para o mato e se perdesse, voltando, de quando em quando, lupinamente, para suas casas e suas ansiosas esposas. E confesso que a parte política, os sofrimentos de Carlo Levi e seus sonhos de uma sociedade mais justa não me interessavam. O que me interessava, naquele momento, era o que os moradores de Matera acreditavam, em sua simplicidade rústica, pois tudo isso me levava a Uberlândia e ao meu pai.

4

Os lobos de Matera

Antes de deixar Nápoles eu tinha navegado na internet e aberto a Wikipédia para saber mais sobre Matera. Soube, por exemplo, de versões diversas para o nome da cidade. Mataia ole, dos gregos, que deriva de *mataio olos*: tudo vácuo, porque a cidade existe ao lado de um despenhadeiro. Outra possibilidade são as iniciais de Metaponto, colônia grega criada para ajudar Sibari, mais ao sul, perto de Spezzano Albanese, a conter a expansão de Taranto no século VII a.C., e de Heracleia, também da Magna Grécia, fundada em 434 a.C.

A cidade tem hoje 60 mil habitantes. E, quando deixamos o carro na parte moderna da cidade e caminhamos para o centro histórico, com sua Piazza Vittorio Veneto, descobrimos que foi cenário de muitos filmes, como *La Lupa*, de Alberto Latuada, *Evangelho segundo São Mateus*, de Pier Paolo Pasolini, *Cristo è fermato a Eboli*, de Francesco Rosi, *O homem das estrelas*, de Tornatore, e *A paixão de Cristo*, de Mel Gibson.

Matera é uma cidade de cabeça baixa, de olhos que cintilam de repente e depois se apagam, não por falta de fôlego para continuar cintilando, mas por recato. Cidade severa, de nervos rochosos, que sobem a colina e param subitamente frente ao abismo. Eu queria saber como as duas cidades — Matera, um lugar tão diferente de Uberlândia, tão oposto, no tempo e no espaço, uma nos confins da Itália, flertando com a Grécia e com as legiões romanas, e outra no cerrado, com caboclos araxás e descendentes de bandeirantes — possuíam uma crença semelhante acerca de lobos e de homens.

Eu nunca me interessei por crenças comparadas, para acreditar em um inconsciente coletivo ou herança psíquica, enfim, pessoas de diferentes lugares vivendo crenças de maneira similar. Tentava outra saída. Muitos dos italianos que trabalharam na construção da estrada de ferro da Mogiana vieram do sul da Itália, sendo meu avô um deles. Depois de pronta a estrada, ficaram na região e, é claro, suas crenças misturaram-se com as crenças locais. Só assim se explica a figura do homem transformando-se em lobo no cerrado e preso na corrente, vigiado pelos moradores e pela malária.

A literatura comparada também se interessara por esse tipo de narrativa oral, mostrando suas estruturas comuns. Propp, por exemplo, descobriu um número limitado de ações nos contos maravilhosos russos, mesmo se tratando de personagens diferentes. Ele dá o nome de "funções" a essas ações. Sendo limitado o número delas, contos podem pipocar com funções idênticas e personagens singulares da Ásia para a América, da África para a Europa. Talvez ele acrescentasse, se pudesse, que Matera e Uberlândia constituem um bom exemplo. Meu interesse, porém, não era comparar crenças ou narrativas. Queria era entender por que na minha infância eu e outras crianças havíamos tido a forte crença de que o homem pode se transformar em lobo no Planalto Central.

Existiam mulas sem cabeça no cerrado? Crença. Lenda. Conversa para criança dormir. Mas, naquele tempo, temia comprar pão pegando o caminho do cemitério para chegar à padaria, com medo de mula sem cabeça. *Eu não acredito em bruxas, mas que elas existem, existem.* Essa afirmação de Borges correu mundo, talvez por traduzir uma verdade contraditória. Porque somos contraditórios no que acreditamos. Eu não acreditava em assombração, mas não passaria à meia-noite perto do cemitério. Eu não acreditava que homens virassem lobos-guarás, mas durante um tempo achei, como todos os outros da Vila Taboca e da Vila Martins, que Seu Ângelo, marido da Dona Sílvia, era um.

Por outro lado, meu avô Giacomo tinha vindo de Spezzano Albanese para o Brasil com sua mulher, Arzelina, mais seus filhos Corrado, Martino e Rafael. Mas Vô Giacomo não era de Matera. Prova? O *passaporto per l'Estero*, expedido em Castrovillari em 25 de novembro de 1913. Agricultor em Spezzano, está escrito, com uma letra sinuosa, mas firme, no documento expedido em nome do rei *Vittorio Emanuele III, per grazia di Dio e per volontà della Nazione*, para Giacomo Capparelli.

Acontece que lobos e cidades se confundem. Matera está a 166 quilômetros de Spezzano. O percurso não é muito longo, podendo ser feito em duas horas e meia. Há 70 anos, quando Carlo Levi chegou a Matera, levaria muito mais tempo, mas as crenças, nesse caso, não viajavam de carro nem de trem. Pode ser também que elas tivessem sido levadas de Spezzano para Matera e não o contrário, pois ninguém sabe dizer onde se teriam originado, chegando depois até os trilhos de uma ferrovia em outro continente.

Eu fazia essas reflexões em um terraço da Piazza Vittorio Veneto, debaixo de um toldo semelhante aos que meu irmão montava em Nápoles, só que muito menor. Esperava ser servido. E esperava também a volta de meu irmão, que se afastara para bater algumas fotos. Pouco depois o garçom trouxe a taça de sorvete. E, pouco depois, meu irmão reapareceu.

Foi aí que tonteei.

E, tonto, fazia hora na frente do balcão de Seu Valdemar, na Uberlândia de 1959. Ataquei de repente: o senhor me vende fiado um sorvete? Seu Valdemar perguntou: tem dinheiro? Claro que tenho. E não tenho? Então mostra. Não está aqui. Busca. Mas o senhor, hein! Não confia nas outras pessoas, hein! Eu tenho dinheiro, sim. Estou vendendo uns gibis. Para o seu filho, inclusive. O Tavinho. Acontece que esqueci o dinheiro em casa. Vai buscar então! Se eu buscar, eu gasto. Então está querendo o quê? Sorvete de graça? Eu já disse, pago amanhã. Por isso perguntei se vendia fiado.

Ele não disse nada, passando um pano imundo em cima do balcão. Depois, com o pegador de sorvete, pôs uma bola de creme na casquinha. Toma! Nem precisa pagar porque sei que não vou receber mesmo. Vê se larga de ser pobre, menino! OK, Seu Valdemar, mas eu ainda lhe pago esse sorvete, porque nossa família é pobre, mas não deve nada a ninguém. E ele: não devia, porque agora deve.

Ocupei a minha mesa com o sorvete. Minha é modo de dizer, era apenas o meu lugar preferido, até Seu Valdemar me empregar uns tempos depois. Ia comer depressa o sorvete, mas mudei de ideia. Melhor devagarzinho, para durar mais, com atenção redobrada no ponto certo em que poderia derreter e perder o sabor. Sou assim, metódico nas coisas de que gosto. Já no desgosto, sou caótico.

Dias atrás tinha comido um sorvete que nem um lobo-guará que abocanha no ar um pedaço de carne. Hoje, não. Hoje seria diferente. Ia apreciar cada lambida. E deixar de reserva um brinde para mim mesmo. E assim foi.

Comia com prazer mas ao mesmo tempo estava atento à descida de nível na casquinha. Acha que é fácil comer sorvete de casquinha? Fácil, que nada! Se você come muito rápido ele acaba. Eu não queria que ele acabasse. Se come muito devagar, se derrete. Eu não gosto de sorvete derretido, lambe aqui, lambe ali, para ele não pingar na roupa. É mais ou menos como o impasse de se ter uns trocados no bolso. Você morre de vontade de comer uma ameixinha com açúcar cristalizado por cima. Mas se pede a ameixinha, tem de pagar, e, se paga, o dinheiro acaba. E eu não queria acabar com meu dinheiro. Mas, se não gastasse o que tinha, ficava sem a ameixinha. O caso do sorvete é mais complexo, porque eu podia sufocar meu desejo pela ameixinha e meu dinheiro não se derreteria dentro do meu bolso. Acontece que eu já estava com o sorvete de casquinha diante de mim, e com a demora de resolver o paradoxo do sorvete e da ameixinha, como me havia explicado mais tarde Seu Valdemar, pingou sorvete na minha camisa branca da escola. Viu no que dá ficar pensando nessas coisas? Viu? O que eu precisava mesmo, concluí, era esquecer sorvetes e ameixinhas e pensar em um sistema de defesa eficiente, para evitar que mamãe se zangasse por causa de manchas.

De repente, mudei de ideia e achei que os ratos, quando podem, comem sorvete fazendo um ruído esquisito. Que nem eu fazia agora, soltando jatos de ar pelas narinas. Em seguida, enfeitei os jatos de ar com um som rouco da garganta, de rato engasgado doido por sorvete. Que isso, menino? Está passando mal? Era Seu Valdemar, preocupado. Não, Seu Valdemar, estou muito bem.

Foi ele me perguntar e o Zuiudo me viu. Coisa estranha, essa coincidência, pensei. E divaguei acelerado sobre o poder das palavras e a existência de algumas delas, mágicas, que conseguem quebrar a razão do universo. O Capitão Marvel, por exemplo, quando gritava "Shazam" se transformava em Capitão Marvel. O Ali Babá exclamava "Abre-te, Sésamo" e a rocha da caverna se deslocava, deixando que ele, assim como faziam os 40 ladrões, entrasse no esconderijo. Agora veja: Seu Valdemar tinha falado duas frases: que isso, menino? E: está passando mal? Qual delas era a expressão mágica que fazia aparecer o Zuiudo do nada, para pedir um pouquinho do meu sorvete? Olhei de banda. Zuiudo já atravessava a rua. Precisava pensar mais tarde sobre as palavras mágicas do Seu Valdemar. Naquele momento, minha urgência era salvar meu sorvete do Zuiudo.

Esperei que ele entrasse na venda e, quando ia se sentar, fingi que tinha engasgado, babujando o sorvete. Nunca lhe passaria pela cabeça pedir sorvete babujado! Dessa vez eu estaria a salvo! Zuiudo perguntou: o que é isso? Não vê? Sorvete! Me dá um pouco? Dar, eu dou, só que está todo babujado. Não sabia que você ia querer...

Zuiudo ficou sentido: babujou só pra não me dar. O sorvete é meu, faço com ele o que quero. Então baixei a cabeça e continuei a comer meu sorvete, fingindo que meu irmão não estava ali, me implorando com os olhos. Só que depois de comer o último bocado me deu dó dele. Não do bocado, mas do meu irmão. Mas o que fazer? Já tinha acabado mesmo. De relance, concluí que mais urgente que resolver o assunto de ameixinhas era encontrar uma palavra mágica que ressuscitasse um sorvete.

Resolvi, como forma de consolo, perguntar pro Zuiudo como tinha sido o ensaio. Ele respondeu que não tinha tido ensaio nenhum. Mas não está no teatro do papai? Estou. E por que não está no ensaio? Uma, o Alex está doente, duas, os tambores não chegaram. Alex está doente, é? Está. O que tem? Febre. A peça para por causa de uma febrezinha? Por causa de um febrão. Se põe o dedo na testa, chia que nem em chapa quente.

Perguntei por perguntar. Eu sabia que não haveria ensaio. Quando ensaiavam, eu ficava no cômodo ao lado e escutava tudo. Cada palavra, cada frase. Sabia de cor o que dizia Creonte, Ismena ou Antígona. Conhecia até as vírgulas da fala do coro e dos guardas. Conhecia Haemon como a palma da minha mão. Mas de jeito nenhum faria o papel de morto que papai me tinha oferecido. Tem graça?

Depois de um tempo, perguntou: por que mesmo você não quis entrar na peça do papai? A gente se diverte. Demorei um pouco para responder. Mas respondi: sabe, eu queria entrar no teatro. Mas papai quer que eu seja o morto. Que morto? O irmão da Antígona. O que morreu e não pôde ser enterrado. Já pensou? Passar a vida morto. Ah, assim não dá! Meu irmão pareceu compreender o meu drama. E disse: é verdade! Também não gostaria nem de viver morto nem de matar um morto. Chato isso, né?

44

Resolvi mudar de assunto porque conversa com meu irmão me rendia pouco. Catei Seu Valdemar com os olhos: sabe da última, Seu Valdemar? Qual? Dizem que Seu Ângelo virou lobo de vez e mora nuns matos perto da Lagoa do Vittorio. E daí? Então é verdade, Seu Valdemar? Deve ser, e deu uma lambada com o pano de prato numas moscas no balcão.

Verdade que nada, disse Zuiudo, parecem uns bocós, achando que é verdade. Reagi. Seu Valdemar, manda o Zuiudo sair da venda porque ele já está incomodando. Seu Valdemar chegou perto do balcão, olhou para Zuiudo, coçou a cabeça, pegou uma ameixinha e disse: toma, e não incomoda seu irmão! A seguir, perguntou se tinha havido ensaio. Teve, respondeu Zuiudo, mas estou dispensado porque ainda não chegaram os tambores. E saiu pra repartir a ameixinha com papai. Porque papai é fã de ameixinha.

Coitado de Seu Ângelo. Virar lobo assim, exclamei, procurando novamente Seu Valdemar com os olhos. Seu Ângelo tem chance de virar humano de novo? Seu Valdemar respondeu: uns conseguem, outros, não.

Como Seu Valdemar era desanimado! Não se animava nem com esse assunto de lobo. A mulher dele, Dona Cocota, era mais atenta. Eles tinham o Otávio, não tinham? Tavinho! O Tavinho abilolado. Nasceu como todo mundo. Depois (fala *adespois*, o ignorantão!) abilolou. Mamãe quem disse. Tavinho não era assim no início. Dona Cocota tinha muito leite. No segundo mês, o Tavinho, sabe?, o Tavinho começou a ficar nervoso. Mamava, mas sempre com fome. E reclamava, com sua cabeça grande e seus olhos puxadinhos, como se fosse filho do Seu Tobe ou Tashi, do Armazém Tóquio. Sei não, esse caso está mal contado.

Seu Valdemar, como é que o Seu Ângelo virou lobo se não tem lobo no Brasil? Tem, sim, ele respondeu. Tem, sim. O lobo-guará não é lobo? O guará anda por todo o Planalto, até nesse avião que o Cobiça-Cheque está construindo. Avião? Brasília! Se tem plano piloto, é avião. Ou um piloto consegue voar sem plano? Acho Seu Valdemar muito inteligente!

Tem graça negar que Seu Ângelo tenha virado lobo. Só um doido pra negar uma verdade dessas. Dona Sílvia deve estar sozinha. Até escadas tem dentro da casa onde ela mora. Preciso saber de Dona Sílvia se ela precisa de alguém para ir à venda comprar uns secos e uns molhados.

Quando presto atenção novamente, Seu Valdemar está dizendo que um lobo reconhece outro lobo. Essa agora! Um lobo reconhece outro lobo. O que isso significa? O que Seu Valdemar está querendo dizer? O que ele vinha contando que não prestei atenção?

Seu Valdemar tinha a venda, conversava com todo mundo e sabia muitas coisas. Vontade de perguntar se um dia, caso Seu Ângelo voltasse para casa, dormiria com Dona Sílvia na mesma cama. Pergunto, não pergunto, melhor perguntar. Por mim não tem problema, ele responde. E por que não dormiria? A mulher é dele. Seu Valdemar gosta de responder com uma pergunta. E ele mesmo dá a resposta. Estão casados, não estão? E, se não estivessem, ninguém teria nada com isso.

Seu Valdemar está tão simpático hoje! Responde tudo. E tem resposta pra tudo. E fala coisa com coisa. De igual para igual, como se eu também tivesse uma venda e estivéssemos

46

tratando de negócios. Seu Valdemar, e se Dona Sílvia pegar barriga, quando ele voltar para casa? Seu Valdemar ri e não diz nada. Finge que não escuta. Eu sei. E quero ver se ele sabe também. Mas não repito a pergunta, porque pode parecer que estou muito interessado. E não estou nadinha interessado. Quer dizer, pensando bem, estou. Queria que Dona Sílvia fosse minha mãe e não a que eu tenho.

5

Os primeiros indícios

Levei muito a sério meu trabalho na venda de Seu Valdemar. O que devia fazer? Manter limpo o lado de cá do balcão, lavando os copos, pratos e taças de sorvete numa pia encardida e atender ao balcão os pedidos de fregueses, geralmente cachaça (martelo e martelinho), misturada com vermute (o quente) ou misturada com mel e gotas de limão (o cachimbo), cerveja bem gelada, média e pão com manteiga, além de sorvete em certas ocasiões.

O balcão era limpo, no que podia se chamar limpo, pois com o tempo tinha tomado uma cor amarronzada. Para servir, devia contornar o balcão pela direita, entre uma geladeira maciça, industrial, e os rolos de papel de pão sobre a mesa, ao lado de uma balança Filizola. Havia também bolos e broinhas de fubá, sequilhos, biscoitos de polvilho e de farinha de trigo de um lado, e, do outro, quebra-queixo, doce de leite, ameixinhas, geleia de mocotó e pés de moleque. Só não gostava de servir quebra-queixo, porque eram grudentos, apesar de deliciosos.

As balinhas, geralmente Erlan, ficavam também sobre o balcão, do lado direito, perto da gaveta que servia de caixa. Eram muito boas, especialmente as *toffee*. Grudavam nos dentes, mas bem menos que o quebra-queixo, servindo, ainda, de troco, quando não havia trocado. De vez em quando, se não tinha nada o que fazer, desembrulhava uma e comia, caminhando geralmente até a porta para observar a rua e ter uma ideia aproximada do que acontecia no mundo.

De volta desse exame das coisas do mundo — dava para ver também minha casa — examinava as sete mesas, todas de madeira, com um tampo quadrado. Se estivessem brilhando, seguia adiante. Ainda do lado de fora do balcão, podia ter uma visão diferente da parede do fundo, com a prateleira de enlatados (especialmente sardinha, que tinha boa saída), massa de tomate, milho (também com boa saída), ervilha (ninguém comprava) e umas conservas de pepino que, de tão velhas, haviam sido expedidas pelo governo mineiro aos soldados brasileiros na Guerra do Paraguai, quase um século atrás, mas estacionaram na prateleira da venda. Seu Valdemar perguntava para todo mundo: não quer comprar um pouco de picles? Todo freguês recebia a pergunta como ofensa: nem morto!

Não tinha verdura e legumes na venda porque Seu Valdemar era contra. Dizia que só fresco vende esse tipo de material e que na venda dele nunca entrariam essas alfaces assanhadas, de saias godês, nem os tomates apalermados ou as abobrinhas e chuchus pés de chinelo, que vivem dando em qualquer canto, à luz do dia. Só aceitava melancia porque, dizia ele, essa é uma fruta alegre, sempre bem-disposta, sempre dada, apesar das gengivas vermelhas. Mais ou menos isso. Por deferência ao papai, Seu

Valdemar reservava algumas garrafas de vinho Marcassa ou Trapiche, porque depois de uns copos papai cantava melhor.

Além disso, devia servir aos clientes, com muita educação, perguntando o que queriam, saber depois se precisavam de mais alguma coisa, retirar bem depressa os copos da mesa, tão logo estivessem vazios, para eles pedirem mais um, e limpar a mesa quando os clientes fossem embora. E eu fazia isso com muito gosto. Não pelo dinheiro, que, aqui entre nós, era muito bom, mas porque eu me distraía com histórias que eles contavam.

Vinha dando tudo certo, até Aline aparecer. Antipática! Entrou na venda e pediu uma bala. Esperei que ela perguntasse quanquiera. Não perguntou. Quequiquémais? Mais uma. E me dá também um olho de sogra. Pediu, dei. E foi saindo sem pagar. Ei, Aline, tem de pagar! Ela voltou: quer me dar mais alguma coisa? Não, é que tem de pagar o que comprou. Ela disse: eu não pedi pra você me vender. Pedi pra me dar. Me deu, muito obrigada e lembranças à família. Foi embora. Sem-vergonha! Ir atrás e dar uma biaba? Correr o perigo de levar uma? Contei ao Seu Valdemar. Ele não acreditou 100%. De vez em quando me olhava desconfiado. Depois sentenciou: essa menina vai se dar bem na vida ou ser uma dor de cabeça. Eu disse: ela já é, Seu Valdemar, ela já é uma dor de cabeça!

O que eu queria contar é que nos últimos tempos a Taboca estava cheia de boatos. Tudo acontecimento cabeludo. Na maioria deles eu nem acreditava. Também, quem contava vivia do outro lado. Gente do cerrado. Araxás. Esses quase não passavam o corguinho, porque o lado de cá era impuro. Pior pra eles, sobrava mais oxigênio pra nós.

50

O corgo era um limite muito claro. Nenhum pai ou mãe deixava filho atravessar para o lado de lá. Sozinho, não. Certeza. Só acompanhado. Como se criança fosse o vice-versa dos araxás. Os de cá estranhavam os de lá. Porque extravagância de lá era o versa-vice daqui. Tudo assim mesmo, fora de mão.

Os fregueses que vinham do cerrado eram geralmente mais morenos, mais encurvados, usavam uns paletozões quando fazia calor, cobertores nos ombros quando fazia frio e, em vez de falar, cochichavam. Psssisst e psssisst e psssissst. Sempre as coisas que estavam acontecendo do lado de lá, mas que, diziam, aconteciam também do lado de cá, só que ninguém queria ver, com medo do vice-versa.

Chamei Seu Valdemar. Por que eles só cochicham em vez de falar como todo mundo? E se calam, quando alguém chega perto? Estão tramando alguma coisa... Seu Valdemar riu. Não se preocupe, é gente boa. E por que se chamam araxás? Araxás eram os índios que viveram aqui na região. Aí, cerrado afora. Perto do Rio das Velhas, dizem. E não vivem mais? Não vivem mais. Há uns 200 anos foram papados pelos caiapós. Transformados em papas? Não, disse Seu Valdemar, divertido, os índios caiapós mataram todos os homens desse povo, fizeram um picadinho das mulheres e das crianças e paparam. Eram canibais? E como! Icha, Seu Valdemar, esses aí são descendentes dos araxás então. Se todos morreram, disse Seu Valdemar, como poderiam ter deixado descendentes, né? São só uns pobres caboclos do cerrado. Ah, então se dão um nome como prova de existir, não é mesmo, Seu Valdemar? Ele pareceu um pouco aturdido: deve ser. Deixei de fazer perguntas para ele não ficar cansado de responder e espalhar que eu sou perguntão.

Ninguém percebia, porém, que o cerrado invadia a cidade e a cidade invadia o cerrado. Muita gente do lado de cá se tornou araxá sem saber. As charretes começaram a desaparecer. Não por mágica, mas por falta de fregueses. Os charreteiros viravam as costas para as dificuldades e se distraíam, discutindo se círculo imperfeito deixava de ser círculo. Mas o sinal mais claro da desavença do campo com a cidade foram os cachorros repetidos. Primeiro eles apareceram em dois lugares ao mesmo tempo no cerrado. Por exemplo, no Vittorio e na Fazendinha. Danados de loucos. Iguais. Gêmeos? O mesmo. Um dia um deles atravessou o corgo. Pra quê? Dias depois, na mesma hora, atacaram uma velhinha na frente do Bueno Brandão, do lado de cá, e na Fazendinha, do lado de lá.

Trem esquisito!

O povo respeitava os boatos, dizendo que eram indícios. Sim, era isso que diziam, indícios, e logo consideraram como o maior deles o voo de um pássaro monstruoso que o presidente da República estava preparando no paralelo 15, com uma asa norte e uma asa sul. Só muito mais tarde alguém explicou que esse pássaro tinha até nome: Brasília. Está certo, falou Seu Valdemar, Brasília é uma cidade, mas não muda nada, porque a cidade é o indício. E de que, me diz!

Por enquanto, os fregueses iam à venda, começando a dança dos palpites. Os do lado de lá não opinavam. Pediam um copo d'água e discutiam que discutiam que plano esse piloto podia ter. Calavam-se quando alguém se aproximava. Mudavam de assunto. Desconversavam: a temperatura, o dia abafado, as libélulas que tinham reaparecido no corgo zumbindo de um jeito interessante. E, quando a gente se afastava, recomeçavam os cochichos. Tudo isso, mas tudo mesmo, inclusive as vírgulas, dizia Seu Valdemar da Venda, era um alarme. Mas de quê? Ele não sabia. Ou sabia e não queria contar. Porque, aqui entre nós, Seu Valdemar tratava muito bem os do cerrado.

Uma vez, servindo sorvete sem cobrar — o que já é outro indício —, queria saber como eles estavam, se precisavam de algum adjutório, coisas assim. Geralmente não queriam. Seu Valdemar continuava: um pouquinho de arroz? Um pouquinho de feijão? Uma lata de milho? (Menos picles. Picles ele não oferecia, porque estavam com data vencida.) Às vezes um deles ia até o balcão, apontava para uma caixeta de goiabada e exclamava, nó, olha o jeito de embrulhar goiabada. Seu Valdemar oferecia. Ficava ofendido. Não, só estava averiguando o jeito de embrulhar.

Uma vez cheguei a pensar que Seu Valdemar fosse também do cerrado. Um araxá encabulado. Mas não era. Tinha nascido ali mesmo. Ele podia não ser, pensei, mas o Tavinho era. Dos grandes. Passava o dia babando e atormentando formigas com uma varinha.

Na época ninguém tinha pressa de entender o que estava escrito dentro e fora da linha. Pra quê? — era a pergunta que se ouvia. Quem assim perguntava não deixava de ter razão. Qualquer pressa podia ser perigosa nessas circunstâncias, indicando falta de continência e até desmazelo. Fruto do acaso? — perguntava contrariado Seu Valdemar da Venda. Só se for gabiroba e pitanga nascendo no meu cangote — e ria-se de todo, tanto que ria.

Teve uma vez em que Seu Valdemar perguntou por que eu estava calado. Eu respondi: sou assim, Seu Valdemar, e pronto.

Apontei o primeiro lápis. O segundo. O terceiro. Ao todo, apontei uns 9. Depois do último, comecei de novo. Depois sosseguei. O Tavinho passou com sua varinha para atormentar as formigas, mamãe apareceu no portão, olhou para um lado, para o outro, e entrou.

Pronto, Seu Valdemar já tinha batido os olhos em mamãe. Ele disse: se seu pai continuar nesse ritmo, qualquer dia sua mãe vai se enrabichar com outro. Me deu vontade de chorar. Eu não esperava que Seu Valdemar falasse assim. Ele percebeu e ficou arrependido de ter dito aquelas palavras.

Minha mãe já tem namorado, Seu Valdemar! Ele pareceu surpreso: como assim? Quer dizer, não sei se ainda tem. Uma vez ela me pôs no catecismo. Falou que era muito importante eu fazer a primeira comunhão. Adorava me levar às aulas. Toda terça e toda quinta. De tarde. Mas o interesse dela era outro. O senhor conhece o *rendez-vous* da Donana, perto da igreja? É lá que ela ia.

Parece que Seu Valdemar levou um baque. Ele deve saber onde é o *rendez-vous*. Todo mundo sabe. Uma casa de madeira, pintada de verde e afastada da rua. Tem umas pedras no terreno de chão batido que leva à porta de entrada. Alternadas. Em caso de chuva, a pessoa pisa numa e depois na outra e não molha os pés.

Agora estou de cabeça baixa, olho pra mesa e relembro a cena. Primeiro é Donana que aparece: ah, é você? A pergunta é pra mamãe, mas o olho é pra mim: por que trouxe o menino? Não teve jeito, Donana, a professora de catecismo não veio. Entra, entra. Aí, entramos para discutir costura. Os vestidos que te encomendei, Donana! De novo o rabo de olho pra mim. Donana se lembra. Sim, os vestidos, como posso me esquecer!

Nem bem entramos, mamãe some da minha vista. Onde está mamãe? Donana não me responde. Ela começa a me engambelar com gibis do Fantasma. Você quer chá? Não, não quero. Água eu aceito. Aceito porque, de repente, sinto a garganta seca. Bebo um gole e falo: essa minha mãe está demorando! Donana diz que ela está experimentando os vestidos e, quando as mães experimentam vestidos, demoram muito para marcar os ajustes. Sugere irmos para fora.

Quer dar milho pras galinhas? Não, obrigado, Donana. Prefiro voltar pra dentro. Ela vai buscar milho pras galinhas e eu entro bem rápido dentro de casa. Perto da talha, procuro outro copo, pois essa sede está me enlouquecendo. Ouço Donana chamando: prrrtitititi, prrrrtititi. Galinhas que cacarejam. E dois ruídos ao mesmo tempo. Um, de Donana voltando pra me procurar na cozinha. Outro, um cochicho de minha mãe, falando pra sombra de um homem no corredor.

Eu te disse para não entrar agora! Como se fosse um araxá, Donana fica irritada. Me pega pelo braço e quase me arrasta para o quintal. Eu quero beber água. Então ela diz: espera que eu te trago água. O copo está em cima da mesa. Donana, por que mamãe está demorando tanto? Ela não me responde de novo. Então começam a gritar o meu nome. A voz vem bem de longe. Abro os olhos. É Seu Valdemar, ao meu lado, com a mão direita no meu ombro, me perguntando o que está acontecendo. Só então descubro que estou chorando. Digo, entre lágrimas: problema não, Seu Valdemar, às vezes eu fico assim, borocoxô...

6
O pio da coruja

Nessa época começou minha doença esquisita, que durou bem uns quatro anos. Quer dizer, nem sei se sarei de verdade. Quando dormia, eu acordava dentro do sonho. Começou com um cachorro latindo a noite inteira debaixo de minha janela. Era um latido diferente. Pouco depois eram dois. Logo pensei nos cachorros repetidos, que deviam ter se juntado. Um dizia para o outro: vem cá! E o outro respondia: não vou! Depois de um pouco o primeiro repetia: vem cá! E o segundo falava: já disse que não vou!

Os dois então desistiam de conversar e ficavam latindo muito tempo. Um dia eu me levantei devagarzinho, para não acordar o Zuiudo, e fui ver o que era. Eles não estavam mais lá. Tinham entrado no mato. Pensei: melhor esquecer esses dois cachorros. E, antes de voltar pra minha cama, fui olhar do portão a casa de Dona Sílvia.

Deu tempo de ver uma sombra saindo da sacada e entrando bem depressa. Juro, era Dona Sílvia coisica nenhuma. A sombra reapareceu na sacada. Agora, certamente era Dona Sílvia. Antes também? Fiquei em dúvida. Podia ser. A sombra olhou para um lado, para o outro e entrou novamente.

Estranho!

A primeira Dona Sílvia tinha roupa clara; a segunda, roupa escura. Tinha de pensar com mais calma nesse assunto. Voltei pra cama, mas só dormi de manhã. Dessa vez a visão foi de dentro de um sonho vivendo as coisas que aconteciam fora. Por exemplo, os dois cachorros repetidos que naquele instante mesmo faziam lambança nos canteiros de onze-horas e urinavam na cerca viva de rosa trepadeira.

No dia seguinte falei pra minha mãe: sabe aqueles cachorros do meu sonho? Eles voltaram. Mamãe, que estava atiçando o fogo no fogão a lenha, parou de assoprar. Perguntou: desde quando? Desde ontem à noite. E o que aconteceu? Nada, mãe, nada! Ela deu um suspiro. Quer passar uns tempos na casa da sua avó? Acha que me faz bem, mãe? Acho. Da outra vez fez bem, não fez? Fez. Então quero. Vou preparar suas coisas.

Ia pra casa da minha avó quando tinha enguiços na cabeça. Havia inclusive tido consulta no hospital. Depois de me ouvir sobre o enguiço, o doutor falou: tem de levar em conta que é sonho. Acontece que depois de um tempo eu acordo dentro do sonho. E de dentro do sonho enxergo o mundo bem aceso. Ele riu. E disse: se estiver dormindo, é sonho; se estiver acordado, alucinação. Mostrei para ele que o sonho acontecia acordado e dormindo. Ele riu de novo: vamos dar um tempo ao tempo, para ver como é que fica. O importante é tratar desses dois cachorros. Eu perguntei: matar, doutor? Ele respondeu: até pode ser. Confirmei: acho mesmo que merecem morrer. Ele riu pela terceira vez. Eu pensei assim: gosta de rir de coisa sem graça!

Ele perguntou: só isso? Respondi: tem também os estalos de luz. Interessou-se: como assim, estalos? Que nem relampejos, eu disse. Independe se estou dormindo ou acordado. Ele ficou olhando pra mim, dando trela para que eu explicasse. Jeito de tomar tento da explicação. Eu também não conseguia tomar tento de explicações durante os estalos ou quando falava deles. Muito esquisito. Expliquei: uma luz entalada, que tenho nos últimos tempos, e que implora pra sair. Ele riu. Entalada, é? Corrigi: não, eu disse represada. Uma luz escurecida de pre-cipícios. Aí ele abriu bem os olhos! Eu também abri os meus. Nunca tinha falado assim. E certamente aquela era mais uma das artimanhas da luz querendo escapar.

Me explica um pouco mais, ele pediu, tem costume de falar assim, quando a luz represa? Não sei. Só hoje, me ouvindo, me dou conta de que sim. Das outras vezes passo calado. Mas é uma luz que se esconde nos de dentro, o senhor entende? Nos de dentro de quê? Acho que dos ossos. Como sabe? Porque dói muito quando ela anda à toa de grinalda. Ele riu e eu não gostei. Mas era simpático e esperava que eu prosseguisse. Luz de grinalda, e daí? Explica essa luz de grinalda. De que é feita essa grinalda? Eu disse: de pios de passarinhos. Canto? Não, pios. Pios que a geada investiga e faz pouco caso. O doutor começou a desenhar asas de passarinho no receituário. Fran-camente, eu disse, como vovó dizia, francamente, não é só gente pequena que rabisca onde não se deve. Ele perguntou: o que a geada disse, no fim da investigação? Nada. Não disse nada. Só abençoou os passarinhos pequenos e os grandes, que deixavam vazar luz. Por que passarinhos pequenos e grandes? Respondi: porque os grandes também são pequenos.

Mudou de assunto: gosta de ler? Gosto. O que está lendo? Uns livros aí... Tia Maria me empresta. Falou: logo sara, vai ver só! Então, virou-se para mamãe: de quem ele gosta mais na família? Mamãe ficou em dúvida: como assim? De pessoa? De pessoa. Ah, ele gosta da Vó Arzelina. Tinha razão, mamãe. Com vovó me sentia bem. Esquecia meus desgostos.

Logo me lembrei dos dias que passava com ela. Nos distraíamos debaixo do telheiro do fundo. Dar um brilho na moto que vovô tinha deixado. Súper! Uma BMW de 245 cilindradas, 15 cavalos, que fazia fácil, fácil, 127 por hora. Pelo menos vovó dizia. E dizia também: um dia sumo nessa moto e só reapareço no Rio de Janeiro. E dava uma risada. Eu também queria conhecer o Rio de Janeiro. Dizia: eu vou com a senhora. E ela: vai, sim, mas tem de pôr capacete e óculos. E eu respondia: claro, né, vó! E continuávamos a dar brilho nos niquelados.

Na casa de vovó quase nunca minhas ideias desencaixavam ou enguiçavam assim, de repente. Mesmo nos sonhos, onde elas se desencaixam mais. Eu voava e podia até escolher o lugar de pousar. Bom, assim.

O doutor já se levantava: então, se houver alguma coisa, vem de novo com ele. Ele, sobre quem o doutor falava, era eu. E eu estava longe, numa neblina. Porque não dava tempo de fazer brilhar todos os niquelados da BMW, pois logo vinha mamãe.

No caminho de volta, depois de sair do hospital, ela contou que Seu Valdemar da Venda estava reunindo os moleques para irem até a Lagoa do Vittorio. E disse: queria conhecer o Vittorio, não queria? Sim. Quer ir também? Foi Seu Valdemar que perguntou? Não, eu que estou perguntando. Coitada da mamãe! Sempre sozinha, com a récua de filhos. E um pai sem serventia. Sim, quero, mãe!

* * *

Como faltavam ainda três dias para o passeio, aproveitei para resolver logo meu assunto com Dona Sílvia. Ela aguava as plantas e veio ver o que era. Eu disse, ainda do lado de fora: Dona Sílvia, tem jeito de a senhora ser a minha mãe? Ficou espantada e quase teve um treco. Acho que devia ter ido mais devagar. Mas ela se recuperou, abriu o portão: entra!

Tinha dois tocos de árvore para sentar. Sentamos. Ela disse: repete! O que você quer mesmo? Sei lá, Dona Sílvia, tem jeito de a senhora ser a minha mãe? Eu falava bem claro "de a senhora", porque minha professora disse que "da senhora" é errado.

Ela ficou encabulada. Sacudiu a cabeça, acho que conseguiu engolir de vez o que eu tinha falado e exclamou: você me pegou de surpresa! Olhou para o canteiro das onze-horas, para o das roseiras, respirou fundo e falou que não podia ser mãe, assim, desprevenida.

Como eu não desgrudasse o olho de minha casa, ela propôs: quem sabe me conta o que está acontecendo? Você sabe, para eu ser sua mãe, precisamos conversar também com a Dona Bea, não é mesmo? Bea era minha mãe. E eu não queria que ela conversasse com minha mãe sobre minha proposta. E disse: minha mãe atual fica fora do nosso trato, caso a senhora aceite. E, se a senhora falar com ela, juro, caio esturricadinho em cima desses canteiros de onze-horas e juro por Nossa Senhora da Abadia da

Água Suja: nunca mais passo na frente de sua casa. Está bem, está bem, ela disse, se acalma, vamos, vamos resolver isso.

Em seguida ela me convidou para entrar, o que era um bom sinal, porque as mães de verdade nunca deixam seus filhos de fora de um lugar ou de alguma coisa. Ainda assim, decidi naquele mesmo instante: se ela perguntar muito, vou embora e não volto mais.

* * *

Nunca imaginei que a casa de Dona Sílvia fosse tão grande. Só na parte de baixo podiam dormir bem uns 20 ou 25. E tinha a parte de cima, ainda. Só que todo mundo sabia na vila que Dona Sílvia não tinha filho. Uns diziam que era por causa de caxumba recolhida. Outros, que era decisão dela mesmo. Bem, isso ela é quem devia decidir.

Em minha opinião, Dona Sílvia queria um filho. Eu queria outra mãe. Enfim, nossos interesses se encontravam. O problema é se Seu Ângelo desvirasse de lobo e fosse contra minha ideia. Pensou? Chega, depois de uma longa viagem de lobo a humano, me encontra dentro da sua casa e pergunta: ô Sílvia, quem é esse menino? E o que ela responderia? Só por isso tinha protelado tanto tempo essa proposta.

Ela abriu a geladeira, tirou um pote de sorvete e perguntou: gosta de sorvete de creme? O meu preferido, eu disse. Ela respondeu: o meu também. Já estávamos combinando no gosto de mãe e de filho, pensei. Ela me passou uma grande tigela de sorvete.

Então conversamos muito. Ela falou das dificuldades de ser a minha mãe, porque a polícia política estava procurando Seu

Ângelo. Falou que minha mãe atual ficaria muito triste. Disse que problemas entre mãe e filho passariam com o tempo e, no fim, me fez uma proposta. Ela seria minha mãe em segredo, e eu seria seu filho em segredo. Toda vez que eu quisesse, bastava atravessar a rua para conversar com ela. Inclusive para comer sorvete. E disse que estava precisando muito de alguém que a ajudasse com os canteiros.

Juro que gostei muito do que ela estava falando: a senhora está me contratando de jardineiro, Dona Sílvia? Ela respondeu: sim, estou. Eu falei: aceito, Dona Sílvia. Aceito todo esse trato. E amanhã mesmo vou trabalhar no canteiro das onze-horas. E também estive pensando numa cerca de rosa trepadeira mais alta, pras pessoas não bisolharem pelas janelas. Dona Sílvia ficou surpresa com meu preparo. Decidi continuar: essas rosas, vichi... vicha... wichuaraiana são muito bonitas. Disse e parei, para manter o suspense. Ela pareceu impressionada: mas que rosas são essas? Miniaturas, Dona Sílvia, miniaturas. Das pequenininhas. Florescem em cachos. Uma beleza. E como sabe o nome delas? Fiquei indeciso, se contava ou não. Resolvi contar: meu amigo, Seu Japonês, tem delas no jardim. Lá na Avenida Fernando Vilela. Ela ficou toda contente, aprovando com a cabeça: ah, bom! A senhora não vai se arrepender. Mamãe, lá em casa, todo mundo reconhece que eu tenho a mão muito boa. Ela pegou minha mão, espalmou sobre a dela e confirmou: sim, a sua mão parece muito boa para as plantas. Para criação também, eu disse, uma vez, na fazenda, ajudei uma vaca a parir um bezerrinho. Ela sorriu contente porque eu tinha uma mão boa também para a criação.

Então estamos combinados? Estamos combinados. Já passava o portão quando voltei. Dona Sílvia, por acaso a senhora sabe qual a capital do Nepal? Fez uma careta. Não. Não sei. Katmandu, Dona Sílvia. Katmandu. Essa é minha outra especialidade. Capitais de países. Por exemplo, a senhora vai me pagar alguma coisa pela jardinagem, não vai? Sim, vou. Pode ser a metade do que está pensando, Dona Sílvia. Sem problemas. Não é o dinheiro que me traz aqui. Mas, Dona Sílvia, um dia qualquer em que a senhora estiver triste e aflita em casa, preocupada, por exemplo, em saber qual a capital do Azerbaijão, Butão ou do Quênia, problema não, Dona Sílvia, pode perguntar à vontade. Sei tudo de cor. É um brinde que dou para a senhora, além da jardinagem, claro. Ela pareceu fascinada: quer dizer que tem uma boa memória? Dá pro gasto, Dona Sílvia, dá pro gasto.

Quando decidi procurar Dona Sílvia naquele dia, tinha só uma pergunta e queria só uma resposta. E saí com duas grandes respostas de presente. Aliás, três: preservei minha mãe, que não tinha saído perdendo no negócio. Aliás, tinha ganhado. Olhei para a minha segunda mãe secreta e pensei: vou ser um bom filho. A senhora tem uma lista das coisas pra comprar? Ela falou que faria a lista. E disse: mas não compra aí na venda do Seu Valdemar.

Fora, o Tavinho chamava que me chamava. Eu não queria ir. Não vai atender ao seu amigo? Não, Dona Sílvia, ele é muito chato. Quando converso com outra pessoa, ele mete a colher de pau no meio e fica dando palpite. Às vezes nem sabe qual é o assunto. E aqui na sua casa está tão fresquinho! Me dei conta de que eu tinha falado sua casa e não minha casa. OK, ela seria minha casa aos poucos.

Posso ver a casa, Dona Sílvia? Ela disse: sim, é um prazer, já que você é meu filho. Tem outro, Dona Sílvia? Ela riu, alisando a barriga. Não. Não tenho ainda. Fiquei todo, todo. Coisa muito legal foi subir as escadas, dando num outro lugar, dentro da mesma casa. Incrível. Já tinha subido numa escada dessas. Perto da Praça Tubal Vilela. Só que lá as escadas davam em outro andar, cheio de portas fechadas com números, porque era hotel. Na casa de Dona Sílvia, a escada terminava numa sala, assim, sem mais nem menos.

Corri até o balcão. Fui ver se eu estava no galho da mangueira, me procurando dentro da casa de Dona Sílvia. Claro, não estava. Era só de brincadeira. Perguntei: é daqui que a senhora me avista, Dona Sílvia? Sim, daí mesmo. E gosta de me enxergar no galho da mangueira? E por que não gostaria? Achei estranho: ela também respondia com pergunta! Era que nem eu. Quando me faziam uma pergunta, eu respondia com outra. Sinal de que tínhamos chance de combinar.

Observei mais um pouco o galho da mangueira. O Zuiudo apareceu no portão e eu entrei depressa. Será que tinha me visto? Achei que não. Em seguida fui admirar os numerosos quadros na parede. Não eram, como na maioria das casas, reproduções de paisagens de revistas. Eram quadros de verdade. Pintados com tinta de verdade. Por artistas de verdade.

Dona Sílvia, o que quer dizer esse quadro? Ela riu. Basta a gente olhar o quadro que ele diz o que tem para dizer. Logo corrigiu: ou melhor, a gente é que diz o que o quadro tem para dizer. O pintor só dá a orientação. Achei interessante o que ela estava falando. Bem diferente de minha professora na escola. Ela chegou perto de mim, pondo a mão direita sobre o meu ombro. Esse quadro foi pintado por um amigo meu na Itália, na cidade de Aliano, onde eu morava. O que você vê ao longe é o Monte Pollino, a montanha mais alta da região, entre a Lucânia e a Calábria. Desse lado aqui tem Aliano, onde eu nasci e me casei. Eu falei: meu pai também é da Itália, mas não sei de onde. Ela falou: seu pai canta muito bonito. E eu fiquei orgulhoso de ter aquele pai que cantava bonito. Pelo menos alguém achava que papai tinha uma serventia.

Nesse momento, uma coruja no teto começou couuuuuu, couuuuu. A Vila Taboca estava cheia de corujas e de gaviões ultimamente. E também de morcegos. A senhora viu, Dona Sílvia, como a Taboca se encheu de corujas e de gaviões? É bem verdade, ela respondeu, distraída, olhando para a tampa do alçapão que dava no forro. E você tem medo de coruja? Não, Dona Sílvia, no fim do dia, a gente pega varas de bambu e vai para os barrancos que margeiam o campo de futebol. Morcegos, principalmente, voam baixo, com aquelas anteninhas que eles têm de radioamadores. Alô, alô, aqui é o morcego Xis-4: tem uns moleques com vara esperando de tocaia. Muito cuidado. E ri. Ela também riu.

Aí me lembrei: ah, e também corujas voam baixo de vez em quando, Dona Sílvia. Uuuuuu! Uuuuuuuu! Mas agora o tempo é de morcego. Acho que vamos precisar de uns remédios para os bichos do forro, Dona Sílvia. Ela respondeu: não se preocupe, estou acostumada. Acho que são ratos. Não são ratos, Dona Sílvia. Coruja. A senhora não ouviu? Agora é tempo de morcego e também de corujas. Se não cuidar, tomam conta. Remédio de rato deve ser também para corujas. Vou colocar na lista de compras. E ainda comentei: Dona Sílvia, Seu Valdemar da Venda é meio fraquinho para esse tipo de compra, a senhora não acha?!

7
Seu Ângelo preso na corrente

Fazia quase uma hora que estávamos caminhando no cerrado e nem sinal da Lagoa do Vittorio. Tinha sido fácil preparar o passeio. A bem da verdade, nem houve preparativo. Eu procurei Seu Valdemar da Venda, porque ele parecia ter se esquecido de tudo. Disse: amanhã é sábado e vamos levar também o Tavinho pra passear na Lagoa do Vittorio, não é, Seu Valdemar? Ele ficava muito feliz quando a gente incluía o Tavinho em alguma coisa. Respondeu bem depressa: OK, você é que manda!

E o sábado de manhã começou muito agitado. Eu acordei, e eu tropecei no penico cheio, e mamãe perguntou que barulheira era aquela, e eu fui lá fora, e eu consultei o céu pra ver se o dia seria bom, e eu lavei a cara na torneira do tanque, e eu vesti roupa, e eu peguei um pedaço de pão pra comer e eu me lembrei de acordar o Zuiudo, porque ele nunca acordava sozinho, e eu acordei o Zuiudo. E fomos. Mamãe gritou: volta aqui e fecha essa porta da cozinha. E eu falei: tudo eu nessa casa!

Demorou bem uma hora pra gente entrar no cerrado, porque todo mundo dormiu demais. E, quando chegou Seu Valdemar com o Tavinho, foi logo avisando: podem levar os estilingues, mas nada de matar passarinho. E eu pensei: já começou! Se não pode matar passarinho, pra que levar estilingue? Mas Seu Valdemar era muito esperto, adivinhava o que a gente estava pensando. Porque estilingue não foi feito pra matar passarinho. Para que então, Seu Valdemar? Não sei, respondeu, pra acertar pedra no dedão do pé.

Conferimos pra saber se todos tinham chegado. Tavinho. Lena. Ciço. Nô. César. Patrola. Uóchinton. Deusdedite. Noé. E Zuiudo. Alguém mais? Não. Então vamos! E fomos. Passamos a Estrela do Sul, onde ficava a Fábrica de Banha Piau, e chegamos ao corgo. Estava magrinho. Bem diferente do ano passado, quando caiu uma tromba-d'água na cabeceira e transbordou. Levou casa. Levou poste. Levou vaca e levou boi. Levou até um cavalo morto, com os urubus em cima. Foi a primeira vez na vida que vi um morto carregando um vivo. E, depois do dilúvio, todo mundo começou a reconstruir, rindo, como se Deus tivesse contado uma piada!

César passou perto de mim e disse: humm, sei não! Sei não o quê? O Ciço, ele disse. O Ciço está de volta. Respondi: sei disso. O que tem? Estava em Centralina. Precisava de um descanso, César! Aliás, acho que não devia continuar de ponta com ele. César perguntou: e continuo? Continuo não. Claro que continua. A polícia matou o pai dele. E queria que ele andasse por aí, como se nada tivesse acontecido? César baixou a voz: acha mesmo que esse parente, o João Relojoeiro, não roubou? Achar ou não achar, agora não tem importância. Mataram o coitado e agora não tem mais volta. Mas, pra mim, não roubou. Era um homem bom. César pareceu contrariado: tão bom que agora os araxás dizem que ele é um santo. Mas santo é só da nossa Igreja Católica. Eu disse: não discuto religião. Quanto a ter roubado as joias, dizem que o Roberto Bisson tinha dívida no jogo e pretendia dar um golpe na seguradora.

Como o César podia pensar assim? Vergonha porque o João Relojoeiro era pobre, que nem ele. Ele disse uma vez: fica aí, enlameando as pessoas de bem! Como podia ser assim? Tão diferente do pai, Nego Juvêncio! Sei não. Tem pessoas que já nascem irritadas. Além do mais, estava mais do que provado que o João Relojoeiro esteve sempre limpo. Em vida e depois da morte.

Os araxás defendiam que ele devia ser santo. Disus Zé Beste, o chefe deles, disse: um santo de verdade! O padre Zezinho, da Igreja Santa Terezinha, bateu de lá: santo só com milagre aprovado pela Santa Madre Igreja. Disus Zé Beste rebateu de cá: o João era amigo de qualquer um e quando ele morreu, em 2 de setembro de 1956, todos os relógios pararam em Uberlândia, em sinal de protesto. Padre Zezinho martelou: pararam porque ninguém deu corda. Disus Zé Beste, de cara feia: e todos ficaram sem corda no mesmo instante? Ah, para! E por que não explica o caso do relógio da matriz? O padre Zezinho engoliu em seco e não explicou. Porque, desde a morte de João Relojoeiro, o relógio da matriz, que antes só assinalava as horas cheias, tinha começado a bater também nas horas quebradas, como dezesseis horas, cinco minutos e trinta segundos, o momento exato em que João Relojoeiro tinha se apoiado na borda da janela da fazenda Água Limpa e caído morto. Mais ainda, o tempo tinha se desorientado, levando o domingo da morte do João a invadir a segunda, a terça, a quarta e a quinta-feira, deixando a semana com apenas a sexta e o sábado. Tá certo, tá certo, podia não ser santo, mas era quase! E agora o César sentia vergonha de o João Relojoeiro ser muito considerado entre os araxás?

O pai do César, Nego Juvêncio, não era assim. Todo mundo gostava dele. Depois da colheita, ele e os outros chapas punham arroz pra secar nas calçadas. Nem dava pra gente passar. De vez em quando vinha com o rastelo. Os grãos secos iam pra baixo e os grãos úmidos pra cima. Receber sol, né! Depois ensacavam de novo, descarregavam na máquina e de um lado saía a casca, do outro o arroz branquinho, branquinho, pronto para a panela. Quando juntavam muitos chapas, se animavam:

Oha, oha, oha,
Oha, oha, oha,
Com um rastelo de 12 pontas
Espalho esse arroz pra secar
Oha, oha, oha,
Oha, oha, oha

E todo mundo se animava também com o César. Mas não quando começava a falar mal do Ciço. Preferia quando ele ria de qualquer coisa. O riso que ele ria punha pilha e, pilhado, todo mundo continuava rindo.

Felizmente a Lena veio se juntar a nós e mudou o clima. Tínhamos ficado para trás e nem sinal da turma. César deu a ideia de contarmos juntos até dez e nos juntarmos aos outros. Quem chegasse por último seria mulher do pai, ops, do padre, corrigiu. Lena pareceu desconcertada. Avermelhou. Disse algo ininteligível e se afastou, juntando-se ao Uóchinton.

Não esperei o sinal e corri, para ser o primeiro. Acontece que o César também tinha mudado de ideia e não correra. Murchei. Voltei a passo. Simples artimanha, para me fazer de bobo. E eu não gosto de ser feito de bobo.

Por que essa cara?, quis saber o César. Simples, respondi, primeiro Lena e agora você. Deixa pra lá, disse ele, está bem, a culpa é minha. Tinha um motivo. Lena. Falei o que não devia. E o que falou? O pai da Lena, não sabia? Não observou que a mãe da Lena é muito mais nova que o pai? E daí? Daí que a mãe da Lena parece que é filha dele também. E Lena é filha-neta.

O chão desmoronou. Está dizendo que Seu Evandro é pai e avô da Lena ao mesmo tempo? Não, não estou dizendo, corrigiu César, é o que dizem. Suavizou o que dizia: só que eu não acredito.

A conversa foi interrompida quando percebi o pavor na face de César. Voltei-me na direção em que ele olhava, por sobre os meus ombros. Havia um lobo atrás de nós. Um enorme lobo. Certamente preparando o bote. Pelo menos me pareceu, pois seu aspecto era de esfomeado. Passeio perigoso, pensei. Primeiro, o César que conta algo que todo mundo parece já saber. Só eu, não. Depois, um lobo. Um lobo parado na beira da trilha, como se estivesse ele também imaginando uma surpresa de última hora.

Lobo não pensa, eu me disse, o que é uma vantagem. Além disso, ele não pode, lupinamente falando, pensar assim: pego o primeiro, depois o segundo, cerco o terceiro e no fim ponho todos no papo. Não, lobo não pensa assim.

Ergueu a cabeça e aspirou o ar. Retomei o controle. E disse: guardar os estilingues, todo mundo, senão ele pensa que vamos acertá-lo com uma pedra. Lena também já tinha se recuperado. Comentou: parece mais um cachorro. Quem disse que é lobo? Seu Valdemar, eu expliquei, Seu Valdemar que disse. Tem muito lobo-guará no cerrado. E também as pessoas que fogem para o mato viram lobo. Me deu um calafrio só de pensar que aquele lobo pudesse ser Seu Ângelo!

César me apoiou: lobo experiente conhece estilingue. Lena concordou. Prendemos a respiração, dobramos os estilingues e pusemos no bolso de trás. Lena tinha estilingue, mas estava de vestido. Guardo pra ti, disse. Examinei novamente a situação. Perigosíssima. Alerta vermelho. Bolsos estufados. Lena falou: já disse, acho que não é lobo. Cachorro, sim, e dos mais... nem continuou, deu um grito e fugiram em disparada. Até hoje me pergunto por que não fugi. Fiquei ali, imantado pelos olhos do lobo.

Examinando bem, um pouco magro, aquele lobo. Pernas compridas. Pelo grosso, de colarinho branco e tufos escuros no pescoço e nas costas. Dei dois passos pra frente. Nem sei onde busquei coragem. O lobo baixou a cabeça. Envergonhado. Cheirou o chão. Ululou. É assim que se diz? Ele ululou como se estivesse me dando um aviso. Que ia correr. E correu.

Chamei o lobo de volta: Seu Ângelo! Ou não escutou ou fingiu que não era ele. Já devia saber, pelo correio particular dos lobos, que eu tinha convidado Dona Sílvia para ser minha mãe e tinha vindo conhecer quem era esse desmiolado que ficava de conversa fiada com a mulher dele. Chamei de novo:

Seu Ângelo! Ruído de galhos secos. Codorna levantando voo. Piado de inhambu. Bem longe. E uma seriema batendo na bigorna do canto. Falei: Seu Ângelo, tem perigo não! Ele, nem tchum! Desci do barranco e voltei.

Seu Valdemar e os outros vinham apressados ver o que estava acontecendo. Ciço, de olhos bem arregalados. Seu Valdemar lascou: quem está chamando, menino?! Estou chamando Seu Ângelo. Ele estava com medo e fugiu. Deve estar desacostumado do reino dos humanos.

Logo começou a discussão se era lobo ou se não era lobo. Lena encasquetou que era cachorro. Disse até que já tinha visto um parecido, depois da Fábrica de Banha Piau, mas não se lembrava bem. Uóchinton virou-se para o Noé: já que está de saída pra Terra Santa, o que acha? O que tinha a ver o cu com as calças, se a cueca estava no meio? Perguntei: você vai pra Terra Santa, Noé? Respondeu: vou. Uóchinton ficou bravo: atrapalhou minha pergunta! Disse que não tinha atrapalhado nada e que, se o Noé ia embora, essa era uma informação que todo mundo tinha de saber. Mas o Uóchinton também tinha razão, porque esquecemos o lobo.

Todo mundo queria saber onde era a Terra Santa e por que na fachada da casa em que o Noé morava tinha uma estrela com várias pontas a mais que a da Mercedes-Benz. E logo seguimos sem lobo, claro, ao nosso destino. Ali estava. De cortar a respiração. A Lagoa do Vittorio. Grande. Muito grande. Enorme. Maior que o mar que papai cantava.

As margens, num único golpe de vista, mostravam um rendado de aguapés, lírios-d'água, marrequinhas e erva-de-sapo. Contornando um buriti, gabirobas, cagaiteiras, bromélias,

orquídeas, quaresmeiras, sucupiras, sapucaias e *flamboyants*.
Dentro d'água, desolação. Troncos secos e tortos, enfiados
na lama. Era muito lindo. Só que eu não estava aproveitando
muito toda aquela beleza porque me distraía com o susto que
Seu Ângelo tinha me dado. Logo todo mundo tirou as calças
e pulou n'água. Eu, não. Estava sem vontade. Preferia ver de
longe e pensar no meu caso.

Eu e Seu Valdemar ficamos observando o fuzuê dentro
da água. Seu Valdemar quis saber como estava meu pai. Eu
respondi: quer saber de uma coisa, Seu Valdemar? Não estou
nem aí pro meu pai. Ele é um fracassado. Seu Valdemar ficou
brabo. Fracassado? Quem falou isso? Minha mãe que falou.
Ele ficou descorçoado. Tem gente que nasce no lugar errado,
disse, na época errada. Seu pai é uma pessoa muito especial
pra essa cidade.

Não dei muita atenção ao que ele dizia para me consolar.
Estava contrariado. Um dia você vai compreender seu pai, disse
ele. Seu pai sabe latim, grego e francês, mas tem de fazer esses
trabalhos chochos de viajar para conseguir o de-comer. Eu
fechei os ouvidos: teatro grego nesses cafundós, Seu Valdemar!
Uns caras de mantos nos ombros discutindo se vão enterrar o
morto? E o morto tinha de ser logo eu?

Ah, para!

* * *

Ao voltarmos, brincávamos e jogávamos pedras. Todos os que
tinham entrado na lagoa, especialmente o Tiziu, batiam dentes com a aragem do fim de tarde. Eu até tinha me esquecido

de meu pai e de Seu Angelo. De vez em quando entrava nas conversas, ria, depois me dava uma tristeza que eu não sabia explicar, nem para mim, e observava, e era como se eu novamente estivesse me desgarrando das coisas, dos objetos e das pessoas.

A noite caiu e avistamos as luzes da cidade. E, junto de um pé de gabiroba, o lobo. Agora já o conhecíamos e estávamos mais calmos. Uóchinton, muito educado, perguntou: Seu Ângelo, é o senhor? Difícil responder se o ganido que saiu da boca do animal tinha sido uma resposta ou deboche. Lena estava que estava: bobalhões! Um simples pastor-alemão perdido no mato com um bando de idiotas em volta.

Seu Valdemar entrou na conversa: pra mim, é lobo de verdade. Lena calou a boca num instante. Mas não sabia se Seu Valdemar estava brincando ou falando a verdade. Ele era assim. Dava corda, dava corda, mas de vez em quando se esquecia de voltar atrás para acertar o relógio.

Assim mesmo concordei com ele, estalando os dedos: vem, Seu Ângelo, estamos indo pra casa. Dona Sílvia está te esperando. Não sei se entendeu, mas abanou o rabo. Nesse momento, Uóchinton disse: acho que podemos ganhar dinheiro com ele. Era sempre assim, o Uóchinton. Sempre querendo levar vantagem. Disse: um dia vou ser muito rico. Ganhar muito dinheiro. Enquanto falava, pegou uma cordinha que tinha trazido e fez uma coleira. Agora, sim, disse Uóchinton, Seu Ângelo volta pra casa. E Seu Ângelo voltou, ele mesmo achando ser uma boa ideia.

Quando atravessamos a ponte do corgo, muitas crianças juntaram-se a nós e já era um cortejo enorme, de bem uns 30 moleques, falando e discutindo o destino de Seu Ângelo.

A partir daí, houve uma mudança que não entendi bem. Seu Valdemar teve de andar mais depressa, porque o Tavinho tinha começado a grunhir, e ficamos nós, com Seu Ângelo no laço. Acontece que uns marmanjos, entre eles o Caolho, porteiro na fábrica de móveis e dedo-duro, juntaram-se a nós, dizendo que era lobo, certeza, marido daquela sirigaita, Dona Sílvia! Caolho não disse apenas isso. Ficou por perto, açulando todo mundo contra Dona Sílvia, principalmente porque Seu Ângelo tinha sumido, coitado, no meio do mato há quase um ano e ela aí, pançuda de quatro meses.

Caolho era desses que passam óleo no cabelo e usam camisa apertada pra mostrar muque. Cara lambida. Ele e mais três. Mais na frente, já eram seis. E logo, oito, macho e fêmea, resmungando contra Dona Sílvia e contra o Seu Ângelo, e a gente sem falar nada, porque eles eram bem conhecidos pela ruindade. Como pode ter alguém contra Seu Ângelo e Dona Sílvia, que fizeram tanto bem para a Taboca? Não foi Seu Ângelo que cuidou dos doentes de malária? Não foi ele que conseguiu hospital e remédio? Não foi ele que estava sempre disposto, de noite e de dia, para largar tudo e entrar no mato porque alguém estava em dificuldades?

Só porque tinha publicado no jornal de São Paulo que o governo não fazia nada para cuidar da malária no Triângulo, foi ameaçado pela polícia política. Seu Valdemar dizia: desde o Quebra-Quebra há dois anos, prendem e arrebentam. E o bosta desse vereador, o Homero Neves, ainda elogia as atuações do delegado Josino e do tenente Eustáquio! O que esses excomungados sabem fazer? Ameaçar, espancar e especular com arroz e feijão.

Seu Valdemar não se importava com as ameaças. Homem de ficar calado não. Culpa do Cobiça-Cheque, que queria inventar cidade no cerrado, sem pensar nas consequências. O povo estava com fome por causa da carestia. Ele não se calava nem quando estava por perto o Caolho. E o Caolho escutava, escutava e depois ia para casa escrever seus relatórios.

A turma do Caolho também defendeu a ideia de que aquele lobo era realmente Seu Ângelo. E eu já estava achando que não. Chegamos e encontramos o portão fechado na casa de Dona Sílvia. Bem feito! Mas não desistiram. Ficaram lá na frente. Biscate! Como está grávida se há mais de dez meses Seu Ângelo sumiu no mato? — e outras coisas. Eu fiquei mortificado, sem saber o que fazer.

Como Dona Sílvia não aparecia no terraço, amarraram o lobo numa corrente de verdade, atada no mourão da cerca, e o Uóchinton mais o Caolho começaram a cobrar dez mirréis de quem quisesse chegar perto de Seu Ângelo. De vez em quando gritavam: vai esquentando a cama, bruzundanga, que este aqui — apontavam para o lobo — é mesmo Seu Ângelo! E gargalhavam, com Seu Ângelo preso na corrente. Na frente da venda também começou a juntar gente, todo mundo tiririca com o Uóchinton e com o bando do Caolho.

Uns 15 minutos depois alguém anunciou que vinha vindo de charrete o Seu Euclides. Fiquei mais animado. Ele era uma pessoa correta e não deixaria acontecer o que estava acontecendo. Coitado! Com a chegada dos carros de praça, teve de baixar o preço, às vezes trabalhava com prejuízo. Enfeitou o cavalo com uns penduricalhos coloridos, bem chinfrins, e esticou umas fitas, com sininhos para anunciar que estava chegando. Tudo isso por causa da concorrência com os carros de praça.

Ouvindo o sininho de longe, eu sabia que era ele. Queria que ele chegasse logo. Vovó vivia dizendo: enquanto eu **não** morrer, Seu Euclides, o senhor tem uma cliente. Seu Euclides ria, agradecido com a consideração. O sininho ficou mais forte. Uóchinton veio me avisar: é sua avó com Seu Euclides. Eu perguntei: minha avó o quê? Está vindo. Como sabe? Parece. Eu conheço sua avó. Só então me lembrei que vovó vinha trazer um bolo para o café de sábado. Como eu podia ter esquecido?

A charrete parou e vovó desceu solene da carroça, sem entender a zoeira na frente da casa de Dona Sílvia. Ela vestia uma roupa escura, pesada, que vinha até a metade da canela. E tinha um lenço na cabeça. Não desses lenços coloridos, mas escuro, como o vestido. Sapato preto e meias, como se fosse uma beata de igreja. Aliás, ela tinha um jeito de beata, mas de beata muito da sem-vergonha. Ela mesmo que dizia, por isso lavo as mãos.

Bom, ela desceu e fui logo dizendo: prenderam Seu Ângelo na corrente! Ela me examinou de alto a baixo: não diz besteira, menino! Eu insisti: virou lobo, mas Dona Sílvia proibiu a entrada dele em casa. Vovó disse: pega esse bolo, leva pra tua mãe e diz que já vou. Antes, me faz um favor: deixa de ser palerma. De onde tirou essa ideia?

Levei bem rápido o bolo e voltei. Do portão, percebi Dona Sílvia na sacada. Abri passagem e cheguei perto. Vovó estava olhando pra Dona Sílvia. Depois, empurrou o Caolho, como se ele não existisse! Viu o Zuiudo e disse pra ele, bem alto, pra todo mundo escutar: corre, diz pro Seu Carvalho, das quitandas, que o cachorro dele, o Costelinha, está aqui, amarrado na frente da casa de Dona Sílvia. Vai, vai depressa! Diz que quero a recompensa em broinhas, biscoito de polvilho e sequilhos. Em seguida, abriu os braços e disse agitada, como se estivesse espantando galinha: xô, passarada!

Fim de festa, todo mundo pra casa! Caolho ainda tentou dizer "mas...". Vovó saiu na frente, não tem mais nem tem menos. Não se envergonham de amolar essa mulher? Caolho saiu com o rabo entre as pernas. E vovó abriu a sombrinha, com licença, com licença, e atravessou a rua para o café da tarde na nossa casa.

8
Antígona entre os lobos

Não, Zuddio, não estamos aqui para elaborar uma árvore ginecológica. Não aprecio muito a botânica familiar. Enxertos em excesso, laranjeira que dá limão, macieira que dá pera, mamoeiro-macho e flores-monstro. Zuddio parece não me escutar. Ele diz: seu tio veio um dia, aqui, em 1949, e estava preocupado em completar a árvore genealógica de vocês — de vocês, ele dizia, e não *nossa*. Nem sei se terminou. Mudou de assunto: está vivo, o Corrado? Não, Zuddio, morreu. Não tenho certeza de quando ele faleceu. Estive um pouco afastado desse jardim botânico familiar. Não entendi, disse ele, jardim botânico?

Só me lembrei de que nesse jardim eu tinha sido uma rosa de Jericó, rolando pelo deserto do que eu nada entendia. Quando fiz 20 anos, antes mesmo de terminar a universidade, passei meses e meses entre o porto de Santos e o do Rio, procurando emprego em cargueiros ou em navios de passageiros. Mais tarde pude até me dar ao luxo de escolher entre o *Augusto "C"* ou o *Eugenio "C"*.

Quando finalmente consegui vir para a Europa, tinha esquecido papai e a Itália. Meu primeiro emprego foi numa fábrica de compotas na Baviera. Comia pouco, para economizar. Economizar dinheiro, não as compotas, claro. E comia muito as compotas, não o dinheiro, que queria economizar. Precisava de dinheiro. De muito dinheiro, porque as temporadas de teatro custavam os olhos da cara. Três anos de obsessão: assistir à tragédia *Antígona*, onde quer que ela fosse encenada, custasse o que custasse, às vezes ouvindo estranhos latidos de cães.

Lavei pratos em Londres, num restaurante vegetariano. Hampstead. Voltei alguns anos depois. Nem sinal. O Cyranos's tornou-se um empertigado restaurante japonês. Colheita de morangos perto de Estocolmo, de uvas, em Rioja, na Espanha. Mesquinho. Vinagre. Ganhoso. De girassóis e de lavanda no sul da França. Auxiliar do circo Orfei em Lucerna. Avaro. Mãozinha. Vindima na Champagne e na Provence, garçom em Colônia e Duisburg, entregador de jornais em Konstanz. Mão de vaca, mofino, ricanho e arrepanhado.

Antígona me transformava. Por ela, perdulário. Estroina. À procura dela, Antígona. Piscator, um dos melhores. *Antígona*, de Brecht, no Kufurstendamm. Lá estava. Na primeira fila. O coro. Onde está o coro? Por que o corifeu ainda não disse: *de tantas maravilhas,/ a mais maravilhosa de todas é o homem?* E por que tarda em dizer: *venturoso o que em vida não provou amarguras./ Daqueles cuja casa foi sacudida pelos deuses,/ infortúnios não cessam de visitar numerosas gerações sucessivas?*

Presa fácil de cambistas, ah, isso fui. Mas, dentro do teatro, reverberava em cada som, me expandia em cada verso e estremecia em cada presságio.

E assim anos e anos, trabalhando e consultando jornais: onde, Antígona? E de repente o Corifeu apresenta a jovem morena e magra, aquela de quem Ismena diz:

Não bela como nós, mas de outro jeito, ou ela própria: eu sou feia! Eu sou morena demais. E magra.

Já cansou de chorar por ser mulher. Mas ama a vida e é a primeira a se levantar, para receber o ar frio da manhã sobre a pele nua.

Antígona enfrenta Creonte. Antígona discute com Creonte. Agora, me diga, quando Creonte fala sobre os deuses e a obediência às leis, ele se refere ao mesmo tipo de deuses e de leis de que fala Antígona? Hein? Ela, ao desobedecer a Creonte e enterrar Polinices, não está pregando a desobediência civil? Hein? Hein? Fizeste por merecer, Antígona, na tumba dos Labácidas?

Por que Hemon, vosso noivo, insiste em não crescer? Ah, dias de correrias vos buscando, Antígona. E aquela vez, sem fôlego, em que fomos nos encontrar em São Petersburgo?

Às vezes duas ou três apresentações em sequência. Os olhos vermelhos de tanto vos admirar. Nunca consegui vos salvar das mãos de Creonte. Nunca conseguistes me salvar da mão do destino.

E de novo a volta ao mundo fora das luzes do palco. Recepção de um hotel em Menton, chapista de hambúrgueres em Hamburgo, organizador de passeios de cães em Genebra.

* * *

Agora Zuddio discorre sobre o Gaetaninho. Desconheço se fala do Gaetaninho que trouxe as oliveiras brancas de Portugal, do Gaetaninho, meu tio em Uberlândia que morreu de hemoptise — tinha uma bela natureza-morta pendurada na parede da casa de Tia Maria — ou outro Gaetaninho, avô, conhecido, ou o próprio pai, casado em segundas núpcias. Meu irmão parece entendê-lo bem, pela fluência: esse primo maneja as palavras como um mineiro seguindo os veios da memória.

Quando se empolga, de seus lábios pendem substantivos, adjetivos e verbos, pousados em frases familiares. Faço sim com a cabeça no momento em que a pergunta exige não, provocando riso ou constrangimento. Não compreendo bem o italiano. E meu irmão responde, sim, vamos, e em seguida volta-se para mim: OK? Claro, respondo, sem saber do que se trata, e nos afastamos da Torre dos Turcos na direção do carro.

Com o navegador nas mãos: vamos aonde, mesmo? Zuddio fala: não, não precisa, porque conheço bem o caminho. Caso não se importe, gosto de dirigir com essa voz de fundo, dizendo faz isso e faz aquilo. Algum trauma de infância, Zuddio. Tudo bem? Tudo bem. Em caso de engano, corrijo. OK, Zuddio.

Procuro Morano em destinações recentes, digito Morano, e a estrada virtual estende-se na pequena tela, 40 quilômetros, 35 minutos, Zuddio fica em silêncio, contrariado, e logo entra em atrito com o GPS, vire à direita, enquanto a voz cavilosa insiste para nos mantermos na faixa da esquerda, saia agora, diz Zuddio, sim, pois se lembrou de alguma coisa importante, e a voz no GPS manda ultrapassar a rotatória, enquanto meu irmão pergunta, rindo, o que está acontecendo. Parece um pouco tenso, irmãozinho!

Nada, nada, respondo, suspendendo o pequeno circo interno, e obedeço a Zuddio. Pouco depois estamos no Corso Nazionale. Zuddio fala ao telefone *corretto, corretto, va bene*, e diz para estacionar na vaga que se abre entre um Fiat Punto e um Volkswagen Polo, estaciono, e já estamos passando entre seis velhinhos de cabelos brancos conversando em frente de uma loja de móveis.

Zuddio diz já no topo da escada *sono qui*, e eu penso, claro, claro. Entramos no que parecia ser a recepção de uma imobiliária, nos deparamos com uma jovem ao computador. Ela indica-nos o caminho a seguir. *Va bene, va bene.* Penetramos em uma sala com mesas e cadeiras maciças, uma bandeira italiana, e Zuddio, afável, aponta para a parede ao fundo: a cama onde seu pai nasceu em 1913.

Até aquele momento não sabia por que Zuddio resolvera contrariar as orientações do GPS, mas agora eu tinha certeza. Zuiudo parece emocionado. Pergunta se nossos avós, meu tio Martino e Corrado, tinham vivido naquela mesma casa. Zuddio diz que sim. Depois fala do primeiro inverno que Vovó Arzelina passou em Spezzano. Ela abriu a janela certa manhã — aponta para a janela a que se refere — e avistou a neve do Monte Pollino. Zuddio abre essa mesma janela. Ela enquadra o Monte Pollino. Soberano. Solene. Fora do alcance.

Ele conta que ele próprio havia nascido naquela casa, 13 anos depois de meu pai, e que o imóvel tinha sido vendido, revendido, e mais tarde recuperado. Era dele, agora, alugado à Associação Comercial de Spezzano Albanese.

Pouco depois descemos a colina de Spezzano, avançando no rendilhado das oliveiras, e tomamos a direção de Morano. Zuddio decidira prosseguir contrariando o GPS, cuja voz era naquele mesmo instante tomada de angústia: *volte para trás logo que puder, volte para trás logo que puder, volte para tras logo que puder*. Eu imaginava minha mãe descabelada, dando conselhos aos seus oito filhos, antes que fosse tarde e a vida desse o troco.

Logo apareceu a placa Portello dei Giudei e Zuddio explicou que ali era o antigo bairro judeu: eles moraram aqui no vice-reino de Aragão, até serem expulsos em 1541. Coincide com a decadência da Calábria. Estranho Zuddio falar assim, como se ele fizesse parte de tudo aquilo, cinco séculos depois. Explicou: uma parte do centro histórico de Cosenza, a capital da província, chama-se Cafarone, que deriva de Cafarnaum. E havia judeus na Calábria desde o tempo dos romanos. Outros chegaram da Espanha até serem perseguidos pela Inquisição. E muitos desgarrados, que desceram da Galícia e chegaram até aqui, passando antes pelo Reino de Veneza. E disse: fico dividido entre a Galícia e a Espanha.

Portello ficou para trás. Eu leio em voz alta: você está deixando Castrovillari. E digo, de forma automática: estamos deixando Castrovillari. Um imbecil lendo placas para anunciar o óbvio. E Zuddio confirma: Castrovillari, como se sentisse a obrigação de ser solidário.

Estávamos a caminho de Morano Calabro, para ver sua Tia Letícia, meu Deus, Letícia entre as mulheres era como Gaetaninho entre os homens: qual Letícia? A de Uberlândia, casada com Tio Augusto? A filha de meu irmão de Cuiabá? Ou a Letícia que ajudara Gaetaninho a trazer de Portugal as almas das oliveiras?

Castrovillari, São Paulo, Spezzano, Uberaba, Morano, Prata, Acquaformosa, Sacramento, Altomonte, Ituiutaba. Como em conversa de dois que se encontram e tentam estabelecer um diálogo. Faz calor, sim, faz calor. Vai chover, sim, vai chover. Chove, sim, como chove! Ah, a vida! Ah, a vida! Eu não te conheço de Castrovillari? Não, eu nunca fui a Castrovillari. Eu também não. Isso deve ter acontecido então com dois outros e não conosco. *Nonsense*!

Zuddio toca no espaldar do banco e exclama: confortável! Sim, confortável. Toyota! Sim, Toyota. Um ponto zero? Sim, um ponto zero, sente o esforço do motor no aclive? Zuiudo é atraído para a conversa: é, carro confortável! E eu explico: emprestado.

Tinha sido uma boa ideia o Senhor Engelbert me emprestar o carro. Confiara em mim, tantos anos depois que deixara o Blau Engel. Fizera questão que eu ocupasse um quarto melhor no albergue.

Eu lhe disse: Karl, me dá licença! Ele deu. Fui à chapa e eu mesmo preparei uma salsicha grelhada com esses pequenos e deliciosos *brötchen* alemães. Pedi mostarda. E ele comentou: hoje em dia a boa mostarda ficou para trás. Preferem *curry* ou esses horríveis *ketchups*. E ainda falam na autêntica comida alemã. Recordamos 1971, quando seu pai nos deixava cuidando do Blau Engel e tomávamos porres terríveis. Até o dia em que pedi as contas e parti de repente para Viena, onde estava sendo montada uma nova versão de *Antígona*, pelo inesquecível Wolfgang Neuman.

* * *

Agora estávamos em uma grande casa de pedra, no meio de centenas de outras casas de pedra, algumas delas escavadas na rocha, como em Matera, e bebíamos café com sequilhos. Tia

Letícia, majestosa, 90 anos, tinha seu trono junto da janela. Clara, sua filha, quase gritava, para que ela conseguisse escutar sobre as visitas.

Uma pessoa rara. Letícia. A última representante desse ramo genealógico. Certamente havia outros, dezenas, pelos lados de Acquaformosa. A região estava cheia deles. Mas eram de uma botânica muito particular. Como ali, diante de nossos olhos. Letícia expressava-se em dialeto, traduzido pela filha para o italiano. Mesmo no momento da tradução, Letícia, que era surda, deixava sair da boca consoantes sem vogais, áridas como as casas escavadas nas rochas de Morano.

Zuddio intervinha, queria explicar melhor, impossível, sua voz soava débil, sumindo naquelas palavras de paredes duras, de bocas pétreas e rostos afilados, geração depois de geração, sim, sua Tia Letícia, havia dito Zuddio, é a última na linha da vida, e Letícia tentava compreender o que lhe diziam. Quando compreendia finalmente, ria de satisfação, mas logo depois reclamava que vivia entre estranhos: eu sou estrangeira, não falam a minha língua. E Zuddio tentava convencê-la: você vai se acostumar. Mas ela dava de ombros: eu me conheço muito bem, uma pedra exilada entre as pedras.

Fui envolvido por uma onda de compaixão por essa tia, solitária entre estranhos, que tinha saído um dia qualquer de Spezzano para um exílio do outro lado do mundo, a 30 quilômetros de distância. Pior, ela havia dito claramente: eu me conheço muito bem. E, para mim, o que existe de mais terrível é se conhecer, pois nesses misteres todo e qualquer conhecimento é doloroso. A luz cega.

86

Como disse, estava ali apenas para pagar uma promessa que nem mesmo chegara a ser verbalizada ao meu pai. Nada pessoal, portanto. Um *go-between*, entre o passado e o presente. Um *medium*. Um meio. Um impulso elétrico ou ótico que envia *bits* da memória, sem saber se o conteúdo trata de nascimento ou óbito. Enfim, sinais elétricos digitais, como os que funcionam no computador, usando a memória como *server*.

Permito-me uma digressão. Era isso que eu pretendia, no início. Com os olhos, captar imagens da Itália, sem retoques, imagens neutras, que eu apresentaria ao meu pai que morava em minha memória, em seguida lhe diria passe bem, indo para os meus afazeres. Sem avaliar a paisagem ou as pessoas em uma escala Rikert, estética (lindíssimo, bonito, indiferente, feio, horrível) ou moral boa, quase boa, indiferente, quase ruim, ruim, porque, como disse, não tinha a intenção pessoal de saber ou compreender.

Àquela altura, porém, sabia que não conseguiria ser uma banda larga que funciona por impulsos elétricos ou Wi-Fi, que com os impulsos digitais com origem no mar, na montanha, nas casas, no pôr do sol sobre o Mar Jônico ou nas pedras de Matera ou Acquaformosa através do ar rarefeito até meus olhos. Não, não conseguiria. Logo depois das primeiras tentativas, desistira de ser a banda larga do olhar alheio, mesmo que fosse o de meu pai. Por favor, vos peço, não culpeis o mensageiro pela notícia.

E aquela mulher me fascinava. Ela tivera a coragem de confessar o obsceno: ela havia dito, misturando o italiano com o dialeto albanês: eu me conheço bem, logo para mim, que chegava de longe, com um conhecimento exíguo e rarefeito. Não sei por que, de repente me senti estrangeiro, pois ela era uma rocha na superfície de Marte, mesmo com todo amor de Clara, de Zuddio e dos outros. Solitária assim mesmo, porque se conhecia. Existe algo mais terrível do que se conhecer?

Agora falavam de um irmão que ela tinha, Giancarlo, sim, seu irmão, cuja lembrança Clara avivava com o amplificador da mão direita, em corneto: e o rosto de Letícia iluminava-se, avançando, como uma mola, para depois se contrair: Giancarlo! Sim, Giancarlo, e seus olhos marejavam.

Sim, gritava a filha, GIANCARLO, que foi para o Brasil e nunca mais deu notícias. Eu sabia quem era Giancarlo e sua irmã Carla, que tinham deixado Spezzano e ido para Uberlândia em 1953. Quando perguntavam por que tinham vindo para tão longe, o tio justificava: esse menino, ansioso, agarrava minha mão e implorava: me leva, me leva com você!

Depois alguém disse que os dois tinham vindo para tão longe por um desgosto nunca explicado. E outros, que crianças decidem sem pensar, são assim mesmo, gostam de aventuras. E ali estavam meus olhos de criança grudados em Carla, até que um enorme caminhão-tanque, que transportava gasolina de São Paulo para Brasília, estacionou na frente de casa e um italiano grande, ossudo, de rosto vermelho, levou-a de nossa convivência.

A lembrança desse dia é muito nítida, porque nesse mesmo domingo em que ela iria partir com Nicola, à sombra das parreiras e ao lado do tanque, a macarronada estava sendo servida. E então Tio Sebastião convidara Tia Terezinha para dançar, como um cavalheiro sabe tirar uma dama, iniciando um tango sensual, em que o corpo do tio comandava o da tia, até ela se jogar para trás, entre aplausos.

Uma chuva repentina caiu, interrompendo a dança. O meu Caruso, disse Tia Maria, correndo para abrigar o toca-discos. Subimos às pressas a escada dos fundos. Éramos muitos, agora, seguro de que tudo tinha sido salvo. A toalha de renda portuguesa, a porcelana italiana de Vó Arzelina, o toca-discos de Tio Corrado, a sopeira inglesa, os talheres finos, as garrafas de vinho Marcassa, de que papai tanto gostava.

Tudo e todos estávamos salvos? Não. Os únicos salvos até aquele momento eram Tio Sebastião e Tia Terezinha. Apesar de as nuvens desabarem (nubifragio, dizia Vovô Giacomo), eles valsavam agora debaixo da parreira, molhados até o último fio de cabelo, seguindo outra música, a que existia dentro deles.

E finalmente o sol reapareceu. Marcinha gritou: chuva com sol, casamento da raposa! As crianças desceram correndo as escadas. Queríamos dançar. Volta aqui, menino! Volta aqui, vai pegar um resfriado. Em vão. O que mais queríamos era pegar aquele resfriado do Tio Sebastião e da Tia Terezinha.

Os tios e tias continuaram à janela e observavam a cena com olhos de horror e de inveja, porque esse beijo é fogoso demais para acontecer diante das crianças. Falta de vergonha! Diante das crianças! Uma tia-avó, de passagem, disse que devia ser proibido: alguém aí desligue esse toca-discos!

Vovó Arzelina, que tinha se retirado para o seu quarto por não se sentir bem, veio saber o que acontecia. E disse: nada de desligar o toca-discos! Miriam, aumenta o volume porque eu quero dançar com meus netos e meus filhos.

Em seguida, tirou o xale que tinha nos ombros e foi gingando para debaixo da parreira. Acho até que ela era a mais animada. Com exceção de Tio Sebastião e de Tia Terezinha, claro. O abandono dos dois era de outra ordem.

Pouco depois, um por um, desceram os que estavam à janela. A princípio, sem jeito. Passos pesados e fora do ritmo. Pegaram logo o molejo. Sabe, foi uma festa muito bonita!

* * *

Perguntei então ao Zuddio: e se fôssemos até as ruínas do Castelo Normano-Svevo? Me disseram que tem uma vista bonita lá de cima. E quem sabe avistamos o mar! O mar. Estava sempre com o mar na cabeça. Meu irmão ficou contente com a ideia. Zuddio também. Uma ressalva: a vista seria ainda mais bonita da Igreja dei Santi Apostoli Pietro e Paulo. E andamos devagar, pelas ruas tortuosas, cheias de crianças brincando e cadeiras na frente das casas, pois Morano tinha centro, mas na parte mais alta de uma rocha em forma de cone, de 694 metros de altura. A partir dali as casas de longe parecem acavaladas, de perto mostram pequenos pátios de onde se erguem novas casas, num contínuo até as ruínas do castelo.

Do largo em frente à igreja avistávamos tetos regulares, com ângulos bruscos que ora apareciam, ora se ausentavam, por causa do traçado e posição irregular das edificações. Havíamos entrado brevemente pela parte de trás da igreja, cheia de mulheres de negro, viúvas que haviam se tornado beatas. Mulheres mais jovens igualmente circulavam entre os bancos. Outras, com vassoura e esfregão, tinham começado a limpeza.

Cansado, me sentei numa das cadeiras e duas ou três beatas se ergueram para me ceder lugar, certamente julgando que eu era um pecador mais necessitado da graça de Deus do que elas.

Agora estávamos admirando uma Morano noturna, cheia de cintilações na descida da encosta do Pollino, quando veio um religioso, alertado pelas beatas. Mas era simpático, o frade, e muito risonho: sou o padre Marcelino Pão e Vinho, disse, rindo, e explicou que Marcelino, sim, mas Pão e Vinho, não, brincadeira! Ele apontou na planície a Chiesa e Monastero di San Bernardino da Siena, todo iluminado.

Eu perguntei: descemos? Zuddio pareceu não ter escutado, respirando a brisa que soprava no alto da rocha, mais pura que a da planície. E exclamou: *è bello!* Não lhe dei atenção e perguntei: qual o dialeto que se fala aqui? Ele respondeu: o dialeto de Morano. Daqui mesmo. Não deve ter percebido que eu abria uma fresta para chegar ao que me interessava: e o dialeto que falavam na casa de Tia Letícia? Albanês, ele disse. Falávamos albanês antigo. Eu fiz uma careta. Ele percebeu. O mesmo que falamos desde o século XV, em grande parte dessas cidades e povoados da Calábria: o albanês.

Meu irmão aquiesceu, sim, já havia percebido a diferença. Sua Tia Letícia não é de Morano, explicou Zuddio, veio morar com a filha porque não tem mais ninguém. Sua língua usual é o albanês. Muitos vieram da Albânia, contratados como mercenários pelo vice-rei da Espanha para combater os angevinos. Os Capparelli fugiram da invasão turca de 1498, depois da breve independência de Skanderbeg.

Ouvindo Zuddio falar, perguntei: Zuddio, você é nosso primo, tudo bem, já sabemos disso. De onde vem Zuddio? Ele me olhou nos olhos e disse: uma italianização de Judio, que o reino de Aragão dava às pessoas dessa crença. O sul da Itália foi espanhol durante quase 200 anos, com o Reino das Duas Sicílias.

9

Missa em grego no cerrado

Zuddio tinha reservado dois quartos no Hotel San Francesco, perto das Termas. Quando chegamos de Matera, ao anoitecer, apresentamo-nos à recepção e fomos encaminhados aos nossos quartos. Vocês vão dizer: dois irmãos que se reencontram devem ter muito para falar. Sinto muito. Pouco tínhamos a conversar. Daí os quartos separados.

Já disse: não conheço meu irmão. Como, de resto, os outros, mais novos do que eu: Mattias, Isaia, Gabriel e Agnese. Conhecia melhor os mais velhos — João Carlos, Alex e Abigail. Dia desses, retornando ao convívio familiar, me apresentaram uma irmã: sua irmã, Agnese. Eu me perguntei: que irmã é essa? Nenhum registro. Erro 404, tente novamente. Ah, conhecia, sim. Agnese, ainda bebê, engatinhando pela casa. Ah, como tinha crescido. E casado. Cheia de filhos.

Marquei encontro com Zuiudo no restaurante do próprio hotel, onde nos foi servida uma lasanha. Nem parecia que estávamos na Itália. Aliás, não estávamos na Itália, mas num

92

fac-símile chamado Calábria. E, por ser fac-símile, fizéramos uma má escolha: prato italiano. Sofrível, a lasanha. Parecia envergonhar-se em camadas. Assim mesmo favorecia um início de diálogo, pois agora estávamos frente a frente e não lado a lado.

No entanto, comemos em silêncio. Veja bem, tinha de ser assim. Não iria à periferia de Spezzano — o centro da cidade estava a seis quilômetros de distância, num aclive sinuoso de 600 metros de oliveiras — para lhe dizer: sente-se, por favor! Ah, você primeiro! Obrigado. E em seguida eu entraria no assunto que tinha me trazido ali. Não, não, não procuraria saber mais, porque começava a reconhecê-lo: distraído no varejo, atiladíssimo no atacado. Porque nem sempre eu sentia que estava com as rédeas da situação. Atento, sempre atento, meu irmão. Tanto assim que levou à boca mais um pedaço de sua *lasagne con ricotta alla calabrese*, me olhou assim, descontraído, e perguntou em voz baixa: afinal, como me encontrou?

Fui pego no contrapé. Mas me reequilibrei. E concluí que toda volta ao convívio familiar deve se reger pela astúcia, mas também pela sinceridade. E disse: sua cunhada me contou. Ele buscou uma explicação: mas ela não sabia ainda onde eu estava na Itália. Nem em que cidade. Bebi um gole d'água. Repus o copo na mesa. Ah, essas coisas não posso resolver. Tem de perguntar a ela. E continuamos a comer.

* * *

Naquela noite, antes de dormir, pensei no meu pai e procurei preencher os vazios. Alguns eram esperados, claro, pois parte de sua vida ocorreu antes que eu nascesse, especialmente a sua chegada ao Brasil em 1914, até seu casamento com mamãe. Não que eu tenha clareza sobre essa última fase. Longe disso. Quando tento reconstituir os laços familiares, no todo e em partes, o que aparece é sempre um quadro descontínuo e cambiante. E a memória dessa época não tem coerência, pois o que me vem à mente são cenas heteróclitas, feitas de visões, cores, perfumes, sabores, dentro de uma névoa diáfana. E também de falsas memórias.

Nessa noite, depois de jantar com meu irmão, me vejo sentado diante de um fogão a lenha. Giro a manivela do torrador e, ao mover a esfera de metal, espalha-se pela casa um aroma penetrante. Atiço o fogo e a chama crepita, lançando fagulhas e aroma de resina do lenho. Abigail costura na sala túnicas e mantos que papai usa em suas apresentações. Provavelmente em uma comédia grega adaptada para Araguari, Ituiutaba, Monte Alegre de Minas, Itumbiara, Araxá e até mesmo Patos de Minas. Às vezes a plateia abandona o teatro. Papai, frustrado, tenta em outro lugar. Outras vezes ele mesmo inventa os textos. São esquetes cômicos, alegres, funambulescos, dentro dos quais há sempre espaço para uma didática sobre os perigos do mosquito *Anopheles*, o causador da malária.

Giro mais um pouco a esfera e um aroma mais denso — os grãos devem estar quase no ponto — espalha-se pela casa. Do varal, onde estende roupa, mamãe fala para prestar bastante atenção no que estou fazendo, pois o café torrado em excesso torna-se amargo. Eu respondo que estou prestando atenção. E nesse novo aroma, diferente, um aroma que se expressa em sons, *Candide*, de Voltaire, mostra as muitas formas que assumem no mundo o mal e o sofrimento. *Candide*, que papai lê devagar, ridiculariza a ideia de que vivemos no melhor dos mundos. Papai de vez em quando para de ler, procura uma palavra no dicionário e explica que o indivíduo suporta muita indignidade no curso de uma vida.

Candide para crianças? A custo acompanhava o que ele lia. Mais tarde quis reler Voltaire e o procurei na seção infantil de livrarias. *Candide* chega agora ao Paraguai com seu professor Pangloss. Má sorte ou carma não são explicações para o sofrimento. O valor da vida está em viver, e só assim se chega ao equilíbrio. Mas isso eu soube depois, muito depois.

Papai nos contava uma história iluminista. Ele não se importava com o cerrado. Como se não existisse. Mas para nós importava: bastava atravessar o córrego e pronto. O desconhecido. O inexplicável. Candide no cerrado andaria de quatro, porque o mundo ali ainda era povoado por crenças antigas. Almas penadas. Assombrações. A de Licinha, por exemplo, que um dia havia prendido dois fantasmas de verdade dentro de uma garrafa.

* * *

De olhos fechados, naquela noite no hotel em Spezzano, me lembrei do quanto me impressionara essa história do cerrado. Se me perguntassem se acreditava em demônios presos em garrafas responderia: não, não acredito. Impossível que existam. Mas, naqueles, sim. Acreditava. Eles tinham aparecido do outro lado do Córrego Taboca, no cerrado, um lugar que não segue as leis da cidade.

Candide com papai tinham o poder de curtos-circuitos em minhas lembranças. Candide desmentia que demônios possam ser presos em garrafas. Mas no cerrado de cada pessoa tudo pode acontecer. Por exemplo, um dia apareceu um sujeito chamado Juscelino, marchando para o oeste. Nessa marcha, o cerrado tentou engolir a Brasília desse Juscelino. Difícil, tão difícil que regurgitou. E por fim cuspiu um pássaro de asas abertas, com plano piloto e tudo. Esse mesmo pássaro, vomitado pelo cerrado, virou a parábola de um avião e engoliu o cerrado. Mas antes teve de acabar com a linha divisória entre os dois. Assim, em 1976, o prefeito de Uberlândia, seguindo o Plano Diretor de 1954, mandou canalizar o Córrego Taboca e construiu sobre ele a chapa de concreto, que se transformou numa avenida que levava à BR e a Brasília. Pronto, Brasília, agora, era todo o Planalto Central. Goiânia galopava. E Uberlândia ia a trote.

E o que mais? O que mais essa eterna briga de Uberlândia contra Uberaba, por afronta, e contra Araguari, por derrisão. Refiro-me a Araguari e sua ameaça de guerra contra Uberlândia porque a torre da nossa matriz fazia sombra na praça central deles. Eu ria, mas dizia dentro de mim: não precisa humilhar, né? Aí, em 1961, quando o *Sputnik* passou sobre o Brasil, o cosmonauta soviético Yuri Gagarin disse que a cor da terra é azul e que, de todas as cidades do Planalto Central, Araguari era a única que podia ser vista do espaço, toda iluminada.

Eu não tinha nariz empinado como tantos na cidade, mas fiquei magoado. Muito magoado. Desconsiderar Uberlândia assim! O delegado Pompílio ficou uma fúria. Na Câmara Municipal, quando foi instalada a Comissão de Inquérito sobre

Atividades Antiurbanas, ele denunciou a afirmação do cosmonauta como coisa dos comunistas. Primeiro, explicou ele, apequenam as grandes cidades e depois, com tudo pequeno, tomam o poder. Não demorou muito Fidel Castro apequenou Batista e tomou Havana, Cuba, em janeiro de 1959, e, duas semanas depois, Uberlândia teve a segunda maior insurreição popular de sua história.

* * *

Aos poucos concluí que os 13 anos que meu pai passou no Seminário São José, de Uberaba, dos redentoristas eram os mais diluídos. Com mais desencaixes do que encaixes. Não que se tratasse de um segredo. Nada disso. Simplesmente não tivera tempo — ou desejo — de conhecer esse período da vida dele. Treze anos no seminário e ponto final. Mas o que fez? Do que gostava? Tia Maria estica as pernas, pede que a Lídia Maria lhe traga o andador, vai claudicando até a estante e volta com uma fotografia, meu pai de batina, um rosto jovem e fino, os cabelos bem penteados e um olhar indefinido, entre astuto e triste.

Seu pai era muito calado, diz Tia Maria. Teve muita dificuldade de se adaptar, isso sim, porque nem bem chegou da Itália foi para o seminário. Nesse pouco tempo que mamãe ficou na Itália, aprendeu que era importante ter um sacerdote na família. Mas seu pai não foi ordenado. Era muito bonito. E sua mãe, que era noviça, apaixonou-se por ele.

Quer dizer, tia, que ele deixou o seminário por causa de minha mãe? Ela assente: é o que dizem. E, depois de alguns instantes em silêncio, acrescenta: ele esteve no seminário até o dia de se ordenar. Na última hora, largou a batina. Tia, a senhora está dizendo que ele não queria seguir a carreira sacerdotal? Ela estende as pernas inchadas, cheias de varizes. Atrás dela, um armário de aço. Dentro, livros e mais livros, que tinha adquirido de caixeiros-viajantes vindos de São Paulo. Concordava em emprestá-los a mim, mesmo os de papel-bíblia, com a condição de que eu lesse de mãos limpas.

Ela olha pela janela. E diz: seu pai nunca explicou por que realmente deixou o seminário. Contam que ele não conseguiu celebrar a missa no dia da ordenação. Pergunto: por que não conseguiu? Ela baixa a voz: ele já tinha perdido alguns parafusos. Quis celebrar a missa no ritual grego ortodoxo. Em grego, entende? Ela se abaixa e me olha firme: ele sempre foi meio desgovernado e esquisito. Comprava livro que não conseguia ler: em alemão, por exemplo. Para ler Shakespeare, ficou séculos trancado no quarto e quando saiu tinha decorado todo o dicionário *Webster*.

Depois de um suspiro: fracassou, porque fracassa quem não consegue trazer comida para a mesa. Sem a oportunidade de estudar no seminário, não conheceria tanta coisa. Com a oportunidade, aprendeu só o que não devia. E ninguém consegue no almoço e no jantar comer pastéis recheados de Voltaire, não é mesmo?

* * *

A biblioteca de Tia Maria era menor do que a de papai, mas mais fascinante. A do papai era caótica. *A conquista da Índia por Tamerlão* estava ao lado de Lohengrin, de Wagner, ombreando com os títulos de Bergson, pela PUF, de Paris, e o teatro de Brecht, em alemão, da Suhrkamp. *Os Sofrimentos de Werther*, na estante de papai, não casavam com o *Modern Quantum Mechanics Experiments for Undergraduates*, ao lado. E mais, muito mais, na seção grega e latina: a coleção completa de tragédias de Ésquilo, Juvenal e Lucrécio. Era assim, papai: um radar no meio do cerrado, perscrutando o céu das belas-letras e dispondo o que conseguia numa estante onde qualquer um podia abrir e consultar, mesmo sem entender o que estava escrito.

Já Tia Maria trancava seus livros em um armário de aço Fiel e guardava a chave no reguinho de entre os seios. Organização impecável, concentrada em russos como Gogol, Tolstoi, e Dostoievski. E também Daniel Defoe, Swift e Charles Dickens. Era assim, Tia Maria: um radar concentrado num ponto fixo, que se permitia, no máximo, um Cronin na mesma estante que uma Jane Austen, todos eles trancados no armário de aço e todos falando apenas português. Como uma costureirinha do interior de Minas Gerais conseguia reunir esses autores numa biblioteca?

Papai era caixeiro-viajante e passava semanas longe de casa. Ao chegar, queria saber se o correio tinha trazido algum livro novo, talvez os poemas de Píndaro ou *Regras concisas do pôquer*. Mais tarde, com a mania do teatro, não tinha dinheiro para adquirir livros, mas os tinha em quantidade para ler. Tia Maria era uma costureira sofisticada. Suas clientes eram da alta sociedade do cerrado. Mas foi Tia Maria que me ensinou a ler Dostoievski e Tolstoi antes dos 12. Pavel devia ter matado Strelnikov? Era ela fiscalizando minhas leituras. Devia ou não devia?

10
Um dia em 1959

Seu Valdemar parecia mais contente e punha de novo fé no Tavinho. Eu também tinha perdido a mania de cachorros, de relâmpagos e de geada. O motivo? Tavinho estava mais independente. Escovava os dentes sozinho. Não dormia mais escondendo facas debaixo do travesseiro e saía sozinho para brincar perto da Piau.

Um dia entrei no quarto dele e a cama estava vazia. Ué, onde andava o Tavinho? Ali não estava. Nisso o vento abriu a porta do guarda-roupa e ele apareceu. Que susto! Tinha o meu rosto, credo! Espera aí: é meu rosto refletido no espelho! Que desorientado fiquei com minha desorientação!

Mais custoso do que o Tavinho foi resolver Brasília. Uma conversa sem fim. Os charreteiros continuaram se reunindo na venda todas as quintas, cinco da tarde, para discutir o nó que Brasília dava no cerrado. Uma vez chegaram, pararam a charrete no ponto, do outro lado da rua, e ficaram de cócoras, picando fumo na palma da mão, com a palha do cigarro na boca. Perto das cinco já havia uma fila muito grande, começando na Sacramento e terminando na Estrela do Sul.

Os que chegavam depois paravam em fila dupla. Mamãe reclamava muito, porque os cavalos bosteavam toda a frente de casa. Os charreteiros fingiam que não tinham nada a ver com isso. Uns davam de ombros, sob o pretexto de que reclamar era coisa de mulher. Nego Juvêncio, que ajudava os charreteiros, pendurava um balde de ração no pescoço de cada cavalo. Assim se distraíam, sem escoicear, na longa espera. Pareciam pensativos, mastigando lentamente a ração do balde, observados, do outro lado da rua, pelos charreteiros.

Mamãe, cada vez mais brava com essas duas filosofias, principalmente a dos cavalos, que comiam com a extremidade da frente e bosteavam verde com a de trás, e a dos homens, que, se não bosteavam, também não tomavam providências. Daí a raiva. De cinco em cinco minutos, olhava para aqueles marmanjos agachados do outro lado da rua e gritava: quem vai limpar depois essa sujeira? Ninguém escutava. E lá permaneciam pensativos, com olhos de mormaço.

Muitos dos que tinham chegado antes e que tinham se postado sob os cinamomos saudavam com a bunda os retardatários. Por um motivo simples: não podiam abanar com as mãos: a direita manejava a lâmina do canivete para picar o fumo de rolo e a esquerda, espalmada, recebia o fumo picado. E não podiam emitir nenhum som porque os lábios fechados prendiam a palha de milho com que iriam enrolar o palheiro. Por isso, quando passava um conhecido, continuavam agachados e davam um pequeno impulso com o corpo, numa saudação de bunda.

Do meu posto na venda eu observava a cena, com uma visão de conjunto: os charreteiros agachados do lado de cá, as charretes paradas do lado de lá. Chamavam atenção as cores das charretes, cada vez mais engalanadas. A do Seu Nemésio, por exemplo, mais bonita do que no dia de Nossa Senhora da Abadia da Água Suja. E nem era ainda 15 de agosto! E eu me perguntava: por que charretes cada vez mais caprichadas, cavalos cada vez mais magros e donos cada vez mais preocupados?

Fechei o livro que estava lendo, chamado *A criança que nunca cresceu*, de Pearl S. Buck. Era sobre Carol, a filha da autora, muito talentosa e apreciadora de música, mas que aos 9 anos parou de crescer, consumida por uma desordem mental.

Eu achava que a Pearl não precisava contar pra todo mundo o que tinha acontecido à Carol. Por isso fechei o livro, triste com o destino da menina, mas logo desviei minha atenção para Seu Valdemar, que dizia desaforos ao Seu Quitério. Merecia esses desaforos, Seu Quitério, por causa da mania de ser mais inglês do que os ingleses. Dessa vez, ele defendia a construção de Brasília, o que era absolutamente proibido dentro da venda:

Seu Quitério: O nosso Juscelino é *cool*.

Seu Valdemar (com os olhos deste tamanho): Nosso Juscelino, vírgula: o seu Juscelino. E como se escreve esse "cool" que está falando?

Seu Quitério: Cê, ó, ó, ele, inglês.

Seu Valdemar: Ah, bom. Me assustou, Quitério. Mas te dou um conselho grátis: não sai por aí, entre gente de bem, falando nesse Juscelino com ou sem cu.

Seu Quitério saiu, pisando duro.

Eu disse: boa, Seu Valdemar! Ele não escutou. Quer dizer, pode ser que tivesse escutado, mas não disse nada.

* * *

Com a concorrência cada vez maior entre os motoristas de praça, que trabalhavam no centro para os ricos, e os charreteiros, que serviam aos pobres, eu estava sempre do lado dos charreteiros. Acontece que os motoristas de praça começaram a se aventurar pelas vilas, tentando substituir as charretes. E os charreteiros começaram a passar dificuldades.

Uma corrida de charrete até o centro, para ir ao médico, ao hospital ou para fazer uma compra extra na Casa das Linhas, custava dez cruzeiros. Muito espertos, os motoristas de praça chegavam com suas forrecas bombardeadas, tudo bem, mas mesmo assim carros de praça — e ofereciam a mesma corrida por 12 cruzeiros. As pessoas não caíam na conversa. Por que pagar 12 se posso pagar 10? E os motoristas: você é que sabe. Mas, se conseguir mais um para ir junto, faço por 14 para os dois, o que dá sete para cada um. O sujeito pensava, pensava e conseguia mais alguém que quisesse ir ao centro, sentado em estofado de couro, longe da poeira, e ainda por cima dando tchau para os charreteiros, que se mordiam. Por quê? Porque não tinham condições de concorrência. A charrete era pequena e só levava um passageiro de cada vez, no máximo dois, mais o condutor.

Se você me diz que o tempo está mudando, eu concordo. Agora, com Brasília, surgia outro tipo de carro de praça: os táxis. Os taxistas morriam de desgosto quando alguém dizia que eles eram motoristas de praça. Motorista de praça, vírgula! Motorista de praça é sua vovozinha que eu já comi. Eu sou taxista, não sou chofer. Eu dirijo táxi, e não carro de praça. Eu marco o valor da corrida no taxímetro e não no roubo e no lero-lero. Eram geralmente mais moços que os choferes e tinham uma propensão para carro francês: Simca Chambord, principalmente.

O que eu queria dizer, mas tinha me desviado do assunto, era que Seu Valdemar era muito bom. Lembro, como se fosse hoje, o dia em que me ofereci para trabalhar na venda, para ajudar papai a comprar uma passagem para a Itália e acabar com sua tristeza. Seu Valdemar falou: com que dinheiro vou te pagar, meu filho? Mas por que agora essa pressa de trabalhar? Respondi: por causa de meu pai. Ele disse que antes de morrer quer ver a Calábria e, logo que disse, empacou e ficou mudo. Não tem mais música lá em casa.

Seu Valdemar levou um susto. Seu pai está doente? Não, não está doente. E quer ir à Calábria? Quer. Onde é a Calábria? Você sabe? Não, mas não sou eu que quero ir. Ele é que tem de saber. Seu Valdemar começou a batucar de leve sobre o balcão, enquanto entravam os primeiros charreteiros. E murmurou: onde já se viu? Usam lamparina porque não conseguem pagar a conta de luz no fim do mês e querem comer lasanha na Calábria.

Eu corrigi: papai quer ir à Calábria, Seu Valdemar. Eu, por mim, fico por aqui mesmo, principalmente se conseguir trabalho na sua venda. Ele concordou. A Calábria fica no leste, tudo bem, pelo menos vai na direção contrária à do Cobiça. Coçou a cabeça e disse que tinha dinheiro pra pagar empregado não, mas que me daria uns trocados se o substituísse ao balcão de vez em quando. Aceitei. Eu falei: palavra de honra que estou empregado? Ele respondeu: palavra de honra. Jura que se estiver me engambelando e faltar à palavra o Tavinho morre esturricado na mesma hora? Diz isso não, menino, diz isso não!

Nem assim dei por encerrada a discussão. Queria tudo muito claro com Seu Valdemar. O senhor vai me pagar semanal ou mensal? Na Inglaterra, que é um país adiantado, pagam por semana. Ele disse que mensal e que, se eu não fechasse a matraca agora mesmo, nem mensal e que me considerasse despedido. Eu fechei a matraca, senão, babau a viagem de papai para a Calábria e um dinheirinho no meu bolso.

Seu Valdemar mudou de ideia. Em vez de me ajudar agora, na reunião, disse, pega esse bilhete e leva lá do outro lado do córrego pra mim. Onde, Seu Valdemar? Do outro lado do corguinho. Está lembrado de quando fomos à Lagoa do Vittorio? Me lembro. Logo que passa a ponte, tem uma casa coberta de palha, certo? Certo. Pois é lá. Fiquei desorientado. Mas não é lá que mora o Disus Zé Beste? Sim, ele mesmo.

Não, não dá, Seu Valdemar, o senhor vai me desculpar, mas moleque de recado não está no nosso trato. Então chispa daqui, ô coisa! Vai, vai se retirando. Rua! Xou, xou! Enfrentei pela primeira vez Seu Valdemar: o senhor não pode me mandar embora. E pode me dizer por que eu não posso? O senhor me contratou. Agora, pra me mandar embora, tem de dar aviso-prévio de 30 dias. Ele suspirou. O que eu fiz pra merecer? Eu respondi: o senhor é que sabe.

Nesse momento, os charreteiros já estavam ocupando as mesas. Alguns pediram um martelo. Outros, um martelinho. Cervejas. Pão com mortadela. E eu ajudando, mas não pegando o recado pra entregar no cerrado. Eu, hein! De noite? Só doido faz isso. Além do mais, bater em porta de casa de araxá?

Diziam que as sessões de cura dos araxás prosseguiam no cerrado, todo mundo com aqueles paletozões e cobertores baratos nos ombros, louvando João Relojoeiro. Um dia seria beatificado e chamado São João Relojoeiro porque, com tanto exercício de santidade e de sofrimento, ia passar para a divisão especial dos santos da Igreja.

Seu Valdemar? Fala, menino. Quer dizer, não fala: serve a mesa do canto. E me passou uma garrafa de cerveja Níger. Voltei: falei para o senhor que não levaria bilhete, mas isso vale só para hoje, Seu Valdemar. Levo amanhã quando estiver mais clarinho. Porque agora está escuro, né? Certo, certo, mas você agora vai caladinho levar isso com cerveja para a mesa do Seu Nemézio — e deixou no balcão os sanduíches e mais uma garrafa de Níger. Rápido, rápido, com ou sem aviso-prévio.

Logo me distraí, pensando de novo no pobre do João Relojoeiro. Está lá, sozinho, no Cemitério São Pedro. Túmulo dos mais visitados. Tão visitado quanto o do Grande Otelo. Quando o Grande Otelo morresse, claro. Se fosse o Grande Otelo que quisesse mandar o pai dele pra Calábria, duvi-de-o-dó que ele modificasse contrato de trabalho na marra, e o mandava, numa noite tenebrosa, distribuir recados no meio do mato.

Aí me arrependi. Tinha ficado exigente. Muito ganancioso. E a casa do senhor Zé Beste era logo depois do corguinho. Facim, facim. Certo, Seu Valdemar, é pra já. Vou num pé e volto no outro. Dá'qui, o bilhete. Ele achou estranho minha súbita mudança. Pus o bilhete no bolso e corri de um jeito que eu tinha inventado transantonte, quando fui à farmácia pra Dona Sílvia.

O rancho estava caindo aos pedaços. Ainda bem que tinha lua. Bati palmas. Seu Zé Beste, gritei. Ninguém apareceu. Bati de novo. Alguém abriu a cortina que protegia a entrada. De relance, deu para perceber que também usavam lamparina porque não conseguiam pagar a contra da eletricidade. Só então saiu um homem, nu da cintura para cima. Diz lá o que quer? Seu Valdemar me mandou entregar um bilhete para o senhor José Beste. O homem pareceu contrariado. A essa hora? E falou: que negócio é esse de José? Avisa pro senhor Valdemar que aqui não tem nenhum José Beste. Zé Beste é inglês. Melhor que ele envie recados em português. Zé Beste quer dizer "O Báo". E não tem Disus. Jesus. Jesus, o Báo. A gente mora é no Brasil! Ou estou enganado?

O homem falava como se eu tivesse culpa. Perguntei: o que eu faço, então? Me dá o bilhete aqui. Certo, respondi. Dei o bilhete. Até logo, pois estou atrasado para a reunião, disse. Em seguida passando sebo nas canelas, porque tinha umas nuvens já começando a tapar a lua!

* * *

A reunião estava animada. Me distraiu. Todo mundo pedindo alguma coisa. Seu Euclides, que dirigia os trabalhos, pegou uma folha de papel e falou: caros amigos, obrigado pela presença em um momento tão difícil para a nossa profissão. Vocês podem perceber que faltam hoje o Antônio José, o Ivã e o Eustáquio. Não sei se sabem, além dessa concorrência desleal no transporte de passageiros, estão roubando cavalos e éguas de charrete. Hoje, ainda de manhã, sumiram três, no pastinho da Estrela do Sul. Vivemos uma situação muito grave. Há um mês, como se lembram, apareceram aqui na vila aqueles senhores, de terno e cabelo cortado curto, querendo comprar cavalos. E queriam, vejam bem, apenas os melhores, usados nas nossas charretes. Não vendemos mas os cavalos sumiram.

Nico Esteves ergueu a mão: e a polícia? Não, respondeu Seu Euclides, o sumiço é dos cavalos e não da polícia. A polícia... — retomou a palavra Nico Esteves, um sujeito baixo e atarracado — pergunto o que a polícia tem pra dizer. Como sempre, de braços cruzados, respondeu Seu Euclides. Todos sabemos que há um projeto na Prefeitura para proibir a entrada de carroças na Avenida Afonso Pena. Não vingou até agora. Mas tentam a cada momento. Sugiro que em nossa próxima reunião discutamos também essas questões. Porque esse assunto não está em nossa pauta do dia. A pauta de hoje é uma pergunta: a vida é um sonho? Como sabem, o tema foi proposto pelo Carvalho, que também é quitandeiro, especialista em sonhos, recheados ou não, broinhas de milho e bolos de fubá.

Prosseguiu: Nemésio trouxe um texto para vocês. Prestem atenção porque ele servirá apenas para defra-deflagar, defla... será apenas o ponto de partida de nossas discussões. Por favor, Nemésio — e estendeu o braço na direção de um charreteiro de uns 45 anos, bem-vestido, cabelos lisos e firmes com o fixador Glostora.

Ele ergueu-se, abriu a folha de papel e pediu desculpas aos parceiros: li uma história, mas não sei quem escreveu. Não importa. O que interessa é o que ela diz:

Uma vez, ao pôr do sol, Zhuangzi cochilava debaixo de uma árvore quando sonhou que havia se transformado numa borboleta.

Ele bateu asas, certo de que era uma borboleta...

Esvoaçou aqui e ali com tal regozijo que logo se esqueceu de que era Zhuangzi. E ficou confuso: era essa a magnífica borboleta que Zhuangzi havia sonhado, ou era essa borboleta que havia sonhado ser Zhuangzi?

Talvez Zhuangzi fosse a borboleta! Ou talvez a borboleta fosse Zhuangzi!

Aparentemente ninguém tinha entendido a questão dos sonhos. Não batia um com o outro. O sonho sonhado por Zhuangzi e o sonho que fazia o quitandeiro Seu Carvalho. O próprio Seu Carvalho tomou a palavra: Li outro dia esse mesmo texto em um almanaque. Acho que essa história fala do quanto é possível conhecer. Ou melhor, os limites do conhecimento que cada um tem de si mesmo e das coisas boas que a vida oferece. Quem somos? É possível uma pessoa dizer: eu me conheço bem? O que é realmente gostar? Que tipo de sonho é a vida? Um bom sonho, como os que eu faço? Um pesadelo amargo? A borboleta, disse Seu Carvalho, esvoaça, sem saber se é Zhuangzi, e Zhuangzi acha que é borboleta. Sinceramente, prefiro os meus, recheados com goiabada.

Seu Nemésio tomou a palavra, mas, em vez de responder ao Seu Carvalho, mudou o interesse. Era sempre assim. Cada um falava do que lhe apetecia. Uns se punham no lugar da borboleta. Outros, no lugar desse Zhuangzi. No fim, fecharam questão sobre algumas ideias comuns e puseram em discussão os pontos em que não havia consenso. Até que Seu Elpídio pediu para falar. E disse: impossível! O que é impossível? O fato de estar acordado nega a experiência do sonho e a experiência do sonho nega a experiência do estar acordado. Borboleta? Zhuangzi? Também prefiro os sonhos do Seu Carvalho.

Neste exato momento, pedi a palavra. Assim, sem querer. A bem da verdade, o resultado foi o maior embaraço que já senti até hoje. E me ouvi dizendo: acho que posso resolver esse problema.

Só então me dei conta de que devia ter mantido a matraca fechada. Seu Elpídio levantou-se, desgostoso pela interrupção. Mas Seu Carvalho me salvou: então explica, rapazinho.

O tom era de desafio.

Eu gaguejei, porque a ideia que eu tinha tido 15 segundos antes parecia ter perdido a validade. Que nem remédio. Disse assim mesmo: é Zhuangzi, e não a borboleta, que está sonhando. Ah! — ouvi do Seu Nemésio.

Deixem o menino falar, me defendeu de novo Seu Carvalho. Vamos, explica por que acha que o sonho era do Zhuangzi e não da borboleta. Essa história foi escrita, então não pode ter sido pela borboleta. Entreolharam-se. Talvez por admiração, diante de minha sabedoria. Pediram que explicasse mais. Entrei então no nervo do problema: borboleta não sabe usar caneta ou pincel para escrever.

Seu Nemésio pediu furioso que pusessem para fora da venda aquele engraçadinho que era eu. Nem precisou mandar duas vezes. Peguei meu livro de trás da balança, minha pasta atrás da porta e saí de fininho. Eu, hein! Até parece que não entendem o fulcro de uma questão!

Bem mais tarde, quando voltei, Seu Valdemar fazia o caixa.

11
O nosso americaninho

Maluco era o Tavinho. Não meu pai. Sim, o Tavinho, na engorda, porque não brincava nem jogava e ouvia vozes atrás das vozes. Não, não as vozes que todo mundo escuta, como a do Tancredo e do Trancado na Rádio Nacional ou *Jerônimo, o herói do sertão*, a nova radionovela da Nacional.

Pensando bem, antes de falar sobre o Tavinho, vou contar uma muito boa da Rádio Nacional. O Tancredo chega para o Trancado e diz assim: ei, cumpade, eu tenho dois cachorros. Um se chama Rex e o outro Repete. Se me disser o nome do segundo, te pago 200 mirréis. Repete. Eu tenho dois cachorros. O primeiro se chama Rex e o segundo Repete. Qual o nome do segundo. Eu já disse: Repete. Vou repetir, mas presta atenção: eu tenho dois cachorros. Um se chama Rex e o outro Repete. Qual o nome do segundo? Bem irritado, o Trancado grita: está me caçoando? Já falei várias vezes: Repete! Eu tenho dois cachorros. Um se chama Rex e o outro Repete. Qual o nome do segundo?

A cena dura muito tempo, até que o Trancado destrata o Tancredo, bobalhão, e o Tancredo finge não entender, cumpade, cê pediu preu repetir a história e eu repeti. Ah, ah, prova que havia mais dois lelés, era só meu pai não. Só que o Tavinho não estava na rádio e vivia incomodando Seu Valdemar. Ele dava conta do Tavinho não. Mania, aquela, de atormentar as formigas! Se fosse só isso, tudo bem. Mas ele pegava corpo e ninguém podia com ele. Aqueles grunhidos. O muque que ele pegava. E Seu Valdemar e Dona Cocota iam poder? Um dia Dona Cocota fez as trouxas e foi embora. Sobrou Seu Valdemar. O que fazer com o Tavinho? Matar? Fora de questão, porque Tavinho não era porco. Na Piau, sim, o magarefe chuchava a faca no coraçãozinho dos bacuraus e pronto. Com gente era diferente.

Tavinho era enroscado de solidão.

Vez ou outra, se faltava café quente na venda, eu buscava na cozinha. Ao passar diante da porta, via o Tavinho amarrado na cama. Os olhos eram duas rodelas que brilhavam. Olhos bem arregalados. Aprendia a ler o branco do teto, em alfabeto sem letras. Mode se alfabetizar no nada. Se me pedia água, eu dava. Se me pedia bolacha, eu dava. No fim, ele dizia: brigado. Eu respondia: de nada, Tavinho. Eu podia economizar a fala e dizer só *de nada* e pronto. Mas fazia questão de dizer "de nada, Tavinho". Dizer o nome dele era um jeito que eu tinha arranjado de provar pra ele que ele existia. Até mesmo amarrado e lendo inexistência.

É minha filosofia, não consigo mudar: todo mundo precisa de vez em quando reconhecer que existe, porque esse negócio de existir é muito complicado. Muito doloroso a gente viver desgarrado das coisas, dos objetos e das pessoas. Acaba achando que é cachorro repetido. Como aqueles dois. E a gente começa a achar que não vale a pena existir. E, se a gente acha melhor não existir, perde o gosto. Tem jeito não. Melhor matar.

Uma hora perguntei: Seu Valdemar, por que o Tavinho é assim, enviesado? Ele parou pra pensar. Não entendi. Um ouriço-cacheiro, assim, com os espinhos pra dentro. Devem incomodar, esses espinhos, né? Principalmente quando está amarrado. Seu Valdemar pensou, pensou. No fim disse que o Tavinho tinha um sentir diferente. De ideias alvoroçadas.

De fato, o Tavinho tem um sentir espinhoso, concluiu, pensativo. Mas vai melhorar com a cura total, né, Seu Valdemar? Você acha? Acho. E confirmei de novo: sei disso! Como sabe disso? Sei. Conheço essas cãibras no escuro. Esses estalos de luz que cegam por dentro. Tudo enviesado. Quando? Quando, por exemplo, a gente se abaixa e o balde sai da cisterna cheinho. Água bem limpinha. Só que a gente morre de sede e não consegue beber. Tem a garganta trancada. Sei não, Seu Valdemar, às vezes preferia não existir. Diz isso não, menino! Nunca mais. Depois ele faz uma concessão: pelo menos na minha frente. Tá certo, Seu Valdemar. Aliás, a gente estava falando era do Tavinho. Dos grunhidos que ele dá e não de mim.

Vai que eu aceitei ir junto com Seu Valdemar para a cerimônia de cura radical do Tavinho. Ele explicou pra mamãe que só mesmo eu pra convencer o Tavinho a falar com os araxás do outro lado do corguinho, para a cerimônia da cura. Mamãe pensou, pensou e me perguntou: você quer ir? Respondi: pode ser. E dessa vez não fomos a pé, mas de charrete. Vê se pode!

Tinha Seu Elpídio, depois eu, depois o Tavinho e por fim Seu Valdemar. Ou então Seu Valdemar, o Tavinho, depois eu e Seu Elpídio, porque a ordem dos fatores não altera o produto, como eu tinha aprendido recentemente na escola.

Era sábado e alguns enxeridos ficaram nos olhando, como se eu e Seu Valdemar fôssemos matar e enterrar o Tavinho. Mas nós queríamos era sua cura. Desabandonar sua luz escurecida de precipícios.

A lua apareceu antes da hora e teve de esperar que a noite caísse mais um pouco pra se exibir. Só que o Tavinho não queria saber de lua. Gostava era de imitar o cavalo, tloc, tloc, tloc, rrriiiiiiich bbbrrruummmrrriiiiiii, e dá de galopar e de relinchar e de fremir nos meus ouvidos, até que o cavalo da charrete entrou na brincadeira e relinchou também. Nó! Muito estranho achei o Tavinho dessa vez, com essa irmandade de relincho. O que será que esses dois estariam aprontando?!

Chegamos e o ofício não tinha ainda começado. A clareira era território dos araxás. O chefe deles, Disus Zé Beste, tinha sucedido os americaninhos da Igreja de Jesus Cristo dos Santos dos Últimos Dias, inclusive ocupando o templo de alvernaria caiado de branco.

Vou fazer um desvio e contar como foi que Disus Zé Beste ficou dono do templo. Foi mais ou menos assim: os americaninhos vieram do país deles e logo quiseram falar com Disus Zé Beste, que ainda não tinha esse nome. E quem era Disus Zé Beste? Primeiro, quem são vocês, perguntou minha mãe desconfiada. Missionários, disseram. Para mamãe, eram muito fofinhos. Fofinhos, não sei, mas diferentes, eram. Camisa branca engomada. Calça preta. Quando não estavam de gra-

114

vata, abotoavam o último botão para não aparecer o gogó. O gogó era a vergonha deles, acho. Ou abotoar o último botão era um aviso pras moças não se assanharem.

Sempre em dois ou três. Descascavam abacaxi "pérola de Monte Alegre". Chupavam "laranja da ilha". Adoravam o lado de lá do corguinho, onde moravam os araxás. Um dia Seu Valdemar perguntou: mas como é mesmo o nome? De que, Seu Valdemar? Da religião. Não me lembro mais o que responderam. Acho que Santos dos Últimos Dias. E já estamos construindo o nosso templo!

Tudo desandou quando disseram que homem podia ter harém. Harém? Explica! Era Seu Valdemar. O missionário, bem novinho, rapazote de uns 20 anos ainda, avermelhou. E gaguejou que não se tratava de harém, pois harém existe nas Arábias e eles não eram arábicos. Nem goma-arábica? Não, não somos nem goma-arábica.

Que eles podiam, sim, viver na mesma casa com muitas mulheres. Entende, né? Assim, homem e mulher. Seu Valdemar disse que do lado de cá do corguinho podiam falar essas esquisitices, mas, poxa, pelo amor de Deus, que não tentassem do lado de lá. Dava chabu. Mas por que dá chabu? Está na Bíblia, explicou o americaninho. Seu Valdemar falou assim: ô coisa, qual é mesmo o seu nome? Ele respondeu: Brown. Bráulio? Pois é, Bráulio, aqui, não. A Bíblia do cerrado é a gente mesmo que escreve.

O americaninho ainda tentou falar nas epístolas, mas Seu Sebastião encerrou a conversa. Despediu-se. Seu Valdemar chamou de volta. Só por descargo de consciência: não fala de homem com muita mulher na mesma casa que não vão entender. Aqui, uns fazem assim tamém (assim, que ele disse), mas em casas diferentes. O americaninho terminou de beber sua água mineral e foi embora pálido. Ou dispensou os conselhos, ou esqueceu de dar o recado. Dois dias depois apareceu capado. Tiveram de partir. Inventaram que a missão tinha terminado e deixaram o chefe dos araxás cuidando do templo. Dias depois esse chefe dos araxás adotou o nome cristão de Disus Zé Beste.

Mais tarde, os araxás se irmanaram com os negros. Assim, uma mão lavava a outra: Disus Zé Beste aceitava os negros arrependidos entre os araxás, e os araxás ganhavam batuque de graça. Havia também os brancos, mas poucos, assim, um grupinho aqui, outro ali. Vinham para as curas radicais. Durante o dia, esses brancos do centro pisavam nos araxás e nos negros. Durante a noite, pediam perdão. Dizem que até o delegado Pompílio, meses depois de matar o pai do Ciço, procurou os araxás para pedir perdão pelo que tinha feito. Mas nisso eu não acredito.

Seu Valdemar quis tratar o carreto de volta, mas Seu Elpídio falou: tudo bem, espero aqui. Eu fiquei com o Tavinho, enquanto Seu Valdemar conversava com Disus Zé Beste. A seguir vieram uns araxás e levaram o Tavinho. Queriam dar pra ele um chá de raízes. No início ele não quis ir, mas eu disse: Tavinho, é para o seu bem. Tirar as formigas da cabeça e substituir com canto de passarinho.

No lugar, os ajudantes do Disus queriam passar tinta no corpo dele. Ele começou a grunhir. Eu perguntei: pode ser vermelha e preta? O araxá disse que podia. Então falei: eles disseram que vão te pintar com as cores do Flamengo. Uau!

Tavinho logo se ofereceu pra ser pintado. Era o time que ele torcia, o Flamengo. Quando voltou, sem camisa, tinha o rosto e o peito pintados, para a cura radical.

A clareira era grande, com uma fogueira no centro. O mato em volta, roçado. Sempre tinha alguém pegando um tição para acender o cigarro ou charuto. Depois repunham o tição na fogueira e iam pra debaixo das árvores, algumas com mesas de oferendas ou sacos de aniagem pendurados nos galhos. Havia principalmente pipoca, garrafas de bebida e até galinha morta. Quando tinha galinha morta, era a parte do batuque. O que não faltava debaixo de nenhuma árvore era estátua do Sagrado Coração, ao lado de uma fotografia de João Relojoeiro.

O ritmo do batuque mexia com todo mundo. Cada grupo tinha um capitão e cada capitão um apito na boca, que nem em terno de congado. Trouxeram um jegue e Tavinho montou, seguindo na frente do primeiro grupo, rumo à primeira árvore enfeitada, representando a primeira estação. Quatorze homens e mulheres esperavam, porque 14 era o número das estações. Não havia 15 estações, como na Via Sacra tradicional, porque seria blasfêmia, o homem querendo se igualar em sofrimento a Cristo. Um araxá explicava a alguém que a cerimônia relembrava os sofrimentos do João Relojoeiro ao ser torturado pela polícia de Uberlândia. Quem participa da cerimônia, disse ele, ganha bônus que podem ser resgatados no céu, depois da morte.

A bebida dos araxás deixou o Tavinho grogue. De cima do jegue, ria e acenava, como se fosse o dono do mundo. Ou o Nazareno, no Domingo de Ramos. E ele sabia ou desconfiava que batucavam só porque ele existia. Se ele morresse, tudo morreria junto. A grama. As pedras. O rio. A chuva. O sol. Os tatus dentro das tocas. As ariranhas. As cotias. Os animais pequenos e os de grande porte. E também os cristais de Cristalina, esses, sim, de uma doçura mineral avançada. Tudo, mas tudinho mesmo, estava ali, insistindo para ele existir.

* * *

A visita à clareira dos araxás fez mais mal do que bem ao Tavinho. Não vou contar em detalhes como tudo aconteceu porque ainda não consigo. Tenho a garganta trancada. Só de pensar me dói. Resumindo: a cura radical foi um azar na vida dele. Conto mais tarde. Ou pode ser que nem conte, porque às vezes contar destranca abismo.

12
A vida é sonho?

Agora um pouco sobre Vó Arzelina. Ela sempre tinha sido uma avó apagada, sempre na sombra do vovô. Um dia ela disse que não queria ser apenas uma piorra dentro de casa, esperando a hora de rodar. Acontece que, logo depois de ela dizer isso, vovô caiu da escada e quebrou o fêmur. Passou muito tempo entrevado. Vovó ficou em volta de vovô, sempre solícita, quer um chá, que tal um mingau de fubá, achando que a culpa era dela. Depois pensou bem e concluiu que não era nada disso.

Um dia acordou bem cedo, tirou a moto do quartinho no fundo do quintal e deu brilho no niquelado. Com suas economias, encomendou uma roupa de couro preta e deu à moto o nome de Bocconi. Deixava uma ajudante tomando conta do meu vô e saía pelas ruas, não procurando um homem pra casar, porque já era casada, mas para respirar um pouco. Ela dizia: preciso respirar, pois faz mais de 20 anos que estou de respiração presa.

Vovô, na sala, nem se movia, de olhos fechados, quando a moto começava a acelerar, limpando a garganta da velocidade. Não se movia, hein! Não se movia quando tinha gente na sala. Se estivesse sozinho — cansava de ver — ele esticava o pescoço na direção da janela, para saber em detalhes o que estava acontecendo. Se ela aprontava, ninguém sabe. As notícias chegavam aos pedaços. O que sua vó estava ontem fazendo de moto na Baixada dos Coqueiros, na estrada para Araguari? De início, se era comigo, inventava desculpas: acho que foi visitar a Comadre Luiza. Depois, deixei de mão. Anda por aí, riscando o cerrado.

'Vovô morreu pouco depois, devido às complicações de saúde. De novo Vó Arzelina ficou desesperada. Meu Deus! Meu Deus! Culpa minha! Que nada, vó! Que nada, mãe! Ela estava calejada e se recuperou depressa. Assim mesmo passou uns bons meses trancada no quarto, sem falar com ninguém.

Em março de 1958 apareceu em um show da Televisão Tupi, da capital paulista, com um bando de motoqueiros. Foi um escândalo! E, sendo escândalo, todo mundo tratou do assunto em voz baixa. Ela disse no programa que se fosse mais nova ia de moto até o Alasca. Disse: quero conhecer esses Estados Unidos e o Canadá.

Quem viu o programa disse que ela falava com muita calma, alisando os cabelos brancos. De um jeito saudoso, como se já tivesse feito viagens e viagens desse tipo dentro de sua cabeça. Por fim deu um suspiro tão triste, que a apresentadora do programa já queria sair com ela de moto para essa viagem incrível. Claro, estava só gracejando, para espantar a tristeza da vovó.

O segundo programa não foi tão bom assim. Seguia um modelo surrado, em que alguém tinha de fazer alguma coisa especial. Como o que a vovó tinha de especial era ainda um desejo, ficou em um beco sem saída. Por fim pediram que substituísse um memorioso que sabia de cor a lista telefônica de São Paulo. Claro, quando perguntaram para ela o número do telefone de uma padaria no Brás, ela disse, conferiram, e deu numa borracharia. Assim mesmo riram muito, porque o borracheiro não acreditou que fosse programa de televisão e convidou vovó para conhecer sua coleção de pneus antigos. Todo mundo riu, achando que fosse uma nova comédia.

Assim mesmo sua apresentação na Tupi provocou admiração. De amigos e de inimigos. Ninguém mais ameaçou interná-la no Penate Alan Kardec, da Tenente Virmondes, mas começou a receber telefonemas de madrugada. Do outro lado da linha, alguém perguntava, por exemplo: pode me dizer o número de telefone da Farmácia Souza? Ela respondia: não sei. E por que iria saber? Mas a senhora não é a mulher que apareceu na televisão e sabe todos os números de telefone do Brasil? Vovó batia o telefone cheia de raiva.

Aos poucos sossegou o pito. Aposentou a BMW de vovô. Agora lia, regava as plantas e picava fumo de rolo na palma da mão para o cachimbo. Isso mesmo! Para o cachimbo. Porque Vovó Arzelina fumava cachimbo, sem pedir licença a ninguém. Era assim que fazia quando queria ficar sozinha, porque ninguém chegava perto por causa do cheiro do tabaco.

Comigo continuava igual. Trabalhava na venda de Seu Valdemar, cuidava dos canteiros de onze-horas, de rosas e de dálias de Dona Sílvia, lia o que Tia Maria me emprestava e começava o ginásio no Colégio Estadual. Essa tranquilidade foi interrompida por uma notícia trazida pelo Seu Elpídio: Juscelino preparava a invasão de Uberlândia com 500 carretas, para mostrar que Brasília valia a pena.

Ninguém acreditou. O Jusça é potoqueiro, comentou Seu Valdemar. Viria não. Besteira! Da outra vez tinha dito a mesma coisa. Quer dizer, o Juscelino tinha visitado a cidade, mas em 1953. Não valia, porque nem em ideia Brasília existia.

Para que acreditassem no que dizia, Jusça mandou recado: vou, sim, com 500 carretas no mínimo. Com uma condição: não quero pessimismo com meu Plano de Metas & Bases! Seu Valdemar novamente ficou em dúvida: o Cobiça-Cheque, que só anda de helicóptero, decidiu agora pisar no chão que todo mundo pisa. Ha, ha.

Ninguém se tocou com a notícia. Estavam pegando juízo. Percebendo as vantagens que a construção de Brasília proporcionava às cidades da região. Eu pensava nisso no jardim da casa de Dona Sílvia, quando me levantei para encher o regador e tonteei. Eu tinha certeza que era por causa do sol. Dona Sílvia ficou alarmada e me deu um copo d'água. Sentei numa tora para me recuperar. Acontece que o Uóchinton soube que eu tinha tonteado e contou pra minha mãe. Ela atravessou a rua que nem vaca brava. Nem quis escutar as explicações de Dona Sílvia. Desculpe-me, Dona Sílvia, estou com pressa, mas não se põe criança pequena de escravo. E me arrastou pra casa.

Mamãe decidiu por ela mesma que havia folga no colégio e eu devia passar três dias na casa de minha avó para me recuperar e me afastar de vez de Dona Sílvia, que "queria roubar o filho dos outros". Eu falei: mas... E ela saltou: pssit!

Arrumou ligeirinho minha bolsa, pôs dentro uns cadernos e falou: mais tarde, quando seu pai chegar, eu te levo. Eu vou sozinho, mãe! Não. Eu te levo.

Ela queria me levar porque papai tinha finalmente conseguido uns bicos na Casa Capparelli, dos meus tios Corrado e Martino. Não era um emprego fixo. Mas papai estava contente, porque daria uns trocados aqui e ali. Poderíamos pagar a conta de eletricidade e almoçar e jantar como pessoas decentes. Mas ele estava também chateado, porque teria de abandonar o teatro e os ensaios de *Antígona*.

* * *

Pouco depois, lá estava eu na casa de vovó. A cama já estava arrumada no quarto que tinha sido o de costura. Era tarde, fui logo para a cama, mas fiquei escutando as recomendações de minha mãe. Vó Arzelina respondia sim, sim, não, não. Eu queria me envolver naqueles lençóis frescos e perfumados. Acontece que me peguei pensando na história daquele Zhuangzi que não sabe se está acordado ou dormindo e que vive dizendo que a vida é um sonho. E pensei: deve ser muito triste um não saber se está sonhando ou acordado. Ou acordar e descobrir que está dentro do sonho.

Dormi e sonhei, e nesse sonho — se foi sonho — eu corria na praça em frente à Estação da Mogiana, dava um impulso no corpo e saía voando. Avistava do alto a casa onde morava, na Avenida João Pessoa, e, mais longe, o cerrado. Difícil era aterrissar, por inexperiência de pouso e porque as vassourinhas, beldroegas e coroas-de-cristo cresciam em tudo quanto era canto. Mas estava contente por ter localizado o campo de futebol. Pousei perto de umas toras de pau-ferro, ao lado do gol.

Fiquei muito tempo deitado, de manhã, pensando nesse sonho e achando que era um sinal de que minha vida ia melhorar. O café já estava na mesa. Comi pão com manteiga e café com leite, ainda pensando na felicidade de voar como um pássaro. Foi então que Vó Arzelina me convidou para cuidar da moto. Para mim, essa moto era pura concentração de beleza e de velocidade. Se a linha tênue que sustinha essa concentração arrebentasse, uma explosão acordaria tudo no mundo que é belo ou veloz. E, sem mais nem menos, vovó perguntou: o que está acontecendo?

Não soube o que responder. No fim, debulhei para ela tudo o que vinha acontecendo. Papai que tinha ficado tanto tempo sem emprego, mamãe dizendo que ele fracassara, papai que queria ir à Calábria, sei lá, vó, não aguento mais. Vó Arzelina escutou tudo em silêncio. E disse que tinha passado por essa situação. Que, quando a gente entra no avesso do mundo, aparecem os cachorros repetidos do desespero. Mas não se engane, disse ela, a gente tem de resistir, senão a gente também vira cachorro.

A conversa morreu aí, meus problemas continuaram. No meu sonho, os cachorros reapareceram. Os mesmos repetidos. Quer dizer, o mesmo, um, só que repetido. Foi aí que fiquei sabendo o nome deles. Acho que um disse para o outro e eu escutei. Ou os dois disseram para mim, não sei bem. Eu sou o Salma. Eu, o Ciccio. Tive vontade de rir. Ciccio e Salma. Salma e Ciccio. Sei não... E, como eu tinha rido, um deles rosnou.

124

De tarde, vovó pôs azeite de oliva em um prato, tirou algumas fatias de pão do guarda-comida e disse: come, que é muito gostoso! E disse também: vou examinar as velas **da** moto. E os freios. E o farol. Quero fazer isso sozinha. Come com calma porque, se estiver tudo em ordem, vamos dar umas voltas por aí.

Foi aí que eu tonteei mais uma vez. E pensei que naquele instante eu estava pensando, como se fosse possível pensar **o** pensamento de fora dele. Vovó estava era querendo me engambelar com essa história de dar umas voltas. Uma luz **fraca,** de fim de tarde, entrava pela madeira podre da veneziana, tomando corpo no pedaço de tabuinha que faltava.

Minhas pálpebras se fechavam. Pela janela ouvia os ruídos de vovó acelerando a moto, mas a moto e vovó não me importavam mais. Então passei mais uma vez um pedaço **de** pão no azeite e comi. Estava amargo. Muito amargo. Cuspi dentro do prato e comecei a chorar.

13
Mesa farta

Depois de uns tempos, papai conseguiu emprego fixo na Casa Martins. Com comida no prato, a vida lá em casa ficou boa. A gente passou a gostar da hora do almoço e do jantar. Antes era um suplício, pois não tinha nada pra fazer. Eu marcava meus encontros na hora do almoço, mas ninguém gostava: ah, na hora do almoço, não, porque na hora do almoço a gente almoça. Uma vez, irritado, perguntei à Lena: mas vocês sempre almoçam na hora do almoço? Ela respondeu: sempre. Fiquei desconfiado, sem saber se ela estava falando a verdade. Concluí que falava a verdade, porque estava cada vez mais bonita e viçosa. Usava batom. E tomava jeito de mulher. Eu não percebera que tinha crescido tanto nos últimos meses.

Claro, não era assim cem por cento. Não era tão inexistente assim, o nosso almoço, antes de o papai conseguir emprego. Os vizinhos ajudavam. Porque um vizinho ajuda o outro. Mas tem uma coisa muito ruim, ou boa, não sei bem, que faz a gente não aceitar tudo que aparece: a vergonha. Nossa família começou a ter vergonha porque papai estava sem emprego. Muito na contramão, essa vergonha. Na hora de falar com alguém, a conversa minguava: depois a gente se fala.

Agora eram outros 500. Certo, papai ficava 15, 20 dias pelo interior de Goiás, trabalhando para meu tio e depois para a Casa Martins. Pra ocupar o interior, ele dizia. Tem muita gente indo morar em Itumbiara, Goiânia, Anápolis. Cidade nova pipocando no cerrado. Desta vez cheguei até Porangatu. Agora vamos nos dedicar ao filé *mignon*: Brasília. Até a Renovadora de Pneus OK pretende abrir filial lá. Os candangos, contava ele, alguns deles daqui mesmo, de Uberlândia, que nunca viram carne, comem agora mais de quilo por semana. E estão apreciando. Escolas se abrem. E esse pessoal todo precisa de roupa, caderno, sapato, armário, mesa, precisam de tudo que uma família decente precisa. E eu, contente, porque nossa família era novamente decente.

Uma vez cheguei da escola e vi a mesa limpa. No dia seguinte, a mesma coisa. Parecia que ia começar tudo de novo. Ainda perguntei: ué, e o papai? Ele não falou que o emprego resolveria tudo? Mamãe deu de ombros. Falou: bem que Dona Aparecida podia me emprestar uma xícara de arroz. Vai, pede, mãe! Mamãe ficou calada. Depois, perguntou, com os olhos úmidos: e o meu orgulho? Mamãe tinha razão. Até orgulho mamãe tinha de comer, se quisesse sobreviver. Quando bate a fome, a primeira coisa que a gente come é o orgulho.

Agnese disse: meu estômago está começando a piar. Assim a gente dizia, pra engambelar. Que a fome era um pintinho recém-saído da casca, ainda com uma membrana em volta dos olhos, para não enxergar tanta coisa ruim que tinha do lado de fora. Ele fica bicando e piando no estômago das pessoas.

No início ela achou engraçado. Riu, apertando a barriguinha. Mas quando deixava de apertar, o pintinho se soltava, piava de novo e bicava forte e com raiva. Viu, eu dizia, de novo pra engambelar: tem de apertar a barriga senão o pintinho foge novamente. E ela apertava. E se cansava. E dormia apesar da fome. E eu com vergonha, porque mentia pra ela.

Mamãe criou coragem: vou falar com sua vó. Talvez ela possa ajudar um pouco. Passava pó de arroz no rosto quando papai entrou de viagem. Em vez de uma mala, duas. Olhou aquele silêncio e aquele desespero e riu, pondo uma das malas em cima da mesa. Adivinhem o que eu trago aqui dentro?

Todos nós corremos pra ver. Papai disse: tantantan! Tantantantan! E a mão de papai saiu de dentro da fresta da mala com um saco de cinco quilos de arroz. Zuiudo quis pegar o saco plástico mas não conseguiu. O arroz caiu, esparramando-se debaixo da mesa. Zuiudo começou a chorar. Alex disse: problema não, Zuiudo. Ele não escutava. Tremia. Papai disse: Importância não, Zuiudo. Se precisar de arroz, eu compro outro. Foi a vez de eu me espantar com a riqueza de papai.

Depois do arroz veio um saco de farinha. Ah! E esse aqui? Nem tivemos tempo de responder. Tantantan! Tantantantan: uns quantos pacotes de feijão-roxinho. Papai acelerou: um quilo de farinha de milho com beiju. Tantantan: carne. Queijo de minas curado e fresco, ainda na folha de bananeira. Geleia de mocotó e doce de leite de palhinha de Uberaba. Macarrão, minha nossa, quanto macarrão! Linguiça: umas quantas. E molho de tomate pronto para servir com macarrão. Facim, facim! E no fim, bem no fim, como se não bastasse, um vestido de organdi para mamãe, muito bonito, tão bonito que ela começou a chorar. Eu também tive vontade de chorar, mas não chorei, porque já estava grande. Papai explicou que a Casa Martins teve alguns imprevistos, porque ele era funcionário novo, mas que de agora em diante todo fim de mês receberia o salário que daria para mamãe administrar. E saiu, cantarolando, para tomar banho e fazer a barba. Como se tivesse achado tudo aquilo na esquina.

Melhorou na nossa casa e piorou para os que tinham chegado de São Paulo e do Rio de Janeiro para preparar a greve. De repente faltava a peça de teatro programada porque papai não tinha mais tempo. Gaspar 30, o líder operário, parecia mosca tonta. No fim, mudaram a programação. Em vez de teatro, uma luta de boxe do Norfão contra o Norfãozinho. Quer dizer, Norfão contra o Norfãozinho foi no fim, porque no início seria uma movimentada luta de boxe do Capital contra o Trabalho. Mas o nome não pegou e tiveram de mudar. Então alguém se lembrou de que o nome verdadeiro do Capital era Norfão e o do Trabalho, Norfãozinho. Aí todo mundo compreendeu e uns até disseram que luta de boxe era um espetáculo mais emocionante do que teatro. Chegaram a perguntar se haveria sangue. Seu Gaspar 30 pensou um pouco e respondeu: sim, claro, já viu luta de boxe sem sangue?

* * *

Difícil era conseguir driblar Seu Valdemar nos dias de compra de Dona Sílvia. Ela me passava a lista, que eu levava ao Portuga do supermercado. Nem precisava tirar da prateleira. Seu Portuga passava para o Valtércio, um gerente que vestia sempre uma camisa branca de manga comprida e punha cheiro debaixo do braço. Ele selecionava os produtos e os acondicionava em diversos saquinhos de papel. Nos dias de compra, Alex me emprestava sua bicicleta Raleigh e eu trazia tudo, em duas ou três viagens. Uma vez, ao me ver em dificuldades para equilibrar os saquinhos de papel dentro de uma sacola de lona, Valtércio disse que não me preocupasse, eles mesmo levariam a mercadoria. Ele falou: nós temos aquelas bicicletas de entrega. Como "bicicleta de entrega"? Ele mostrou. Eram pretas, com um avanço de metal fixo na barra do guidão e um sistema de apoio quando estivesse parada. Eu olhei para a minha bicicleta, olhei para a do supermercado, pensei um pouco e decidi: Dona Sílvia não gosta de carreto artificial. Não entendi, ele disse, como "carreto artificial"? Tecnologias, eu disse, tecnologias que tiram o emprego dos outros. Se vocês entregarem a mercadoria em casa, o que eu vou fazer?

Eu já estava incomodado com esse pessoal do supermercado. Uma vez, ao conferir as compras, descobri um aparelho de barba junto com os outros produtos. Olha aqui, Dona Sílvia, que pessoal mais desmazelado! Colocaram um aparelho de barba dentro do saquinho de compra. E daí? Daí que a senhora é mulher, uai! Dona Sílvia pareceu sem graça. Mas depois disse, olhando para suas pernas que estavam muito inchadas: sou mulher e gosto de ter as pernas bem lisas. Ah, Dona Sílvia, então estava na lista, né? Sim, estava. Estava nada. Apenas defendia o Valtércio, porque ela era muito boa.

Dona Sílvia precisava era de um ajudante como eu, e não um ajudante de supermercado. Só eu tinha capacidade de atuar em duas frentes ao mesmo tempo. Fazer compras no supermercado e cuidar dos canteiros. Do que adianta ter uma bicicleta moderna, cheia de requififes, se não entende do relógio particular das onze-horas? De que adianta ser um engomadinho de supermercado, que passa o dia ao telefone falando *alô, alô, alô*, mas não sabe que dose de formicida Tatu acaba com formiga-cabeçuda? A senhora não acha, Dona Sílvia? Ela respondeu que, enquanto eu tivesse vontade e gosto, seria o responsável pelas compras dos secos & molhados. Olhei pra ela, comovido. E percebi que ela precisava mesmo de um ajudante como eu: sua barriga estava crescendo cada vez mais. Nunquinha conseguiria andar de bicicleta na estrada poeirenta, com três, às vezes quatro pacotes de compra. Não é, Dona Sílvia? Ela não respondeu. Estava distraída com o caminhão fenemê que passava justo naquele instante.

Dona Sílvia, aquela menina na boleia não é a Lena? Nem esperei resposta e corri até o portão, mas o caminhão ia longe. Só enxerguei a rabeira. Certamente esse caminhão pertencia a um grupo avançado, que chegava nos últimos tempos para avaliar e preparar o terreno para a invasão do Juscelino.

Como os outros, faziam carreto de São Paulo para Brasília e não se contentavam em atravancar a estrada que margeava o corgo, do lado de lá do cerrado. Vinham também para xeretar. Recolher informações para a grande invasão. Que nem nos gibis. Quando um soldado do general Custer invadia as terras dos índios, não mandava antes um grupo na frente, para ver se havia perigo? Claro que mandava. Questão de se precaver. Um desses tinha encontrado a Lena. Começava mal essa invasão do Juscelino com a Lena na boleia sorrindo para o motorista.

E é bom lembrar que, mesmo xeretando antes, os soldados do general Custer foram dizimados pelo chefe Touro Sentado.

* * *

Tínhamos, nessa época, muitas discussões sobre o fim do nosso campo de futebol. As toras da Fábrica de Móveis Bisson avançavam pela esquerda, avançavam pela direita e ameaçavam ocupar a meia área. Estávamos desacorçoados. Cada vez mais. Nem adiantou o Deusdedite mudar de nome. Aliás, mudava a cada boa ocasião. Em 57, no jogo de classificação contra o Peru, Didi colocou a bola perto da grande área e chutou, encobrindo a barreira e fazendo uma curva para entrar no gol. Por causa dessa folha-seca o Brasil foi classificado. Imediatamente o Deusdedite disse: de agora em diante me chamem de Didi. Durou pouco. No outro jogo, Pelé deu chapéu em zagueiro, Didi brilhou novamente e Garrincha deixou sentada a defesa soviética. Deusdedite disse: de agora em diante me chamem de Garrincha. De que adiantavam Gilmar, Djalma Santos e Bellini; Zito, Orlando e Nilton Santos; Garrincha, Didi, Vavá, Pelé e Zagallo sem campo de futebol?

Na venda, prosseguia a lenga-lenga de indícios. Indícios disso e indícios daquilo. Que nem o Alex no papel de oráculo da peça de papai. Já Seu Valdemar, que sempre tinha sido uma pessoa muito boa, agora dava nos nervos. Eu só estava percebendo isso agora. Repetia tudo o que contavam dentro da venda como se fosse verdade. Mas ele também tinha razão, porque alguns acontecimentos impressionavam. E ele tinha de comentar, não tinha?

Seu Valdemar parece que estava contando as coisas para ele mesmo. Ele fala: Claudinho da Dona Bilica viu anteontem um sabiá no terreno atrás da Fábrica de Banha Piau e quis matar com bodoque. Desistiu, coitadinho, era filhote. Mas o sabiá caiu assim mesmo, com o peito ensanguentado. Mais tarde, Dona Zéfira pegou o garfo para comer um prato de farofa, mas não conseguiu, porque a farofa virou inseto! E tem mais: ontem o Claudinho ouviu barulho altas horas da noite, pegou a carabina que tinha carregado antes de dormir e atirou. Dona Bilica, que tinha ido recolher roupa no varal, caiu com o peito ensanguentado.

Aí, ele dizia coisas sem nexo, sem nada explicar sobre a história da farofa que tinha virado inseto. Isso tudo para ele mesmo. Prenúncios. São prenúncios. Mas de que, meu Deus? O Tavinho, por exemplo. Prenúncio de que, meu Deus, ele que vivia se enervando de novo? A Vila Martins, explicava Seu Valdemar, é parte que reflete o todo, a cidade e seu inverso, se repetindo sempre. Impossível saber onde está a claridade, até onde o grande e o pequeno, o áspero e o macio, o rijo e o flácido, a parte e o todo. O todo é o mundo; a parte, o coração. Às vezes o coração é bodoque e mira passarinho. E ploft, ele cai com o peito ensanguentado. E esse meu Tavinho, meu Deus, o que eu vou fazer com ele?

Acho que era o jeito dele rezar. Sei não. Pode ser. Quem vai saber? Mas suas divagações iriam ser suspensas em instantes, com três charreteiros que atravessavam a rua e vinham para o cafezinho das dez. Seu Elpídio, Seu Neco e Seu Esteves. Eles entraram, aproximaram-se do balcão e Seu Valdemar veio com a cafeteira fumegante, servindo as três xícaras já dispostas sobre os pires: e o que mais, meus senhores? Eles riram, agradeceram e começaram a conversar sobre o novo costume que tomava conta da cidade: o das camisas fora das calças.

Estou certo que esse tipo de desleixo, disse Seu Elpídio, com o cotovelo fincado na mesa, esse tipo de desleixo significa desmazelos em outras esferas. Ninguém toma providências, pois são os filhos dos ricos que se vestem assim. E, agora, algumas mulheres passaram a usar calcinhas de náilon. Ora, o náilon vem do petróleo, de onde se extrai a gasolina; gasolina é fogo, e fogo no meio das pernas das mocinhas? Sei não, tem coisa! Em seguida, mudaram de assunto, voltando ao tema dos círculos imperfeitos. Um círculo, se fosse perfeito, teria todos os seus pontos equidistantes do centro. E o Neco indagou, mais baixo e mais grave: o que fazer então com um círculo imperfeito que, por definição, não existe?

* * *

De repente, diante da venda, estacionou um automóvel. Belíssimo. Parecia ter descido de uma nuvem. Sobre a capota, a palavra "táxi" em letras fosforescentes. Um deus de beleza! Todo mundo nervoso. Os da charrete, não. Nem perceberam. Discutiam a situação dos círculos depois de se tornarem imperfeitos.

O taxista, um moço bem-vestido, bonito, de pele muito branca, explicou: é um Citroën 15, com motor na frente: em vez de empurrar, ele arrasta. Monobloco. Esquema de lâminas na barra de torção. Três marchas. A charrete — apontou para o outro lado da rua — também tem três marchas (a passo, trote e galope) mas muda a marcha com o chicote. No nosso táxi, na caixa de câmbio. Hahahahaha! Boa, não é? E riu de novo, mais curtinho: aha! Aha! E ali ficamos examinando aquela maravilha.

Quando entrei na venda, não encontrei mais Seu Neco, nem Seu Elpídio, nem Seu Esteves. Também as charretes tinham ido embora. Do lado de fora, o rapaz explicava que a partir daquele momento estaria sempre por perto, pois do lado de cá da rua seria ponto fixo de táxi e do outro lado, ponto de charrete. E completou: no início, não vamos cobrar nada, para que todo mundo possa se acostumar com o conforto moderno.

Uma semana depois que o primeiro táxi estacionou na frente da venda, ainda diante dos olhares de despeito dos que estavam do outro lado da rua, Seu Valdemar observou que as folhas de fícus tomaram uma cor prateada e retorceram-se, despencando prematuramente. O culpado? Lacerdinha, para uns. Guevarinha, para outros. Lacerda era um louco do Rio de Janeiro que queria impedir Juscelino de construir Brasília. Guevara, um louco que prometia cuba-libre pra todo mundo, ou seja, uma mistura de Coca-Cola com rum. Mas, para os do meio, guevarinha ou lacerdinha era apenas um inseto azedo e fedido que entrava nos olhos da gente.

Como se não bastasse, os passarinhos do Valandro, que morava ao lado da Algodoaria Santa Maria, começaram a cantar de um jeito estranho. Havia canário-da-terra, belga, bicudo, que ele mesmo pegava com um alçapão ou comprava em São Paulo. Ele pediu conselhos ao Seu Elpídio. Seu Elpídio foi examinar o viveiro. Depois, passou na venda, antes de voltar para casa. Ele contou: o Valandro disse que desde o mês passado começaram a cantar um canto esquisito. É um canário muito bonito, desses do peito de fogo. Fui ver. O canarinho logo procurou insetos nas suas asinhas de seda e eu desconfiei. E então ele cantou. No início, estranheza só. Aos poucos descobri que esse passarinho estava afobado, querendo dizer alguma coisa. Parecia cantar de trás para a frente. Mas não só isso. O canto dele jogava a gente para o passado e não para o futuro. Melhor matar! — eu aconselhei.

Valandro seguiu o conselho de Seu Elpídio. Na mesma noite, a sobrinha veio dizer que Maria Antônia, da curva da fazendinha, tinha parido 27 lagartixinhas verdes, que morreram uma a uma, ao contato com a luz.

Foi nessa mesma época que o pai da Lena caiu de cama. Estava muito mal. Um vômito escurecido. Diziam que eram as maldades que ele tinha cometido. No fim, soltou sangue pelo ouvido. Seu Valdemar ainda comentou: mas tão de repente! Eu disse: de repente nada, Seu Valdemar. Trem ruim, quando nasce, já começa a morrer. Seu Valdemar não gostou. Com ele é diferente, Seu Valdemar. Acredita que todas as saúvas da cidade resolveram morar debaixo da casa dele? Ah é?, disse Seu Valdemar, como se não soubesse. Vai agora reclamar também de formiga? Seu Valdemar às vezes fica bravo sem razão. Eu, hein! Ele pensa que estou indo mas estou voltando. Eu sabia que ele estava nervoso era por causa do Tavinho. Melhor que não ficasse assim. Problema não, Seu Valdemar, a mãe da Lena já me encomendou formicida. Senti que ele deu um pulo. Pra quê? Estávamos falando sobre as formigas, Seu Valdemar, sobre as formigas!

O pai da Lena morreu dias depois.

* * *

Dessa morte me lembro justo agora. Da sacada do hotel em Spezzano, avisto luzes de Sibari, diante do Mar Jônico. Ignoro se são as mesmas que cintilavam ontem, num colar luminoso.

Mas não tem importância. Faço de conta que são. Já a Torre dos Turcos é a mesma, uma sombra na descida para a planície. Nela se postavam antigamente os moradores de guarda, na eventualidade de que surgissem no horizonte as naves turcas. Daqui, hoje, perto da Torre, fico de guarda na manhã que nasce, para a eventualidade de surgir no horizonte alguma nave fantasma de minha infância.

A leste, a claridade envolve o céu e o mar. À distância, impossível avistar a praia, as ondas ou ouvir o rumor líquido, trazido da Grécia por tantas naves naufragadas. De repente me perco em pensamentos sobre a vida, a morte e o fato de estarmos aqui de passagem. Acontece que a morte não me aborrece. O que me aborrece é a vida.

Naquela tarde, há cerca de 50 anos, tinha entrado na casa de Lena e nunca imaginara que escutaria coisas bem desagradáveis. Que Seu Evandro queria a filha, assim de homem para mulher. Que ela engrossava a perninha. Que tava de peitinho crescido, arredondando a melancia. Tentava tascar a mão. A mãe, Dona Sirlei gritou: está escrito na minha testa que eu sou ainda maria-besta? Besta fui eu um dia, mas agora não sou mais.

Por que Dona Sirlei falava assim? De início, Lena não quis falar. Depois explicou: Maria é minha avó. E foi minha avó que deu mamãe pro papai. Minha vó buscou mamãe na cama, quando ela era pititica. Levou pra ele. Tapou a boca de mamãe com um lençol e abriu suas pernas pra ele pular em cima. Ela deu um grito e não viu mais nada. Meu pai é repetido em avô.

E como sabe? Sei porque sei. Peço detalhes. Ela diz que ouviu a conversa. No outro dia, mamãe falou pra vovó que era pecado o que tinha acontecido. E ela respondeu que filha tem que ser mulher do pai.

Agora Seu Evandro queria fazer a mesma coisa com sua filha-neta. Tinha levantado bem cedo, amolara uma faca e saíra em seguida para vender uns trens na feira. Antes, dissera para Dona Sirlei: safada! Quando eu voltar, quero a menina me esperando. Se não estiver, desembesto!

Por que não procuram a polícia? Mamãe já procurou bem umas três vezes. E? Disseram que é melhor continuar como está. Que não é tão fácil assim tomar providências. Que esse velhinho é muito bonzinho. Essas coisas. Faltou comida em casa? Não, não faltou, disse mamãe. Então de que está reclamando? Nem boletim fizeram.

Essa, a situação. Dona Sirlei neste momento estava no terreiro, pondo roupa branca para quarar. Foi aí que eu falei como faziam com cachorro doido. O que fazem? Dão bola. Lena pareceu não entender por que cachorro doido tinha de entrar na conversa.

Dias depois veio Dona Sirlei. Ah, é você? Achei graça. Com essa cara, só posso ser eu, Dona Sirlei. Falando nisso, ela disse, sabe onde posso comprar formicida? Soube que você acabou com os formigueiros no jardim de Dona Sílvia. Sei, Dona Sirlei. Deu certo, o formicida. Não sobrou uma. Onde são os formigueiros, Dona Sirlei? No fundo. Perto da cerca. Mas parece também que tem uma panela debaixo da casa. Me falaram que formicida resolve. Respondi: claro. Só tem uma coisa. Seu Tobe ou Seu Tashi (nunca sei o nome do Seu Japonês) só vende pra pessoa de confiança. Compra pra mim? Claro que compro, Dona Sirlei.

138

14

Crítica do menino antigo

O problema da desgraça é que ela nunca vem sozinha. Ela chega, senta, e manda buscar as primas, as irmãs, os irmãos e até os conhecidos. Acampam. Mudam a hora do almoço e da janta, fecham as janelas porque tem corrente de ar, fazem psit quando alguém quer falar e dizem que já está na hora de dormir. Quando a gente se dá conta, assentam raízes.

Uma desgraça, a desgraça!

Se brincar, dizia mamãe, a desgraça põe a gente na rua e diz que a casa é dela. A gente ri, sem graça, porque com a desgraça não se brinca. Uma vez a desgraça chegou na casa de Seu Elpídio e se adonou. Uma aflição. Seu Elpídio teve de gastar o que tinha e o que não tinha, sem conseguir mandá-la embora. No fim, Seu Elpídio não tinha mais casa. A desgraça tinha ido ao tabelião e colocado a casa no nome dela.

Coitado do Seu Elpídio!

A febre do Alex é outro exemplo. Mamãe comentou: que desgraça! Depois, pensando melhor, achou que aquela era só uma parente desgraça, porque desgraça mesmo tinha sido papai ficar sem emprego durante tanto tempo.

A desgraça não era agora o desemprego, mas meu irmão de cama. Eu não disse que a desgraça vai embora mas deixa no lugar a filha ou a irmã? Foi assim que ficamos sabendo que a desgraça preza muito a boa vida em família. Família, dela, da desgraça, naturalmente.

De início, ninguém sabia de onde vinha aquela febre. Chegava, dava um pico lá pelos 42 graus e depois ia embora. Mas voltava. Alex suava, dizia que seu coração estava disparando no peito, me ajuda, mãe, e tinha delírios. Às vezes sobre um canarinho que ele tinha quando pequeno.

Só quem passou por isso sabe o que significa conviver com a família da desgraça. Imagina estar cansado do trabalho na venda do Seu Valdemar, cansado do trato dos canteiros de Dona Sílvia, e levar um susto com uma voz do Sófocles que te acorda no meio da noite e diz:

Pode a criança cobiçar a fama de seu pai
E o pai sentir orgulho pela glória de seu filho?

Pronto. Responde essa! E, ao responder, me diz o que eu poderia fazer para o meu irmão que, altas horas da noite, de pé na cama e com os olhos arregalados, falava sobre cobiça, sobre fama e sobre orgulho da glória de um filho. Esquece, não tem resposta. Era a desgraça que fazia a pergunta, não ele. Manhosa, falava pela boca que não era a dela.

O pior é que você tenta entender o que acontece. Acha que é sua culpa não entender o que a desgraça diz. A febre grita. O coração regurgita e junto com o vômito vem a mágoa. Estava magoado pelo canarinho fujão, tudo bem, mas como remediar? Achar outro que cantasse igual? Vai até a casa do Valandro, pelo amor de Deus, disse mamãe, vê se ele empresta o canarinho cantador que ele tem. Traz no alçapão. Diz que é por só uns dias.

Mas não adiantava. O novo canarinho pirraçava. Recusava-se a cantar. Mamãe, desesperada, pegava a gaiola e incentivava a ave com assovios ciciados, ou lhe oferecia folhinha de alface, pedacinho de pão com mel, o que o assustava mais ainda. No fim, mamãe se desesperava e, com lágrimas nos olhos, dizia, a casa inteira é que é uma desgraça. E de noite, pra dizer que mamãe tinha razão, Alex de novo arregalava os olhos, e dizia coisas sem nexo.

Papai tinha viajado a Itumbiara, pra ver se alugava um teatro, pois queria ressuscitar *Antígona*, mas em cidade menor. Quando voltou, Alex parecia melhor. Papai conversou com mamãe até altas horas, para decidir o que fazer, pois meu irmão minguava. Mamãe disse que ele poderia morrer. Papai ficou assustado. Falou que não, que ele era muito novo para morrer. Como se a Morte chegasse numa casa e perguntasse, vem, senta aqui do meu lado, mas primeiro me diz: quantos anos você tem?

Acho que Alex escutou, porque de noite levantou de repente na cama, suando de febre, e disse:

Imploro por justiça, pai, nada mais.
Me julga pelo meu mérito, não pela minha idade.

Papai foi ver o que era. Se pelo menos a gente soubesse o que ele está falando, lamentou-se mamãe. Papai, tranquilo, disse que era o Haemon. Mamãe logo quis saber qual era esse Haemon que ele tinha. Papai riu pela primeira vez. E explicou que Alex estava variando. Como variando? Variando... acha que está no ensaio de *Antígona*. Quando Haemon discute com o pai, Creonte, sobre o amor que ele sente por Antígona.

Pra quê! Mamãe ficou buzina. E disse que desgraça mesmo era aquela peça que tinha posto o Alex naquele estado. E mais ainda que a desgraça da Antígona era a nossa própria casa amaldiçoada. Então, pela primeira vez, papai disse que tomaria providências: resolvo isso amanhã.

Quando ele disse isso, Agnese, Zuiudo, eu, Abigail, Matias, Isaías estávamos acordados, até o Gabriel, que apareceu esfregando os olhos de tanto sono. Como iria resolver? Papai mandou todo mundo pra cama, porque era tarde. Quanto à solução para o problema de Alex, depois diria.

Fomos dormir preocupados. Como o médico do hospital desconhecia a doença que tinha Alex, coisica nenhuma que papai fizesse resolveria o problema. Perdi então mais um pouco da esperança que eu tinha no papai.

Estava de acordo com mamãe, e virei para o canto, tentando dormir. A desgraça maior era, sim, aquela peça de teatro. De madrugada, começou meu irmão de novo a delirar de febre. Papai e mamãe não acordaram. Sabe o que é tentar dormir ouvindo um doente que cochicha sua fala enquanto dorme? Levantei para chamar papai. Desisti. Coitado do papai. Devia estar cansado. Deitei de novo. Minha cama era agora ao lado da de Alex. Me virei de lado. Então decidi conversar com ele. Porque eu conhecia qualquer parte de *Antígona*. Decidi ajudá-lo, para ver se sossegava. E disse, também quase num cochicho:

142

Mas esta menina não é uma radical?

Ele:

A voz do bem comum de Tebas diz que não.

Eu:

E pensa que é a multidão quem vai ditar minha política?

Ele:

Para mim, o senhor fala como um menino!

Eu:

Está bem, mas vou governar para os outros, ou para mim mesmo?

Ele:

O Estado de um homem não é Estado nenhum.

Eu:

O Estado é de quem o governa, só assim se mantém.

Ele:

Como monarca de uma cidade deserta o senhor seria brilhante.

Só assim ele dormiu. Tinha valido a pena ouvir escondido a *Antígona* que meu pai e meus irmãos ensaiavam. Entendeu agora o que estou falando? Pelo menos eu também dormi. Aliás, se não dormisse, estaria ferrado. Tinha muita coisa que fazer no dia seguinte. Escola, trabalho na venda e jardinagem.

Aliás, foi para falar sobre isso que papai me acordou, nem bem tinha fechado os olhos depois da conversa com Haemon, isto é, meu irmão. Papai me cutucou: ei, acorda, acorda. Ah, pai, amanhã! Hoje já é amanhã. Tem de dar um recado pra Dona Sílvia. Que susto! Sentei na cama. Por que papai vinha a essa hora xeretar minhas coisas com Dona Sílvia? O que, pai, o quê? Amanhã, quando for cuidar do jardim, diz que preciso falar com Seu Ângelo.

Acho que curto-circuito é isso. Nunca tinha entendido bem como sai fogo do fio elétrico. Esturrica o encapado, as lâmpadas se apagam, tudo escurece e alguém grita: é curto-circuito. Foi bem isso que senti, uma lambada elétrica na minha testa, ao ouvir papai falando sobre conversas com Seu Ângelo.

O senhor conhece Seu Ângelo? Conheço. Fiquei atordoado. Quer falar com ele o quê? Assuntos particulares, especula não que não interessa saber. Desconfiei. Que tipo de assunto particular? Olha, pai, não vai se meter entre mim e Dona Sílvia. Que isso, menino? Estou te estranhando. Desguiei. Para poder dormir, dei uma virada de 45 graus e disse, certo, certo, falo com ela amanhã.

Neca que eu ia falar com Dona Sílvia!

* * *

No entanto, tive de falar. Já tinha passado a hora da escola, do emprego na venda (bem fraquinho, o movimento), e agora podava as roseiras de Dona Sílvia. Acontece que na minha cabeça martelava o recado de papai. Sentia culpa pelo que ele fazia, mas era meu pai. Doidinho, concedo, mas e daí? Quem consegue a vida inteira manter o pé no estribo?

Do outro lado do jardim, Dona Sílvia lutava nesse momento para ajeitar umas jiboias em uma tela de metal, para que se espalhassem com mais gosto. As folhas eram bem maiores do que as que eu conhecia. Fui ajudar porque acho que ela andava muito triste. Também, sempre sozinha em casa! Mas por nada no mundo me passaria a ideia de pedir ao Seu Tobe ou Tashi as folhinhas que tinham feito tanto bem para o papai. Já imaginou se ela bebe o chá de folhinha, pega o violão e vai tocar música paraguaia na frente da venda do Seu Valdemar? Ah, não; isso, não!

Levei um susto quando ela perguntou, o que está acontecendo? Comigo nada, Dona Sílvia. Ela explicou: o que está acontecendo na sua casa? O farmacêutico já veio três vezes. Ah, Dona Sílvia, o médico do hospital anda faltando ao plantão e nesse caso mandaram o farmacêutico. Ela ficou pensativa. Depois tive de alcançar para ela o rolo do barbante. Ela amarrou as pontas da jiboia que faltavam.

Não falei nada sobre o Alex, porque ela já tinha preocupações suficientes. Me escapou uma pergunta, porém. Dona Sílvia, o que quer dizer desenganado? Ela pareceu assustada. Como assim? Ouvi hoje, do farmacêutico, disse que o Alex está desenganado. Dona Sílvia interessou-se. Ele piorou? Não sei, Dona Sílvia. Não sei. Hoje ainda não acordou.

Pra quê? Dona Sílvia ficou superaflita. Desenganado é um doente que não está nada bem. Ah, exclamei. É o Alex? É, Dona Sílvia. Aliás, papai ficou muito preocupado ontem e mandou dizer que precisa urgente falar com Seu Ângelo.

Esse meu pai! Nem a senhora sabe onde está Seu Ângelo, e meu pai querendo falar com ele.

Percebi então que as hastes das jiboias que Dona Sílvia amarrava na tela de metal começaram a tremer. Quando ela se voltou, estava branca. Foi a vez de eu me assustar. Ela apoiou-se no meu braço, não estou me sentindo bem. A senhora está grávida demais, falei, e fomos nos sentar na tora de madeira dos fundos. Ela suspirou. Seu pai disse isso, é?

* * *

Pelo jeito, meu irmão estava mesmo muito desenganado. Era um entra e sai em casa que eu nunca tinha visto. Alex acabaria morrendo antes de o desengano passar.

Os palpites eram muitos. Dona Cidinha até falou em convidar Disus Zé Beste para uma consulta sem compromisso. Fiquei preocupado. Mas mamãe comentou, vamos esperar um pouco mais, Dona Cidinha, e quando ela falava naquele tom nunquinha que chamaria Disus Zé Beste.

Ouvir mamãe falando assim me aliviou. Para o papai, eu comuniquei que tinha dado o recado para Dona Sílvia, e podia ser que ela já estivesse providenciando a vinda do Seu Ângelo. Não achava que estivesse mentindo nessa questão de providências, porque Dona Sílvia era muito boa e muito despachada. Faria tudo o que estivesse ao seu alcance.

* * *

De madrugada, batidas na porta da frente. Aff! Quem, a essa hora? Papai passou bem rápido e abriu a porta. Acho que tinha dormido de roupa, para sair assim tão rápido da cama. Chovia e quem entrou foi um homem grande, de bigode, de cara muito séria. Papai foi com ele até a salinha, onde dormiam o Alex, eu, o Zuiudo, a Agnes e o Matias. Nós quatro fomos mandados para o quarto, só o Alex ficou.

No quarto onde estávamos, ninguém ousava falar. Não queríamos perder a discussão da sala. Uma hora mamãe pronunciou a palavra "doutor". Mas por que ele veio tão tarde da noite, quis saber Zuiudo. Psitt. Ele calou-se. Aos poucos, o visitante alterou a voz. Parecia irritado. Como é que deixaram o menino chegar a esse ponto? Acho que papai engoliu em seco, porque não respondeu. Mamãe disse que tinha ido de hospital em hospital, mas que os médicos eram incapazes de dizer alguma coisa.

Zuiudo saiu da cama e foi ver o que estava acontecendo. Também fui. O visitante tinha tirado a capa de chuva e estava com um estetoscópio, examinando Alex. Ele disse: maleita. Grave. Com sorte, o menino sai do estado comatoso. Teve convulsões? Minha mãe disse que não. Mas ainda pode ter; nesse caso, um banho frio. Precisamos de um exame dos rins e do fígado.

Achei que aos poucos o ambiente se distendia. O visitante foi para a cozinha, com papai e mamãe. Pausadamente, enquanto bebia café, deu as instruções. De repente, me viu encostado no portal, me sorriu e exclamou: ah, ia me esquecendo, suas onze-horas estão realmente muito bonitas!

Minhas pernas bambearam.

15
Comadre Luiza não mora mais aqui!

Estava mais uma vez na casa da vovó quando acordei com marteladas. Não me preocupei, porque dessa vez estava com as ideias boas. O sol ia alto, desenhando linhas luminosas na minha colcha branca. Fui até a cozinha e a mesa estava arrumada, com xícaras, talheres e um bule de chá. Senti fome. Delícia! Mas, meu Deus, por que aquela bateção? Fui à janela, mas não conseguia avistar o quartinho dos fundos. A parreira tinha pegado um verde carregado e tapava minha visão. Passei manteiga no pão e enchi minha xícara de chá.

De vez em quando o pátio silenciava, para recomeçar logo depois. Arrotei. Descobri que tinha aperfeiçoado a arte de arrotar. Um baita arroto! De novo, enchendo de ar o pulmão, como se fosse me afogar, até uma golfada se desprender, descendo sozinha. Era só soltar agora, concentrado, para que o ar se enroscasse na garganta e saísse que nem gargarejo rascante de vulcão. Tão perfeito que me assustei, só que o ruído não vinha do meu arroto, mas da Bocconi entrando pela janela.

Quer dizer, não era a moto chamada Bocconi que entrava pela janela, mas a alma branca do Bocconi, cavalo do meu avô, que relinchava como se fosse moto. Vrummm, vrummm. Corri à porta da cozinha. Era ela, agora debaixo da parreira, com a BMW e um carrinho auxiliar acoplado. Desci saltando de dois em dois degraus e num instante estava junto dela, de olhos bem abertos. Que legal, vó, esse carrinho de lado! Ela levou o indicador aos lábios e fez pssiitttt, nada de carrinho de lado, este é um acoplamento lateral chamado *shaft side car*. Muito usado na guerra, mas, agora, na paz. Legal assim mesmo, vó! Ela desceu da moto, verificou se a acoplagem do *side car* estava segura, e disse: pronto para dar umas bandas por aí? Respondi: oba, vó, só vou tirar este pijama, lavar o rosto e volto num instantinho. E ela: não precisa correr porque temos tempo.

Quando voltei, ela já estava de calça de couro preta, jaqueta de *playboy* também preta, bem lustrosa, e na cabeça um chapéu de aviador da Primeira Guerra. Mais botas, luvas e óculos. Ela me deu uma jaqueta e disse: veste, porque vai fazer frio quando a Bocconi se soltar no cerrado. E põe também esses óculos e esse capacete. Eu não me cabia de contentamento. Não sabia se ia logo para o meu lugar, no *chafsaidicar*, ou se esperava para recuperar o fôlego. Ei, disse vovó, ajuda a empurrar, né? Desculpa, vó, e ajudei a empurrar a moto, porque ela tinha desligado o motor, até o portão de ferro que dava para a rua.

Em seguida, ela pediu que eu fosse ao quartinho dos fundos para pegar um alicate, pois um parafuso estava solto. Não achei o alicate de primeira, mas logo avistei a carabina que vovô usava para caçar codorna. Peguei a arma e mirei um calendário de parede. Vem ou não vem esse alicate? Era vovó, agoniada porque eu não tinha voltado ainda com o alicate. Pendurei novamente a espingarda na parede e dei o grito: já estou indo!

Vovó ainda voltou para trancar as portas, desligar o gás e o relógio de eletricidade. Depois entrou no bar do lado, para deixar um recado pra mamãe, caso ela ficasse preocupada por encontrar tudo fechado. Seu Barcelos disse que tudo bem, ele avisaria. Mas a senhora hoje está especial, hein, Dona Arzelina? E vovó estava mesmo muito especial. Todo mundo parava para reparar. Seu Barcelos não se decidia se olhava pra ela ou pra moto. E disse: eta, motinha boa, sô! Lembro o finado Giacomo, nas suas corridas no cerrado, para assustar os ventos!

O que ele disse foi abafado pelo acelerador: Vrrummm, Vrr-ruuummmm, VRRUUUMMMMM, VRRUUUMMMM! Logo juntou gente. Uns dez ou quinze. E naquela manhã radiosa de 15 de setembro de 1959, sábado, a moto foi avançando pela João Pessoa. Passamos os Armazéns Gerais e, mais adiante, os galpões da algodoaria. Dava para avistar a fila de charretes, todas vazias, esperando passageiro.

Nego Juvêncio teve de aquietar os cavalos. Vovó parou a moto. Nego Juvêncio veio ressabiado. Então vovó tirou os óculos, deu uma cusparada no chão e Nego Juvêncio gritou: icha, é a senhora! Se não fosse o menino, jurava que estava diante de um alienígena. Vovó riu. Que nada, Juvêncio, não sou alienígena nem essa moto disco voador. E acelerou. Ele deu dois passos para trás protegendo o ouvido com as mãos. Minha Nossa, Dona Arzelina, faz isso não! Vovó riu de novo. Aí ele deu um largo sorriso.

Vovó tinha intercedido por ele nesse primeiro emprego, a pedido da Comadre Luiza. Ele e sua mãe tinham vivido muito tempo na Fazenda das Sementes, como mamãe, antes de se casar. Quando Comadre Luiza quis se transferir para Catalão, pediu que vovó arrumasse alguma coisa para o Juvêncio na cidade. Vovó conseguiu. Primeiro, como chapa no Messias Pedreiro. Veio o Quebra-Quebra. Desgostoso, o Messias mudou-se para São Paulo. Então mamãe conversou com os charreteiros e Nego Juvêncio pegou de ajudante, dando água e comida para os cavalos. Às vezes ajudava um passageiro menos hábil a levar o pé ao estribo para subir à boleia, coisas assim.

Vovó agora dizia: logo, logo, você consegue coisa melhor! Ele respondeu: tomara! Ia conseguir, sim. Todo mundo gostava do Juvêncio, que em pouco tempo se tornara capitão de um terno de reis chamado Minha Flor. Eu gostava muito dele. Antes, de chapa no Messias Pedreiro, me cumprimentava quando eu ia para a escola. Ele dizia: *cumo vai rapais do cu pra trais*? Eu ria: vou bem, Seu Juvêncio, e o senhor?

Vovó perguntou: não quer mesmo nada pra sua mãe? Nem pedir nada? Ele pensou um pouco e disse para vovó: só a bênção. E diz pra ela que o Cesinha está bem. Baixou os olhos. Nego Juvêncio era assim, de pouca conversa. E vida de negro no bairro era muito difícil. Quando viam um, sempre tinha algum grupo de brancos que cantava em coro: *ó nego preto/ do subaco fedorento/ bate a bunda no cimento/ pra ganhar miliquinhento*.

Aliás, a polícia de Uberlândia tinha preferência disparada por matar negro. E os presos, nas cadeias, não eram principalmente negros, mesmo que fossem minoria da população em geral? E as dezenas de negros, especialmente moços, que desapareciam depois de presos, sem deixar vestígios? Mas não era só a polícia. Ao Nego Juvêncio, por exemplo, tinham recusado muito emprego por causa da cor. Disfarçavam. Escreviam no anúncio que precisavam de pessoas bem-apessoadas e distintas. Outro exemplo era a Praça Tubal Vilela. Domingo de tarde, os negros passeavam do lado da Igreja Santa Terezinha, e os brancos, do lado do Bueno Brandão. Se um invadia o espaço do outro, a polícia estava ali mesmo para repor a ordem. Proibido passar a linha divisória.

Era disso que eu me lembrava, enquanto vovó conversava com Nego Juvêncio. Por fim ela se despediu: preciso ir. Licencinha, licencinha, e foi avançando, até se desgarrar de crianças, velhinhas, donas de casa, araxás e charreteiros. Acelerou um pouco e passou para o outro lado. Pronto, *alea jacta est*, como gostava de dizer papai, entrávamos no campo inimigo.

* * *

Vovó inclinava-se sobre a Bocconi, formando um só corpo, de carne e de aço, projetando para a frente, como um bólido, a força do motor. Eu perguntei: aonde vamos, vó? Ela me devolveu a pergunta: aonde acha que estamos indo? São Paulo? Eu vivia querendo ir a São Paulo. E ela respondeu: Catalão. Nós vamos a Catalão. Prometi no mês passado que visitaria minha Comadre Luiza. Será que você aguenta? Claro, vó. E não vou aguentar? É perto? Bem pertinho. Uns cem quilômetros. Tiramos de letra. Logo ali, virando a esquina dessa imensidão.

Vó Arzelina conhecia cada vereda, cada pedra, cada porteira, conhecia tudo, a danada. Quando aparecia um trecho de barro, a moto dava uma rabanada, com medo de seguir adiante, Vó Arzelina segurava firme: o que que tá pensando, desgramada? — gritava, com o pé direito apoiado na lama — o que que tá pensando? — e punha a moto e meu *chafsaidicar* na boa direção, acelerava, de arranco, e ela seguia na direção certa, soltando barro pra trás, roncando, nos afastando do mundo.

De vez em quando, acelerava mesmo na descida e meu *chafsaidicar* puxava para um lado, ela puxava para o outro, que nem passarinho voando no magro do cerrado. De verdade, ela esparramava os passarinhos na beira da estrada. E vai que um passarinho avisa outro, que avisa outro, porque essa velha é nota dez, e um bando aparecia para se certificar do que era mesmo que estava acontecendo, mas só conseguiam enxergar com seus olhinhos de passarinhos uma poeira vermelha, e, pronto, passou sua hora na fila, dizia um passarinho para o outro, e o outro tinha de ceder lugar para o seguinte à espera, em fila, acho que até bem lá pelos confins do Alasca.

Vó Arzelina ria que ria e depois gritava: segura, que eu sou passarinho, eu segurava, e as cilindradas da moto viravam mil, dez mil, dez milhões, e a terra arroxeava, e Vó Arzelina gritava: eta-ferro, que trem bão é coisa boa, deixando para trás o Rio das Velhas e mais na frente Araguari, a Grota da Solidão, a Vereda dos Caiapós, o chapadão, enfim, empoeirado, até nas juntas da sua grandeza. Estava tão animado, tão distraído com o cerrado, que nem me cansei. Só descobri que tínhamos chegado ao fim da viagem quando tirei os óculos e vi que Catalão era uma rua de paralelepípedos, ladeada de casas bem antigas, bem coloridas, e com tambores batendo, batendo, como se estivesse numa festa, dando uma vontade de seguir o pessoal, ei, pessoal, todos com calças brancas e camisa azul-clarinho, alguns deles com chapéus na cabeça, de onde caíam fitas coloridas, que nem no congado do Nego Juvêncio, viche, uma beleza!

Quer comer alguma coisa? Apontei para a carrocinha no meio-fio da calçada: cachorro-quente. Pode? Claro que pode. Então vamos, porque temos pouco tempo. Nem sei se vamos achar Comadre Luiza. Me esqueci da festa de Nossa Senhora do Rosário. Vai, compra, que vigio a moto. Pode passar um amigo do alheio distraído e levar por engano. Eu fui, mas de olho na movimentação colorida, de algumas meninas que se adiantavam, dançando e requebrando, vontade de entrar na dança, muita, muita gente, algumas espantadas com aquela mulher de cabelos brancos, grudada na moto.

Voltei com dois cachorros-quentes e dois guaranás Mineiro. Um menino parou para ver vovó, mas sua mãe ficou muito brava: vem aqui, Clides! O menino ainda olhou vovó muito curioso e quis saber: a senhora é ou não é? O que, menino? E a mãe, gritando novamente: vem, Clides, vem que não te espero mais. O menino nem explicou o que estava querendo saber e se afastou correndo.

Estávamos, portanto, eu e minha vó, comendo cachorro-quente. Como sempre faço, fiz dentro de minha cabeça uma revisão do que tinha acontecido. Tinha saído com a vovó, bem explicado. Tinha sido o máximo, bem explicado! Chegado a Catalão pela BR-50, bem explicado. E estava agora comendo cachorro-quente, muito bem explicado. Mas tinha alguma coisa, de bem antes, batendo lá no fundo desse tudo explicado.

A seguir, ela revisou os pneus e o engate do *chafsaidicar*, que havia roçado num barranco da estrada, perto do coqueiral.

Uma menina, de uns 12 anos, parou ao nosso lado. Depois de um tempo, ela, ali, ainda sem dizer nada. Por fim, criou coragem: posso perguntar uma coisa? Vovó passou a tira de couro direita por baixo do queixo, juntou com a outra que vinha da esquerda, apertou o botão de pressão, tec, e disse: pode, sim. O que quer saber? A senhora é uma alienígena? Vovó riu. A terceira pergunta, no mesmo dia. Respondeu: sim, minha filha. Estou aqui de passagem. Ela abriu uns olhos desse tamanho e se despediu, olhando para trás assustada. Enquanto isso, os tambores faziam tucutum, tucutum, tucutum, bem repicado, e um apito trilava, miudinho, prrritititi, prrrtititi, prrrtititi.

Atravessamos uma multidão, que se dividia em olhar vovó e a apresentação dos quilombolas, e, depois de vermos aquela alegria enchendo as ruas e as cantorias repicadas louvando Nossa Senhora do Rosário, saímos do outro lado da praça, pegamos uma ruazinha, viramos noutra, e quando nos demos conta estávamos sendo atendidos por uma mulher pequenininha, pequenininha, parecida com Lena, até o jeito de rir, mas não era Lena. Ela estava com uma criança de colo, bem assustadinha, essa criança, porque abriu o bué ao ver vovó.

A mulher, que não era nenhuma Lena, informou que Comadre Luiza não morava mais naquele endereço. Tinha ido para Brasília. Vovó ficou desconcertada. Tanta viagem para nada! A mulher perguntou: a senhora vem de onde? Não quer descansar um pouco, lavar o rosto, se refrescar? Vovó não queria. Tem também a festa, se a senhora quiser assistir, é muito bonita. Vovó novamente disse não. E falou: temos ainda muito chão até Brasília, não é mesmo, parceiro? Eu disse: OK, erguendo o polegar. Claro, disse vovó, olhando novamente para a mulher, isso se você tiver o endereço dela em Brasília.

16
Encontro em Brasília

Trezentos quilômetros de estrada até Brasília, a moto, ticutum, ticutum, ticutum, tremia que nem couro de tambor, ticutum, ticutum, ticutum, cortando o cerrado. Eu me esforçava para não cochilar, cansado, observando as veredas e as plantações de milho e feijão que vinham até a beira da estrada.

Eu estava mais interessado nos fenemês, Mercedes e Scanias carregados, que às vezes nos tiravam da estrada. Eu queria ver aquelas centenas de famílias a pé na beira da estrada, com malas na cabeça, uma récua de filhos seguindo atrás, puxando uma cabra com uma cordinha, e às vezes até uma vaca, como se Brasília fosse pasto. Havia crianças pequenininhas, do tamanho da Agnese. Quando se soltavam, corriam para a estrada, os fenemês soltavam um buzinaço grosso, vindo da barriga, prrooooommmm, e freavam, resfolegantes, tchum, tchum, tchum, e os pais corriam.

Às vezes vovó parava pra respirar um pouco, e me explicava a quantas andávamos: agora, pela frente, temos Cristalina, e mais na frente Luziânia. Ou então falava da paisagem: olha aquela alma-de-gato! E depois dessas interrupções, a roda recomeçava a comer a estrada; o motor, a comer a distância; e eu e vovó, poeira.

Acordei assustado: chegamos, vó? Não, ela disse, não chegamos. Havia na nossa frente, acenando, um policial rodoviário, quase igual aos que Uberaba e Belo Horizonte tinham mandado para Uberlândia para baixar o porrete depois do Quebra-Quebra. Ordenou: documentos! Vovó deu. Ele conferiu a placa, pediu carteira de identidade. Por enquanto tudo bem. Ela tirava de um bolso um documento, uma carteirinha do outro e lhe dava. Mas ele queria era saber o que íamos fazer em Brasília: a NovaCap não está precisando de mais candangos.

Vovó preferiu não responder. Ele disse também, sem ser perguntado, que a invasão ao lado da cidade livre não estava mais lá: agora só entra quem já tem contrato. Vovó explicou que nem ela nem eu íamos a Brasília em busca de trabalho. Explicou: só quero visitar minha Comadre Luiza. O cara continuou desconfiado. Quer dizer que são de Uberlândia? Onde moram? Na João Pessoa. Na João Pessoa... — ele repetiu. Vovó aquiesceu. Exclamou: certamente conhecem Seu Ângelo! Assim, como quem pergunta por perguntar. Dei um pulo: trabalho pra mulher dele, Dona Sílvia. O senhor conhece a Dona Sílvia? Ele mudou a expressão. E a voz agora era mais afável: se não fosse Seu Ângelo, meu menorzinho teria morrido de maleita. Prosseguiu: quer dizer que conhecem Dona Sílvia! Parece que ele nem tinha me escutado. Expliquei mais uma vez: claro que conheço. Sou eu que faço compras pra ela no supermercado do Portuga, porque tem Seu Valdemar, o senhor sabe, mas o negócio dele anda meio fraquinho!

Apresentou-se: Alencastro, muito prazer, minha mãe é Dora. Ele ficou pensativo. Enxergava agora outra vovó na frente dele. Uma mulher de idade, cansada, com o rosto sujo de terra vermelha. Jeito de quem precisava de ajuda. Afastou-se, entrando no posto improvisado, feito de madeira, e voltou com bananas, laranjas e mangas. Atrás dele, outro policial, mais parrudo que esse Alencastro. O que acha, Vieira? O nome do que tinha chegado era Vieira. E esse Vieira falou: acho que dá. Vou ver o que posso fazer?

Enquanto o Vieira parava caminhões para saber se podiam nos levar até Brasília, com moto, *chafsaidicar* e tudo, a gente ficou descansando na frente do posto, bebendo água fresquinha, fresquinha da talha e chupando laranja. Pouco depois o Vieira voltou. E disse: tudo OK. Só temos de pôr a moto na carroceria. Até o motorista saiu do caminhão e veio ajudar.

Antes das despedidas, Alencastro escreveu uns garranchos numa folha de papel, carimbou soprando no carimbo, por falta de tinta na almofadinha, e disse que era um passe, com ele poderíamos atravessar sem problemas as próximas barreiras.

Não me lembro de mais nada, pois dali pra frente afrouxei os pinos e cochilei de verdade, ouvindo, de vez em quando, a passagem de um caminhão estabanado que ultrapassava sem poder, um pio de gavião, ou a conversa animada de vovó com Seu Antônio — esse era o nome do motorista. De vez em quando abria os olhos, e dentro da névoa do sono avistava Seu Antônio segurando a direção do fenemê e rasgando o cerrado.

Pelo que eu entendi, dormindo e acordando, a população de Brasília era de 64 mil pessoas, sendo 35 mil candangos. Acontece que faltavam sete meses para a inauguração da cidade, e o Juscelino, muito treteiro, tinha achado que os candangos já tinham feito o que deviam e agora tinham de voltar para suas cidades. Porém, de vez em quando, constatava atraso nas obras e mudava de ideia, telefonando para o auxiliar dele: ô Israel, contrata mais uns três mil. Em vez de retirantes, cada vez mais chegantes.

Brasília, explicou Seu Antônio, não seguia as leis brasileiras durante a construção. A NovaCap decidia onde as pessoas iam trabalhar, quanto iam ganhar, como organizar os canteiros de obras. Greve ou reivindicação, nem pensar. A polícia prendia e soltava no descampado. Ninguém, mas ninguém mesmo tinha interesse em confusão. Muitos trabalhavam até 18 horas por dia sem hora extra. Isso aqui é outro mundo, comentou vovó. Outro mundo, confirmou Seu Antônio.

Seu Antônio arrematou: outro mundo! E que outro mundo! Dia desses eu ouvi uma discussão do Lúcio com o Juscelino. Vovó interessou-se: é quem, esse Lúcio? Costa. O Lúcio Costa. O que ganhou o concurso desse projeto aeronáutico. Pois bem, o Lúcio e o Juscelino estavam na frente do esqueleto da catedral. O Juscelino, bem louquinho: essa cidade não é feita para eles, Lúcio. Tenho os funcionários públicos e os meus comerciantes para alojar. E o Lúcio, já sem esperanças: mas eu queria planejar uma cidade ideal, Seu Juscelino. Onde não existisse periferia. Onde todos morassem no plano piloto. Nánánánánánánánánánánánão, Lúcio! Quatro ou cinco centros na periferia para esses que não podem pagar. Sim, mas depois? E eles continuam chegando. Já tive de engolir Taguatinga e acho que vou ter de engolir muito mais.

Seu Antônio contou também que vovó estava chegando a Brasília em má hora, porque estava por acontecer um Sara Kubitschek número 2. E o que é Sara Kubitschek número 2? Invasão, dona, invasão! Seu Antônio freou devagar. Cinco vacas atravessavam a rua, sem se preocupar com sinais de trânsito. Uma delas parou no meio da estrada, olhou para trás e, como não reconheceu ninguém na boleia do caminhão, foi se reunir às outras, no momento em que vovó perguntava: como assim, invasão?

Seu Antônio apontou para a beira da estrada: esse pessoal todo, esse pessoal todo está sendo parado nas barreiras. Muitos seguem. As jardineiras e caminhões de pau de arara partem continuamente do Ceará, da Bahia, do Amazonas e do Sul. Estão contratando muita gente, por causa da inauguração do ano que vem. Mas e as famílias? Onde alojar as famílias? Os candangos, os que trabalham, ainda têm alojamento. Mas eles estão preocupados com suas mulheres, com seus filhos. E há também centenas que chegam sem trabalho e sem condições de conseguir alguma coisa.

Nesse momento, tivemos de dar marcha a ré bem depressa porque o chão se abria. De dentro, um tatu de aço do tamanho de um edifício, pua no focinho, espalhando terra para os lados, tendo, ao fundo, dois pires — um de borco e outro para cima, com o esqueleto de uma torre no meio. Diante de minha estupefação, Seu Antônio riu: essa máquina cava por baixo da terra, e aquilo que você vê no fundo não é pires, mas a Câmara dos Deputados, com o Senado Nacional. Escutei e nada disse, ciente de que eu tinha ainda muita coisa para aprender.

Seu Antônio disse também que havia mudanças de plano. Não podia mais nos levar até a casa da Maria Luiza. Melhor descarregar a moto e o *chafsaidicar*. Explicou: sigam por aqui, em linha reta, mais adiante pela Esplanada dos Ministérios, essas enormes caixas de fósforos envidraçadas, do lado esquerdo a catedral, e, quando chegarem à rodoviária, peguem pela esquerda, que dá no eixo, a parte mais importante do avião, reto mais uns 30 quilômetros e pronto, é a Invasão Sara Kubitschek número 1: Taguatinga.

Não perdemos tempo, abrindo caminho entre centenas de tratores de carretel e de esteira, escavadeiras, escavocarregadeiras, retroescavadeiras e escavadeiras de mandíbula e de arrasto, com pneus e de esteiras, e os caminhões-caçamba, as carretas, de dois eixos, três eixos e carreta cavalo truckado, bitrem de sete eixos, e no ar os helicópteros zumbindo por cima da catedral, de novo nos pires e ministérios, poeira, muita poeira, mais de mil homens de chapéu, sem chapéu, de camisa, sem camisa, de bigode, sem bigode, secando, aguando, socando a terra vermelha, e outros plantando as primeiras árvores de Brasília.

Vovó disse: melhor comer alguma coisa, estou morta de fome. Eu disse: OK, vó, também estou com fome. E entramos no restaurante, cheio de gente comendo, bebendo água e conversando, com pranchetas e papéis na mão, mostrando e discutindo, porque não é bem assim, mas claro que é, a inclinação do terreno, não, não é não, sim, mas é sim, sim, não, não, sim, e de novo examinavam papéis, e os garçons sem dar palpites, até que vovó falou bem claro para um deles: dois guaranás bem gelados e um sanduíche reforçado.

As pessoas se voltaram para vovó-alienígena, um instantinho só, e mergulharam de novo nas conversas, porque a tangente da necessidade quebra, assim, de repente, o queixo da caçamba, porque aquilo ali é um manicômio, mas entortando as nuvens tudo vai dar certo, com sacada e tudo, guaraná e sanduíche reforçado, sendo o segundo gole melhor ainda, uma delícia, até um homem passar pela porta e todo mundo calar a boca menos nós, que não devíamos nada a ninguém, disse vovó.

Silêncio.

E esse homem, que parecia ser o chefe, veio cercado de uns de terno preto, mas tropeçou numa cadeira no caminho e um de preto perguntou: alguma coisa, doutor? E o doutor disse, não, não foi nada, e o de preto gritou: garçom, vem tirar essa cadeira do caminho antes que alguém se machuque, e o garçom gritou: viche, correndo miudinho para afastar a cadeira, e logo a vitrola tocou uma música. Esta eu conheço, falei, e cantei: "como pode, peixe vivo, viver fora d'água fria", e vovó disse pssitt, mas eu continuei: "como poderei viver, como poderei viver, sem a tua, sem a tua...". Todo mundo corria em minha direção, como se fossem me expulsar, mas não, os de preto mudaram de ideia e já queriam me dar a bênção. Esse homem, que era o chefe, parou na minha frente, com cara de espanto, e terminamos juntos a música: "sem a tua, sem a tua companhia."

Bateram palmas, porque esse chefe tinha uma voz bonita. O chefe logo perguntou onde eu tinha aprendido a cantar e eu disse: com meu pai. Conhece mais alguma música? Empaquei, nem sim, nem não, catando vovó com a quina dos olhos. Ela aprovou. Eu disse: conheço uma ária. O nome é "O mio babbino caro". Desta vez foi o chefe que me olhou de um jeito esquisito, como se o extraterrestre fosse eu, com o rosto sujo de poeira da estrada. Ária? De Puccini. Mas ária é de ópera! Falei: isso, de uma ópera. Papai que me ensinou

162

um dia. Então cantei à capela a música que papai ensinava só
para Abigail, mas que eu aprendi assim mesmo, escondido:

O mio babbino caro,
mi piace è bello, bello;
vo'andare in Porta Rossa
A comperar l' anello!
Si, si, ci voglio andare!
E se l' amassi indarno,
Andrei sul Ponte Vecchio
*Ma per buttarmi in Arno!**

As palmas explodiram. O chefe olhou-me surpreso. Quem
é você? Eu disse: estudante, eu sou estudante. Disse isso e
olhei de novo pra vovó. Ele também olhou pra vovó. Um
de preto baixou-se, perguntando: algum problema, doutor?
Não, nenhum problema. Eu perguntei: e o senhor, quem é?
Ele respondeu: um médico. Ele pôs a mão na minha cabeça
e depois se afastou com os de preto.

* * *

Terminamos nosso sanduíche, pagamos e vovó olhou pela janela e disse: já está escurecendo, vamos! Saímos, no lusco-fusco
do cerrado, e havia de novo caminhões, e filas de Rural-Willys

---

* Oh, meu querido papai/ Gosto dele, é tão bonito/ Quero ir a Porta
Rossa/ Para comprar o anel/ Sim, sim, quero ir até lá/ E se meu amor
for em vão/ Irei até Ponte Vecchio/ Para me jogar no Arno.

levantando poeira, e ambulâncias e mais ambulâncias, e um caminhão com soldados, atrás deles, porque eles estavam com pressa, e depois de uma meia hora vovó falou: já devíamos ter chegado.

Andamos mais um pouco e por fim apareceram luzes e alguém anunciou alguma coisa com alto-falante, difícil de entender as palavras, e passaram caminhões em fila, cada um com um barraco de madeira na carroceria aberta, fácil de carregar, e pronto, estávamos na frente de uns soldados armados numa praça e umas 50 pessoas querendo passar.

Pelo megafone um dos soldados ordenava: dispersar, dispersar, mas ninguém dispersava, até que chegaram dois soldados em um jipe, desceram correndo, falaram com um que parecia o chefe dos que mandavam dispersar, e eles guardaram os cassetetes e as armas e saíram correndo, porque aqueles 50, da invasão Sara Kubitschek 2, estavam apenas distraindo os soldados, outros 500 já estavam levantando os barracos, e os soldados foram ligeiros, mas, quando chegaram, nada mais puderam fazer, porque os candangos invasores já tinham demarcado os terrenos, erguido os barracos e até já faziam café para ajudar os 50 de antes.

E diante de nós estava nada mais nada menos do que a Comadre Luiza. De início pensando que fôssemos dois que chegavam atrasados para a invasão: sentem, já preparo um café. Tiveram sorte. Tem um barraco de uma peça no fundo e vocês podem ocupar. E vovó tirou o chapéu e disse: muito obrigada, Comadre Luiza, mas eu sou a Arzelina e esse aqui é o meu neto, e não estamos aqui para nenhuma invasão, mas para uma visita.

17

Pavel devia matar Strelnikov?

No passeio com Zuddio à plantação de olivas, veio nos receber Gino Cavossa. Olhos pequenos e brilhantes. Rosto fino, mas tranquilo. Tinha um chapéu de palha na cabeça. Olhou sorridente para mim e para Zuiudo e perguntou quando tínhamos chegado. E logo queria saber sobre o tempo que fazia no Brasil, se também fazia frio, se chovia ou deixava de chover, como se sua colheita de olivas dependesse de uma realidade meteorológica situada em outras paragens.

Zuiudo fez uma pergunta, que não ouvi bem, e Cavossa começou a explicar que muitos tinham deixado a Albânia logo depois da queda do comunismo. Explicou: no início dos anos 1990, chegaram em pequenos barcos. E ficaram surpresos, pois a língua que falavam aqui era a mesma de seu país. Muitos subiram para o Norte, depois de curta temporada ali mesmo ou em Polia, ao lado. Outros ficaram. A esses se juntaram trabalhadores sazonais. Não sei se sabe, ele disse, mas Tirana está bem ali, a uns 300 quilômetros sobre o mar.

Eu perguntei: e as milícias? Uma sombra desceu sobre seus olhos. Ah, as milícias! Por aí, antes só nas cidades, mas agora também no campo. O que não podemos reclamar é que são bem-dispostos, com seus braços levantados e sua saudação romana. Mas melhor não falar nisso. Um pouco do que eu sabia das milícias havia lido nos jornais. Outro pouco em Verona, naquela noite, parado por um grupo de milicianos mal-encarados, que percorriam a cidade à procura de estrangeiros irregulares. Caso encontrassem algum, especialmente romenos, o agrediam antes de entregá-lo à polícia.

Só que a Calábria não era o Norte, disposto a defender seus privilégios. Estávamos na Calábria, que vivia um conflito sem solução. Por um lado, a olivicultura exige mão de obra intensiva na época da colheita. Por outro, a repulsão doentia aos estrangeiros estava também naqueles pequenos povoados. Assim mesmo, o preço aviltado da mão de obra de fora da União Europeia equilibrava preconceito contra os extracomunitários, como diziam, e ganância pelo emprego de mão de obra barata e sem direitos.

Para toda a Calábria, havia sido aprovada naquele ano uma cota de seis mil trabalhadores sazonais, principalmente da Albânia, da Tunísia, Marrocos, Moldávia e Egito. Acontece que em Spezzano, como em muitas outras cidades a cavalo nas colinas, a comunicação em língua albanesa era mais fácil, aumentando o fluxo de imigrantes clandestinos além do fixado pela cota de temporários.

* * *

Eu e Zuiudo estávamos agora ao lado de uma mesa farta, observando os trabalhos de homens e de mulheres, quase todos eles em escadas apoiadas às árvores de pequeno porte. Cada um sustinha um cesto de vime, geralmente em forma de cone, apoiado sobre um galho. A dificuldade estava no peso depois de cheio. Alguns dos que colhiam eram idosos, com 50, 60 anos ou mais. As mulheres também. Mas pareciam contentes por ter um trabalho e ganhar alguma coisa, economizando antes de subir para o Norte.

Meu irmão aproximou-se de um grupo. Alguns trabalhadores subiam as escadas procurando manter o equilíbrio precário. Nas oliveiras ao lado, quatro ou cinco meninos e meninas, mais ágeis e mais leves que os mais velhos. Os cantos que tinham cessado com a nossa chegada reiniciaram. Tristes e cadenciados. Um canto que parecia vir do passado.

Cada trabalhador consegue colher aproximadamente 10 quilos de azeitonas por hora, 80 ou 100 quilos por dia. O método é antiquado. Para Cavossa, era o melhor método, pois os frutos não se perdem, mas sai muito caro e às vezes falta mão de obra. Ele defende a ideia de que o mercado de trabalho deveria estar ao alcance de quantos albaneses fossem necessários para o bom andamento dos negócios, mas a oposição é crescente. Os outros italianos reclamam, dizendo que se trata de uma mão de obra barata e explorada ao máximo. Se um trabalhador reclama, é obrigado a voltar para a Albânia.

O salário é proporcional aos frutos colhidos. A mão de obra infantil também é utilizada. As crianças têm mais facilidade de chegar aos galhos mais altos das oliveiras e seu pagamento vem embutido no contrato com os adultos, como Cavossa explicou mais tarde. Além do mais, os pais trazem crianças, sem ter com quem deixá-las, e a colheita é apenas mais uma de suas brincadeiras. As autoridades geralmente são indulgentes, inclusive programando férias nas escolas calabresas durante os dias mais intensos da colheita, porque a mão de obra estrangeira não basta. Em resumo, também aqui, com o trabalho infantil, a Itália é um país selvagem.

Deixamos Cavossa conversando com Zuddio e subimos a colina, observando os pequenos grupos dispersos em atividade. Pouco depois os trabalhos foram suspensos. Ficou claro, então, o motivo das mesas postas sob as oliveiras. Logo estávamos no meio de um piquenique rústico, de trabalhadores cansados, por terem iniciado bem cedo, quase de madrugada, e só terem o prometido sossego ao pôr do sol. Tímidos, enchiam canecas de alumínio com a água dos jarros. Outros diziam chistes, riam, empurrando-se, especialmente os mais novos, enquanto alguns casais agarravam um naco de pão e iam namorar à sombra das oliveiras.

Para Cavossa, o método manual estava com os dias contados. Explicou o funcionamento dos outros tipos de colheitas, inclusive a mecânica, mas neste caso as árvores deviam estar na planície, para facilitar a operação de máquinas. Ou então, disse ele, a colheita manual, sem cestos e escadas: telas plásticas são estendidas sob as árvores e um trabalhador ou máquina sacode os galhos, derrubando frutos, que são recolhidos e levados para armazenagem. Mas existe o risco de danificar as azeitonas muito maduras.

Quando Cavossa anunciou que estava pronto para nos transportar até o Centro, dissemos que não se incomodasse.

Ele insistiu. Pensando bem, era a única forma de pegar nosso carro na Praça da República. Ele insistiu, e então nos aproximamos do reboque, onde estava um casal jovem, com uma criança de colo. O homem às vezes, disfarçadamente, secava uma lágrima. O que teria acontecido? Eles estavam tão alegres antes! Talvez, como muitos, não tivessem conseguido emprego.

A mulher segurava uma criança de colo e instalou-se sobre uma pilha de sacos de aniagem vazios, com olhos ternos para o rapaz. Ele tinha uns 25 anos, com uma cicatriz que ia da maçã do rosto até pouco abaixo da mandíbula. Havia também uma velhinha, que devia ser a mãe da mulher. Foi então que achei ter escutado um soluço. Cavossa, já se despedindo, disse alguma coisa que não entendi bem. Mais um que não conseguiu emprego, comentei, em voz baixa. Aí é que se engana, disse Zuiudo. O contrário. Como, o contrário? Ele está chorando porque conseguiu emprego na colheita de olivas. Como sabe? Zuiudo murmurou: porque ouvi a conversa antes. Ele chegou na semana passada, mas não tem os papéis em regra. E mesmo sem papéis em dia uma pessoa precisa do de-comer e do de-dormir. Cavossa fica com ele até isso se resolver. Com o trabalho, a vida é diferente. Um sobressalto: quem disse isso? Zuiudo riu. Eu estou dizendo.

Não, não. A pergunta não era para Zuiudo. Era para mim mesmo. Onde havia escutado essas mesmas palavras? A lembrança veio borrada. Falta de rosto e de voz. No dia anterior, pensei, almas penduradas nas oliveiras. Agora, no reboque de um microtrator, uma vida diferente.

Com a máquina acelerando na estrada, com oliveiras nas duas margens, senti a brisa me bater no rosto. Era como se eu não estivesse no reboque, com Zuiudo e os outros dois, mas sozinho. E correndo. Os objetos ao meu lado também se faziam de sombras passadas.

Foi no dia em que papai chegou alegre em casa e disse: consegui emprego fixo nos Martins. Agora, sim, a vida vai ser diferente. Ouvindo papai, eu não sabia o que fazer. Se ria ou se chorava. Verdade, papai? Verdade. Quer dizer que o senhor não vai ficar em casa ranzinza e cheio de manias? Quem te disse isso? Murchei. Não devia ter falado. Ah, pai, as pessoas. E calei. Era mamãe quem tinha falado. E que ele era também um fracasso. Mas isso eu não falei. Juro.

A vida vai ser diferente, ele repetiu. Vendo papai feliz, senti um engasgo. Um nó, que dá na garganta, e divide o que é de fora e o que é de dentro, só a alegria tem passe livre. Mas aquela era uma alegria diferente. Sentia vontade de rir e de chorar ao mesmo tempo. Tinha de contar para alguém. Corri para a rua. Corri. No início sem direção. Depois, disse: nem quero saber, pernas aonde vocês querem ir. Corram. Se quiserem, cortem o cerrado. Se não quiserem, vamos dormir. Ou saiam por aí, sem direção.

As minhas duas pernas, que são duas, a da direita e a da esquerda, conversaram com meu pé e só ouvi dizerem: vamos dar uns bicos por aí. E correram então, os quatro, só que, quando me dei conta, estava junto. Às vezes paravam para tomar o fôlego e também porque meus olhos ficavam embaciados com facilidade. Sim, os dois olhos também quiseram participar. Só que às vezes uma lágrima caía e os dois falavam, ah, assim não dá, estamos embaciados. Depois seguiam em frente, pela Rua João Pessoa, como dois faroletes de neblina.

Só aí me dei conta do que planejavam. Quer dizer, ainda não sabia bem. Precisava examinar melhor. Eu também sentia uma urgência no chão que eu pisava, no meio-fio que via minhas pernas passando bem rápidas e se perguntando o que teria acontecido. Eu sentia urgência também na minha sombra, que era quem mais corria, coitada. Precisava cuidar mais dessa minha sombra porque era a única que eu tinha.

Com o canto dos olhos examinava o quanto tinham avançado, aperfeiçoando ainda mais meu jeito novo de correr, assim a galope, como os cavalos, porque eu era um potro sem freio naquela época.

Depois da Algodoaria de Santa Maria mudei mais uma vez o jeito de correr. Em vez de potrinho, distribuí muitos eus pela frente, como tinha ouvido falar numa corrida de passar o bastão.

Nessa corrida, o próximo corredor pega o bastão do que chega e, como está descansado, corre mais. O bastão nesse caso era a notícia boa que eu tinha. Então corria, passava a notícia para o eu que já me esperava 30 ou 40 metros mais na frente e esse eu, descansado, corria com fúria e determinação. E outro eu já o esperava mais na frente, todos com seus olhos e pernas e braços e pés.

Assim avançamos sempre, nós todos, dando conta do recado. Ah, na minha equipe de correr veloz havia também meu nariz que respirava.

Nesse momento, o rosto da Lena apareceu sobre as toras e gritou: vem, está faltando um beque. Era a centroavante e capitã do nosso time. Não podemos agora, estamos ocupados, eu, minhas pernas, meus pés, muito ocupados.

Nesse momento, passávamos sob os pés de jambo da casa da Antonina, Divina e Celina, e os carros freando e chiando pneus na Engenheiro Diniz, perda de tempo, tenho agora de desdobrar a minha técnica de correr, a mão direita em relho, batemos com ela na coxa direita, aceleramos, porque dar com o relho na perna aumenta a força de tração, estamos na frente da máquina de beneficiar arroz do Messias Pedreiro, falta pouco, o nariz perde o fôlego, está desistindo, começamos todos, inclusive o nariz, a respirar pela boca.

Pronto, chegamos!

Tentamos juntos abrir o portão de metal. Não conseguimos. Os pés irritados chutam a placa de metal do portão. Vó Arzelina abre a janela e fecha rápido, ao ver a multidão na frente de sua casa, tantas pessoas aflitas querendo entrar, agora abre apenas uma fresta, um pouquinho mais e abre a janela de novo, ufa, parece dizer, onde está toda aquela multidão querendo arrombar a entrada da minha casa? Assim mesmo é prudente, pois não nasceu ontem.

O que está acontecendo? Esse portão que não abre. Já vou indo, já vou indo, preciso passar, preciso respirar, chamo novamente, Vó Arzelina, e desprende-se de minha boca apenas um jato de ar sem som, barulho de passos apressados, Vó Arzelina, e dou de novo um solavanco no portão, ele se abre e corro, o que aconteceu, pergunta ela preocupada, paro um pouco zonzo, e só então, resfolegando, consigo finalmente dizer:

Papai conseguiu emprego!

A vida prometia ser diferente, caio em prantos, sinto falta de ar, vovó me abraça: mas se seu pai conseguiu emprego tem é de comemorar. Respondo: estou comemorando, vó, e é por isso que vim trazer a notícia de primeira mão para a senhora, enquanto ela me abraça e me faz passar para a sala, dizendo que vai me preparar um copo de água com açúcar.

Vejo vovó se afastando, enquanto eu repito em voz baixa: agora a vida vai ser diferente. E me dou conta de que meus dois pés e minhas duas pernas estão ali, bem felizes, juntos com meu nariz e meus olhos, ah, como gosto de meus olhos, de ver o que tem pra ser visto, essas minhas pernas e pés que me levam a passeio, que me movimentam, esse nariz que detecta a bilhões de quilômetros o cheiro de lasanha e essa boca que consegue às vezes usar palavras exatas para descrever o mundo em volta e o que estou sentindo. Do fundo do coração, me diz: esse mundo não é uma maravilha?

* * *

A verdade é que, desde aqueles tempos, todo desempregado tem o rosto de papai. Aquele rapaz também. Eu me dizia: meu pai deve ter andado por essa mesma estrada e deve ter encontrado na vida esses mesmos policiais. Essas mesmas casas e esse mesmo horror e essa mesma Itália. Eu estava ali para rever, por ele, o lugar onde tinha nascido. Essa mania de emprestar meus olhos começou com Dona Rita, uma velhinha que tinha conhecido em São Paulo.

Morávamos no mesmo edifício. Ela era minha vizinha. Toda vez que a encontrava, falava sobre sua irmã que tinha ficado na Itália. Um dia lhe disse: quando eu for à Itália, me dá o endereço dela, vou lhe fazer uma visita. Vou observar cada rua, cada casa, cada janela. E, na volta, conto tudo o que vi para a senhora. Ela falou: pode fazer isso com uma filmadora. Eu respondi: não, Dona Rita, é diferente. O que eu proponho é lhe emprestar meus olhos, para que a senhora possa se reconhecer dentro deles. A senhora e todo um lugar, o seu *paese*.

De início, a proposta soa sem sentido. Mas, se alguém soubesse como me empenho para cumprir o prometido, entenderia. Porque o olhar que eu empresto é um olhar amoroso, em que Dona Rita ou meu pai podem facilmente se reconhecer. Não cobro nada, claro. Mas, de tudo o que vejo, sobra um pouco para mim, porque, mesmo depois de ter descrito tudo, eu moro por dias e dias nessas imagens flutuantes.

Durante o percurso, meu irmão tentou puxar conversa com o casal de albaneses, mas foi malsucedido. Nenhum deles falava italiano. Poderíamos conversar por sinais, mas tanto nós quanto eles parecíamos cansados. A mulher com a criança tirou calmamente o seio de dentro do sutiã e estendeu o mamilo túrgido e machucado para o bebê. A criança era voraz como um bezerro. Quem cuidaria da criança durante o trabalho? A mãe? O pai? Ou a velha? Era a vida, diante de meus olhos, se renovando a cada sucção, a cada investida.

Não, a mulher não começou a cantar uma canção doce e terna. Não, os olhos da criança não brilharam. Não, a brisa não agitou docemente as oliveiras. Não, todos não se calaram para o silêncio anunciar a passagem de um anjo. Não, nada disso! Apenas a mesma paisagem árida. As mesmas pedras. O mesmo suor milenar. O mesmo sol inclemente. A mesma aragem. O mesmo cansaço. Os mesmos rostos sofridos. A enlaçá-los, a mesma esperança.

Se eu, naquele momento, atravessasse uma rua do passado, encontraria na venda de Seu Valdemar um menino de 11 anos lendo Dostoievski e ao mesmo tempo ouvindo histórias que contavam os rostos rudes ao redor da mesa, falando sobre o sonho de Zhuangzi. Rostos cansados como o meu naquele tempo. Só que meu rosto não era parecido com aqueles no reboque, depois de tantas horas de trabalho. Não era como aqueles três porque o meu estava numa fotografia em meu *passaporto rosso*.

Nessas circunstâncias, o que representava um *passaporto rosso*? O que era ser brasileiro entre albaneses? O que era ser um bugre da estepe? O que era ser albanês, entre gregos ou turcos, como de resto há 500 anos, quando os primeiros Capparelli bateram à porta do mosteiro, pedindo pousada? E agora, 508 anos depois, esfolavam os dedos na porta da Europa. Entre, a casa é sua?

Há três meses, ainda em São Paulo, me descobri preocupado: pela primeira vez tinha condições de participar das eleições desse meu outro país. Acontece que eu estava em outra cidade, a 150 quilômetros do local de votação. Na manhã seguinte, peguei ônibus, metrô e táxi e entrei triunfante no consulado, depositando meu voto numa urna.

Deixara o edifício com um secreto orgulho. Dois meses depois, na Itália, ainda orgulhoso por cumprir meus deveres cívicos, assistia na televisão à caça que os italianos promoviam contra os sem papéis. E me perguntei: enganei-me de país? De passaporte? Mas, se é a Itália, por que queimam dormitórios de albaneses e de ciganos em Nápoles e Roma? Talvez eu não conhecesse meu país e precisasse observar com mais atenção o que se passava.

Apesar de ser uma notável civilização, preciso reconhecer que a Itália mais de mil anos depois é também um país de selvagens. Ou melhor, me corrijo: entre os italianos, conhecidos por sua extraordinária civilização, há ainda muitas tribos não civilizadas tanto em Roma como no norte do país.

Sei bem, me emocionei hoje vendo as crianças trabalhando, mas é porque me fez lembrar o tempo de menino. Eu era ao mesmo tempo jardineiro de Dona Sílvia e balconista da venda de Seu Valdemar. E acabava de receber a oferta para trabalhar como aprendiz de uma oficina mecânica. Ah, quase não dormi naquela noite. Decisão difícil, por ser fascinado por motores. Não são eles que levam o mundo para a frente?

Tinha decidido naquela vez continuar meu trabalho de jardineiro e de atendente de balcão, porque a oficina mecânica exigia dedicação exclusiva. Eu teria de abandonar a escola e esquecer Dostoievski, sem saber se Pavel devia mesmo ter matado Strelnikov.

Por mais que escrutine, recuso aquele fim de tarde em Spezzano. O trator parou e descemos. A velhinha foi a primeira a sumir na primeira esquina. Em seguida, o rapaz, com um impulso do corpo por sobre a borda do reboque. A mãe lhe estendeu o filho embrulhado em flanelas, pois caía a temperatura. Com a mão livre, ele ainda a ajudou a descer. Ela alcançou o asfalto com a ponta do pé, deu um leve impulso no corpo e pronto. Seguiram em silêncio pelo Corso, cujas luzes se acendiam naquele instante.

De repente fomos cercados pelos milicianos. Como se já nos esperassem! Armados. Os mais velhos com porretes, os mais novos com correntes. Não tinham a imagem de *punks* que normalmente se vê na televisão, de cabeças raspadas e tatuagens da extrema direita nos braços. Não. Estavam vestidos como qualquer cidadão cumpridor de seus deveres.

Traziam também um cachorro. Um, não, vários cachorros repetidos. Todos pretos, com uma coleira com dentes de metal no pescoço. Eles latiam, rosnavam, seguros em trela.

Empurraram-nos na direção da parede para o que poderia ser uma revista. A mulher com o filho de colo começou a chorar, implorando misericórdia, porque o menino chorava, com o cão raivoso perto de seu rosto. O rapaz que segurava a trela não só não o afastava, mas se divertia, açulando o animal, que puxava, a bocarra aberta perto do rosto da criança.

A mãe chorava, tentando proteger o filho. Acuada, deu alguns passos para trás, quando alguém de quem eu não conseguia ver o rosto lhe bateu na cabeça com um bastão. O sangue desceu pelo seu rosto. Alguém ordenou que o cão fosse retirado de perto da mulher.

Só então perguntaram se tinham armas e drogas.

Examinaram nossos documentos. Como daquela vez em São Petersburgo, quando ainda tinha o nome de Leningrado: a mulher no aeroporto examinava o passaporte, perscrutava meu semblante, para saber se meu nariz, olhos e boca estavam no lugar, voltava ao passaporte e novamente ao meu rosto. Fizeram algumas perguntas ao Zuiudo, que respondeu, sem que eu soubesse do que realmente se tratava. Disseram que conosco estava OK, e se concentraram nos outros, especialmente no rapaz, que, só agora eu percebia, estava de bruços no chão, com um dos homens calcando a bota sobre sua cabeça.

Bem-vindo à Itália, pensei, guardando o passaporte. Sempre os mesmos. Eu confirmava que estava de fato, naquele momento, entre os sempre os mesmos da banda velhaca do país. Afastei-me, com olhadas rápidas para trás. O rapaz encasacado continuava com o cão na trela curta, diante do rosto apavorado da albanesa. *Flashes* rápidos. Imagens de outros lugares e de outros tempos.

Nessa mudança repentina, havia Salma e Ciccio, diante da casa de Vovó Arzelina. Nisso aparece Seu Barcelos. Ele passa ao lado do Salma e do Ciccio e finge que eles não existem, deixando-os contrariados. Salma larga o osso que rói e cheira Ciccio. Seu Barcelos olha para o outro lado. Pronto, agora, sim, Seu Barcelos não enxerga nem o Salma nem o Ciccio. O Ciccio gane e vai cheirar o Salma. O cheira-cheira prossegue durante mais alguns instantes, até que Salma me descobre e rosna, mostrando os dentes.

Fecho a janela e dou um tempo na cozinha. Espero que Seu Barcelos volte. Em seguida, vou ao telheiro dos fundos ver a moto. Examino o niquelado, o estado dos pneus e depois sigo até o portão de saída. Surpresa: não há cachorro nenhum na calçada.

E tinham estado na calçada? Antes, bom dia, porque não dormimos juntos, diz Seu Barcelos! Quanto aos cachorros, quais? Um frio me desceu pela espinha: e se Seu Barcelos existisse também só dentro do sonho? E se Seu Barcelos de verdade ainda não tivesse voltado. Seu Barcelos! Sim. É o senhor mesmo? Ele riu: tem outro aqui? Ah, bom, Seu Barcelos. É que eu estava na janela e vi o Salma e o Ciccio. Quando cheguei, tinham desaparecido. Está falando sobre os cães do delegado Pompílio?

E, agora, estava ali no sul da Itália, em que Salma vinha na trela, seguro por um miliciano. Os cachorros e as milícias eram reais, mesmo mudando de rostos. Porque a imagem do cachorro dos milicianos se superpunha à de Salma e a imagem do chefe do grupo à do Delegado Pompílio. Além disso, quando Vô Giacomo chegou ao Brasil, nunca teve de enfrentar nenhum grupo de milicianos. Não, aquela não era a Itália que meu pai e eu tínhamos procurado na época de minha infância!

18
Caffè Bellocchio

Esperávamos ser atendidos no Caffè Bellocchio, folheando os jornais do dia e ruminando em silêncio a cena das milícias no ataque aos albaneses. Zuiudo tinha aberto o *Corriere* e fechado as escotilhas. Poupava-me o esforço de revisar em conjunto as cenas de pouco antes, como se nelas tivesse havido algo obsceno. Por fim chegou a atendente, com ares de proprietária, e levei um susto: o mesmo porte, as mesmas feições e os mesmos ares da Abigail. Só que mais velha.

Depois de fazer meu pedido, perguntei: você, Zuiudo? E ele, pensativo, não respondeu. Estava mergulhado em novos acontecimentos ou fingia ler, quando na verdade relembrava o que tinha acontecido havia pouco. Zuiudo? Ele ergueu os olhos do jornal e falou-me, com uma ponta de aborrecimento: ah, qualquer coisa. Escolhe pra mim. Eu disse: outro cappuccino.

Jogava comigo, o Zuiudo, sem ainda existirem as regras do jogo. Ele não percebia que muito tempo tinha se passado.

Que antes eu o levava ao cinema, com minhas economias de jardinagem e de substituto de Seu Valdemar. Ao comprar bala na *bonbonnière*, eu perguntava: e você? Ele respondia: ah, qualquer coisa. Escolhe pra mim.

Então me fiz outra pergunta: que tipo de jornal ele lê no dia a dia. O *Corriere*? *La Repubblica*? Ou o jornal da Lega Nord? Nem sabia em quem meu irmão tinha votado nas últimas eleições! Em quem ele poderia ter votado? Ia perguntar e desisti. Ele iria responder: ah, em qualquer um. Escolhe você mesmo.

Mas ele é que deveria escolher. Não, não podia ser assim. Esse meu irmão estava se passando. Abri a boca para dizer alguma coisa e me ouvi perguntando: depois de tanto tempo, o que você pensa de nossa mãe? Ele afastou o *Corriere* e fez um gesto de desentendido: hã? O que perguntou? Eu repeti: estive pensando, nossa mãe, o que acha dela depois de tanto tempo?

Se quer saber minha opinião, disse ele, ela era uma mulher muito forte, que levou durante muito tempo a casa nas costas. Como assim? Ele repetiu: como assim? Criar oito filhos sozinha, sem dinheiro, numa casa onde cabem dois ou três, dá uma dimensão de quem foi nossa mãe.

Engoli em seco e suspirei. Ele disse: você saiu muito cedo de casa. Sabe de muitas coisas que eu não sei, eu sei muitas coisas que você nem imagina.

Ouvindo-o, eu me dava conta de que ele era bem articulado. Reservado, claro, mas, quando abria a boca, as frases saíam claras. Onde ele tinha estudado? Mas essa pergunta não fazia sentido naquele momento: eu morei muitos anos perto do João Carlos. João Carlos? Sim, nosso irmão. Uma coisa engraçada: morava ao lado dele e por mais de dez anos não o procurei. Não sei se lembra, mas o João Carlos batia muito na gente. Um dia descobri que o odiava. Por isso decidi que ele não existia.

Julguei-me no direito de defender o João Carlos, que eu, afinal, também não conhecia: mas não me lembro dele ser tão ruim assim. Zuiudo agitou-se na cadeira: claro que se lembra. E aquela vez que ele te deu uma tesoura no pescoço, em frente de casa, e até Seu Valdemar da Venda veio correndo, porque você já estava ficando roxo?

Quantos anos eu tinha na época? Talvez 7. Sim, mais ou menos 7. Por que ele me tratou assim? E o que eu tinha feito? Zuiudo respondeu: um buraco na parede. Você tinha feito um buraco na parede. A gente dormia na mesma cama. Está lembrado? E, de noite, você vinha com uma colher e começava a cavar um buraco na parede.

Lembrei-me desse buraco na parede. Estranho que o Zuiudo se lembrasse primeiro. Tão sem importância. E nem sei por que furava esse buraco. Mas Zuiudo, ele mesmo tinha uma hipótese, ao retomar a palavra: assim, como alguém na cadeia querendo fugir. Pode ser, exclamei, pensativo.

Mas, se estava se sentindo preso, por que não saía pelas portas e janelas? Estavam sempre abertas! Você queria, simbolicamente, fugir do muquifo. Era o Zuiudo novamente, pronto para entender o mundo. Mas que direito ele tinha de me interpretar? Num tom de pergunta, num tom de exclamação, disse: então eu queria abrir um túnel na parede lá de casa? Sim, você queria. Toda noite. Silencioso. Tentando fugir. Não muito grande, mas o suficiente para deixar mamãe furiosa. E ela ficou. Tanto ficou que disse ao João Carlos: olha bem aqui o que seu irmão aprontou. Sem forças para cuidar de todos, escolhera o João Carlos como chefe de disciplina. O bedel. E João Carlos levava essa escolha a sério.

Claro, o João Carlos te pegou firme. Não só pelo buraco na parede. Naquela semana, se me lembro bem, você tinha matado com estilingue a ninhada de pintinhos. Oito pintinhos, acho. Olha bem, oito. Sabe do que me dou conta agora? Não. De quê? Oito pintinhos assassinados em uma casa onde vivem oito. Aí se engana, eu disse, contrariando seu freudismo de botequim, você se engana porque tem também mamãe. Nove, portanto. Ele me olhou transfigurado: não se esqueça de que você matou também a galinha. Ele era esperto. E o galo? Corrigi: éramos 11 naquela casa. Meu irmão deu de ombros: o galo? Vamos deixar o galo de lado, porque esse galo não cantava. Taco a taco. Procurei rapidamente algo a dizer. Achei: mas cantou. E como cantou. Tanto assim que os ovos bons chegaram a oito, fora os chocos. Ele não perdeu tempo: quem te disse que todos os ovos foram galados pelo mesmo galo?

Onde Zuiudo adquirira tamanha perspicácia? Metralhadora giratória. Ia até o fim e voltava, com as cápsulas vazias lhe saltando pelo canto da boca. Vo-cê-ma-tou-a-ga-li-nha. Eu fiz isso? Sim, fez. A vizinha contou pra mamãe. Você foi para trás do tronco do cajueiro, olhou a galinha e os pintinhos e foi tirando as pedras de dentro do bolso.

Depois, olhou para a casa da nossa vizinha, certificou-se de que não havia ninguém, e começou a matança. Só que ela observava tudo detrás da cortina. Veio rápido ver o estrago. Como se lembra disso, com tanto detalhe? Porque me impressionou que isso pudesse acontecer. Mas isso também não vem ao caso. Estava falando sobre o João Carlos. Se quer saber, ele era muito ruim, e um dia, sem mais nem menos, descobri que não gostava dele.

Ele queria ser prestativo, continuou Zuiudo, mesmo assim não entrei na casa dele. Começou a me mandar recados. Sabia que eu passava dificuldades. Queria me ajudar, enfim. Eu recusei sempre. Uma vez ele perguntou, magoado: por quê? Eu não respondi. Ele insistiu pelo Alex: por que ele passa na frente de minha casa e nunca entra para tomar um café? Uma hora cansei dos recados: porque não gosto de ti, mandei dizer. O tempo passou. Anos depois, encontro João Carlos e Agnese. Foi então que contei pra ele, de coração limpo: sabe, João Carlos, passei anos e anos carregando um ódio enorme de você. Agora passou. Ele perguntou: e por quê? Achava você uma pessoa muito ruim. Que batia na gente. Você era o nosso carrasco, quando pequenos. Você era mau. Mas agora o ódio secou e vamos seguir em frente. Afinal, somos irmãos, não somos?

Com os olhos rasos d'água, ele me respondeu: mamãe me deu uma responsabilidade muito cedo. Éramos oito. Ela não conseguia educar todo mundo. Não aguentava, entende? Tudo capeta. Eu era o mais velho. Ela pediu, pelo amor de Deus, me ajuda, senão acabo tomando formicida. Porque o papai, você sabe, não era razoável. Nos dois sentidos. E naquela época eu não tinha tempo. Treze anos e trabalhava na algodoaria 10, 12 horas por dia. Chegava moído. E mamãe vinha no meu ouvido. E eu dava um jeito. O meu jeito. E dava em vocês. Não assim, a frio. Eu não conseguia bater a frio. Não adiantava chegar para a Abigail e dizer: olha, hoje de manhã você quebrou de propósito três pratos, e paf, paf e paf na cara. Não, não podia ser assim. Eu ficava em observação. À menor desobediência, desembestava. E batia em regra. Batia, batia e batia. Vem daí minha fama de pessoa ruim. De mau. Olhando pra trás, vejo que não tinha jeito. Eu tinha só 13 anos. E já estava cansado. Muito cansado. E minha mãe na minha cabeça: pititi, pititi. Assim mesmo, peço desculpas.

Zuiudo prossegue: ao ouvir o que o João Carlos me dizia, descobri que aquele meu ódio por ele tinha sido sem sentido. Ele era 100% meu irmão. Eu é que não tinha sido irmão dele todos esses anos. Mas tem uma coisa: desde esse dia comecei a considerar nossa mãe com outros olhos. Deve ter sido muito difícil para ela. Pô, oito filhos e morando num muquifo. Você ainda dormia no quarto. Pertencia à elite dos mais velhos. E nós, os mais novos? Nós, os escravos? Não entendi, eu disse, abrindo os olhos, escravos? Vocês mesmos, os mais velhos, nos consideravam, os mais novos, escravos. Engraxa meu sapato! Escravinho, me traz um copo d'água! Se não obedecíamos, o couro comia.

Não me lembrava de nenhuma cena parecida. Nós, os mais velhos, agíamos assim? Apanhávamos, se não obedecêssemos. Vocês, os mais velhos, eram ruins. Eu também? Você também. Você era um deles. Sempre os mesmos, está entendendo? Sempre os mesmos! Mas não se preocupe, aprendi a compreender. Éramos impossíveis. E vocês tinham suas razões. Que razões tínhamos? Trabalhavam o tempo todo. E dormiam mal, espalhados pela casa. Hoje me lembro do próprio João Carlos. O quarto dele, durante vários anos, foram quatro cadeiras, uma ao lado da outra, na sala. Ele chegava tarde da aula de alfabetização e saía bem cedo para a algodoaria. E com a obrigação de fazer o que papai não fazia: pôr comida suficiente em casa. Ele tinha 13 anos, pô!

Vou contar uma coisa sobre o João Carlos, que talvez você não saiba, eu disse ao Zuiudo. Nessa mesma época de que está falando, ficava magoado porque dizíamos que ele era ruim. Eu percebia como ele ficava. E descobri que todos os dias ele se levantava perto da meia-noite e ia para o terreiro, depois da mangueira. Fazer o quê? Espera, já conto. Ele passava a mangueira e parava debaixo do cajueiro, onde tinha uma tora enorme, de uns 20, 30 quilos. Então se abaixava, agarrava a tora, erguia acima da cabeça e ficava cinco, dez minutos, às vezes mais de meia hora. Zuiudo disse: não estou entendendo. Assim, pra cima? E pra quê? Eu também não sabia. Fiquei tão impressionado que perguntei: por que fica toda noite segurando essa tora de lenha? Por essa ele não esperava. De susto, deixou cair a tora. E disse: me assustou, sô! Depois explicou: estou treinando o meu caráter. Bato muito em vocês e depois entristeço. Assim não pode continuar. Não tenho nem tempo de ser irmão de vocês.

E tem outra, eu disse. Quando éramos pequenos, mamãe vestia o João Carlos com roupa de mulher, para ele não sair pra rua e deixar de cuidar da gente. Assim, de vestido? De vestido. E ele aceitava? Ora, Zuiudo, acha que não ia aceitar? Mamãe trancava as outras roupas dele no armário. Quer dizer que ele ficava todo o tempo vestido de mulher? Você é que pensa. Ele tinha um galho, na mangueira, onde estávamos proibidos de chegar. Era um esconderijo. Ele guardava lá em cima uma calça e uma camisa. Mamãe dava o vestido, ele vestia e zanzava pelo terreiro. Depois subia, mudava de roupa e saía pra rua. Uns tempos depois voltava. E reaparecia dentro de casa com um vestido. Mamãe ainda perguntava: onde ficou todo esse tempo? Estava na mangueira, mãe!

Senti que Zuiudo estava cansado. Ou do dia cheio de atividades, ou do que estávamos falando. De fato, ele pôs um ponto final na conversa, dizendo: esse tempo todo me ensinou que a vida em família é muito perigosa. Pouca gente sobrevive. E você sabe, a gente nunca é suficientemente forte com um irmão ou com uma irmã. Afinal, somos do mesmo sangue. Com os de fora, sempre é mais fácil reagir. Não se submeter. Revidar. Dar o troco. Matar, se for preciso. Essas coisas. Com irmãos, a gente sente o rumor do sangue. E se obriga a ser ovelha, mesmo não querendo. Mesmo sabendo que a pedra do sacrifício está aqui, bem clara, na ponta do nariz. Aliás, estou aqui para isso mesmo, disse, em tom de mistério.

* * *

De repente, Zuiudo disse: lembra quando a Abigail parecia infeliz dentro de casa, querendo sair pelo mundo? Sim, eu sabia. Ele continuou: ela sempre foi meio doida. Sem o curso secundário queria ser jornalista. Comentei: a vida dela sempre foi complicada. Ele comentou: todo mundo é complicado. E por que ela não deveria ser? Concordei: você tem razão. Mas ela é mais. Zuiudo pediu: dá um exemplo. Perguntei: sabe quando papai conseguiu emprego e deixou os ensaios de *Antígona*?

Pois bem, ela ficou desnorteada e começou a ensaiar sozinha. A gente passava perto do quarto e a encontrava repetindo as falas. Zuiudo pergunta: que falas? Da peça, ora. As falas de Antígona. Que ia enterrar seu irmão e assim por diante. Acontece que sem a peça ela voltava a ser a Abigail, no meio de uma ponchada de irmãos. Você falou que, para o nosso povo, o mais novo tinha de obedecer aos mais velhos. Zuiudo corrigiu: como escravo. Sim, eu confirmei, como escravo. Acontece que dentro de casa as mulheres eram escravas dos escravos. Ou seja, tinham uma posição ainda inferior. Se o papel de Antígona tirava a Abigail dessa condição, o fato de papai ter acabado com a peça trouxe para ela um problema muito grande. Zuiudo estava atento: e daí? E daí que meses depois ela tinha mudado a fala de Antígona, dizendo que tinha de enterrar seus irmãos. Assim, no plural. O que tem isso? Acho que ela sonhava matar todos os homens da casa. É isso o que tem!

Zuiudo falou: acho que está pensando demais, irmãozinho. Complicado era o Alex. O que tem o Alex? Zuiudo falou: morreu em um acidente no Mato Grosso. Estava na BR, perto de Cuiabá. Quis fazer um retorno proibido e bateu numa carreta. Não sobrou nada. Aconteceu há muito tempo? Sim, bastante. Uns dez anos. E o outro motorista? O motorista do caminhão disse que foi proposital. Que ele esperou no declive e veio acelerado, batendo de frente. De frente? De frente. E estava rindo, na hora da colisão.

Ele quis saber se ultimamente eu tinha visto a Abigail. Não, não a tinha visto. Aliás, há quase 50 anos que não vejo ninguém. Espera aí, vi, sim, a Abigail em 1994, no aeroporto de São Paulo. Sim, a Abigail, como poderia me esquecer? Gosto muito dela. Eu estava chegando de Brasília, acho. Desci no aeroporto e vim pelo longo corredor que leva à entrega de bagagens. Em dado momento, ouço o aviso pelo sistema de som: atenção, por favor, Abigail. Favor apresentar-se ao balcão da Infraero. Assim, o nome, sem sobrenome, nada mais. E eu disse baixinho: estão chamando a minha irmã. Abri um sorriso por um pensamento tão absurdo e segui adiante. Porque não acredito em Deus e em coisas do sexto, sétimo ou quinquagésimo sentido. Besteira! E o serviço de som repetiu: Abigail. Vai que eu peguei minha mala e fui para a fila do táxi. Fiquei um tempo pensativo, o controlador indicou o táxi que eu tinha de pegar, mas agradeci, obrigado.

Eu procurei o balcão da Infraero, apenas por desencargo de consciência. E pronto, lá estava Abigail, chegando ao Brasil com mudança de Moscou, onde tinha morado durante 12 anos. Tinha uma lista da mudança em russo, o que era irregular, pois não passara antes pela embaixada. Precisava de uma tradução até segunda-feira — era sexta, aquele dia — para desembaraçar os pertences e seguir para Brasília. Um detalhe: estava com o pé direito azulado, com perigo de gangrena, por zanzar muito tempo fora do aeroporto de Moscou, com um sapato de verão, a menos de 40 graus negativos.

Vou ver o que posso fazer, Abigail. Telefonei para minha mulher, com quem me encontraria mais tarde, para seguir ao litoral. E disse à Abigail: aqui tem um cheque para as despesas até Brasília, desembaraço de bagagem, comida etc. E vá até esse endereço e se apresente. Se minha mulher não estiver, pegue a chave atrás da pedra branca do jardim.

De repente, ela pegou minha mão, me agradeceu e foi embora. A primeira e última vez que vi nossa irmã Abigail nesses 50 anos.

Segundos depois não me contive: e Agnese? Ele informou distraidamente que com certeza ainda estava em São Francisco, nos Estados Unidos. O que faz? Acho que faz limpeza em apartamentos dos ricos. Mas vai voltar ao Brasil e lecionar alemão. Alemão? Não estou entendendo. Ele explicou: acho que andou casada com um alemão e se interessou pela Alemanha. Cursou o Goethe, em São Paulo, e fez estágio em Wiesbaden.

O Isaías? Sem notícias. Não tenho notícias do Isaías. A última que tive é que tinha pego duas ou três malárias no Rio Madeira, onde era mergulhador em um garimpo de ouro. Matias? Tem uma estação de televisão perto de Belo Horizonte. Gabriel? Motorista de táxi em Várzea Grande, perto de Cuiabá. O mais novo. Pegou a família já desagregada, depois da morte de papai. Esses sofreram mais. Até hoje não sabe ler nem escrever. Mas parece feliz. Por aí. Falta algum? Falta. Espera aí! E começou a contar nos dedos, repetindo ou se enganando nos nomes.

Na volta de carro, entre as oliveiras, tinha certeza de que faltavam pelo menos dois. Eu e ele, por exemplo. Poderia ter lhe perguntado: e você? Por que aquela vez contou à polícia que eu e papai estávamos escondidos em Taguatinga? Sim, isso mesmo, no dia em que a polícia matou nosso pai. Mas não perguntei. Não era o momento apropriado. Nossa conversa tinha sido interessante e com isso me distraíra quanto aos objetivos reais do nosso encontro na Itália.

Nesse momento, olhando Zuiudo de perfil, me envergonhei de ter tido ganas de matá-lo. Como um castigo, enfim. Porque ele tinha traído nossa família, denunciando ao delegado Pompílio onde papai se escondia em Brasília, depois do golpe de 64. O braço da polícia estendeu-se pelo cerrado e o assassinou. E, se penso no assassinato de papai, minha vergonha é a de ter recusado o revólver em Nápoles e de ainda não o ter matado. É possível entender os mecanismos da mente de uma pessoa? Mas, afinal, que é ser da mesma família?

19
Uma cidade construída no ar

Acquaformosa está pendurada na encosta sul do Pollino, a 50 quilômetros do Mar Tirreno. É uma Morano de menores proporções e com um ar de abandono. A essa hora, neste domingo quente, seus 1.128 habitantes estão em suas 700 casas talhadas na pedra, como vêm fazendo há cinco séculos, pois a população é estável. Os jovens que ficam estão desempregados ou vivem da ajuda do governo.

Estacionamos o carro em um local em que a estrada se alarga de repente, sem se configurar propriamente como uma praça, por falta de espaço. Três funcionários municipais tiram o lixo do outro lado da estrada, nessa área que constitui o que há de mais moderno no povoado, com sua igreja, um pequeno bar onde se vende também sorvete e uma papelaria, na curva onde a estrada abandona o povoado.

Cinco ou seis pessoas são as únicas almas despertas a essa hora, entre elas uma mulher. Da estrada, que nessa seção é mais propriamente a rua, não conseguimos vê-las, mas apenas escutá-las, pois as vozes vêm da parte mais alta, no pátio de uma casa, ásperas e pedregosas, no dialeto do lugar.

Zuiudo entra na venda, onde se vê um anúncio de Coca-Cola (uma jovem abraçada a uma garrafa em ereção), pergunta se quero café, não, não quero, pede apenas um, e vai se instalar em uma mesa no terraço. Pouco depois a mulher chega com um *stretto*, minúsculo mas robusto, pelo menos é o que diz. Bebe devagar. Na mesa ao lado, prossegue uma discussão em albanês antigo, áspera de consoantes e poucas vogais.

Somos os únicos visitantes naquele momento. Pouco depois chegará outro carro e uma mulher descerá para falar com o proprietário da venda, que a acompanhará até a igreja e abrirá a porta para que entrem. Deve ser o responsável pela visita de turistas, ansiosos por examinar os ícones gregos e bizantinos. Mas isso não aconteceu ainda e eu tenho a impressão de que ninguém visitará Acquaformosa.

Procuro fazer com que os que conversam me vejam. *Signore! Signore!* Será que é assim que se chama a atenção de italianos? Sem ter ainda a resposta, três rostos idosos se mostram sobre minha cabeça e quem fala em italiano é a mulher, pensativa, diante de minha pergunta. Livraria? Não, não temos livraria. Talvez a papelaria, mais adiante, na curva. Fico envergonhado com a pergunta numa cidade tão pequena. Acontece que havia encontrado na internet Vincenzo Capparelli, de Acquaformosa, autor de uma biografia de Pitágoras em dois volumes. Achei que encontraria um exemplar desse livro em Acquaformosa. Agradeço a informação e me afasto, percebendo que minha pergunta mudou o eixo da conversa, primeiro passando para o italiano e, segundo, discutindo as vicissitudes da única biblioteca.

A mesma voz se dirige a mim: de onde são? Do Brasil. Ah, Brasil muito belo, ela diz. Eu digo: muito belo, mas também muito longe. Falo, em seguida, que meu sobrenome é Capparelli. Ela diz: tem muitos Capparellis em Acquaformosa. Eu não pergunto onde moram nem o que fazem. Apenas agradeço. Não tenho a intenção de sair em busca de Capparellis. Bastam os que já se cruzaram comigo. O senhor é Capparelli? Hum-hum Eu também sou. Muito prazer. O prazer é todo meu. Somos parentes? Ah, somos. Desconforto e mal-estar. Meu maior desejo: que Zuiudo termine logo seu café para darmos o fora.

Parece, no entanto, que Zuiudo decidiu instalar-se àquela mesa por toda a eternidade. De longe, parece esculpido na pedra, como de resto as casas e os rostos que há pouco me deram a informação. Aproximo-me dele: vou caminhar um pouco, digo. Se quiser me encontrar, estou por aí, seguido de um gesto vago, que engloba a parte velha da cidade. Como a dizer: não tente me encontrar. Ele aquiesce, OK, com ares de satisfação por ter uma mesa e cadeira só para ele.

Cruzo o pórtico e me surpreendo com a profusão de becos, ruelas, caminhos que viram bruscamente e terminam em um muro ou numa porta fechada, tudo em ângulos, e cada ângulo um espaço neutro, talvez público, mas espaços que se contrariam, mais estreitos ainda, mais tortos, mais angustiantes, porque nesse instante está tudo deserto, levando-me a desconfiar de que se trata de uma cidade-museu habitada por fantasmas. Talvez as pessoas estejam também petrificadas em algum lugar que não consigo distinguir.

Os caminhos são inclinados em pedra lisa, obrigando-me a apoiar a mão direita no muro, a fim de não cair, os pés tateando superfícies, bordas, pontas, ângulos, asperezas, impermeáveis à chuva, ao sol. Pouco espaço entre as casas. Em muitas passagens é impossível duas pessoas caminharem juntas. Saio então da via principal, em busca de caminhos mais estreitos ainda, entre as casas, consciente de que estou me perdendo voluntariamente em um labirinto. E me digo, como consolação: pequeno labirinto esse, de Acquaformosa, que cabe dentro da minha mão.

Não cabia, porém, porque a todo instante eu virava uma esquina, procurando voltar à via principal, mas dava sempre numa mesma fonte seca de pedra. Eu sentia uma inquietante estranheza. Uma inquietante estranheza de algo que se repetia. E me lembrei de Freud contando quando se perdeu numa cidade italiana, por ruas calmas e desertas. E ele dizia mais ou menos assim: e depois de ter errado durante um tempo sem guia, me encontrei de repente na mesma rua que eu queria evitar, voltando àquela onde tinha começado a flanar. E ali, era como se eu estivesse dentro de um labirinto, não aquele, de Acquaformosa, mas no outro, sobre a inquietante estranheza de Freud.

Só recuperei o fôlego ao avistar uma silhueta rápida e rente do muro. Era Zuiudo. Depressa tento me esconder em um pórtico. Ele aparece pouco depois. Sem me ver, olha para um lado, para o outro, elegante em sua camisa branca. Murmura ao meu lado, sem me ver: onde se escondeu? Essa mesma pergunta ouvi muito tempo antes, quando éramos pequenos, mas em outro lugar.

Deixo meu esconderijo e continuo minhas explorações. Encontro finalmente dois adolescentes nos degraus de uma escada. Estão sentados e conversam. Suas vozes ecoam pelas arcadas, pelos pórticos, escalam os muros, perdem-se mais adiante na escuridão e na umidade. O que fazem esses dois a essa hora? Silenciam quando passo. Ele tem uns 14 anos, no máximo. De preto. Cabelos vermelhos. Brincos. Metais, muitos metais. Ela parece uma menina comum, sem nada de especial. *Punk*, claro. Pergunto: onde é o centro da parte histórica? O rapaz parece não compreender o que digo. E responde: o centro fica lá fora. Neste instante, sinto um calafrio. Não entendo o que ele quer dizer. O centro aqui é fora do centro: fica do lado de fora.

Abro um mapa, como se quisesse me localizar. Meus dedos percorrem as ruas de outra cidade e de outro país. E repito para mim mesmo a informação: um centro fora do centro. Talvez ele queira dizer que o centro tradicional da cidade, na parte histórica, foi substituído pelo centro comercial, na parte mais nova. Sinto um alívio. Nesse momento, sou puxado pelos charreteiros, quando discutiam à exaustão o que fazer com os círculos imperfeitos, ou seja, os círculos que não tinham o centro localizado no centro, requisito para que pudessem ser. E, tanto tempo depois, o centro não só se localizava fora do centro, mas fora do próprio círculo.

Os dois *punks* lançavam olhares atônitos em minha direção. E tudo se embaralhava. Eu me dizia: não devia, cara, ter se escondido de Zuiudo. Você veio de tão longe para encontrá-lo. E, agora, melhor encontrá-lo. Quando saíamos de casa, nós, os irmãos mais velhos, nos escondíamos dele. Desviava então os olhos do mapa para o pórtico em que me encontrava. Atrás daquela porta diante de mim, um novo labirinto? Imediatamente deixava de experimentar a inquietante estranheza de pouco antes. Não tinha Ariadne, mas tinha um fio capaz de me tirar do labirinto. E via agora que aquele labirinto, de uma cidade no passado, ressoava em comunhão muito estreita com o próximo. Mas de quem essa cidade? De quem essa frase? De quem essa sensação estranha dentro do labirinto? Não era Freud, mas Walter Benjamin. Achados & perdidos: percorrer as antigas ruelas entre o casario ainda não me era algo familiar a ponto de diluir a estranheza ou a distância.

Nesse momento chega Zuiudo. Sorrindo. Eu também sorrio. Agradeço a informação do *punk acquaformositano*. Zuiudo, ali, me observando. Como dois irmãos que se veem depois de muito tempo. De novo e mais uma vez. Por que não parou quando te chamei? Não devo ter ouvido. Até agora, só vi duas pessoas, e, na verdade, acabo de vê-las. Comenta: quando te chamei e não tive resposta, senti algo muito estranho. Viro-me na sua direção: como assim, algo estranho? Quando crianças, vocês, os mais velhos, saíam de casa e me deixavam sozinho, porque eu era muito pequeno. Então me engambelavam com qualquer coisa, me distraíam, e depois fugiam. Eu ficava na esquina, chorando. Eu disse: isso em outros tempos, Zuiudo. Agora, é tudo diferente. Agora estamos juntos. Sinto vergonha porque minha voz soa falsa.

* * *

Me dou conta de que Acquaformosa é uma casa. Uma casa única que comporta centenas de outras. Basta passar o umbral da entrada, vindo das estradas sinuosas, para descobrir um espaço feito de ângulos. Que não dá em uma praça ou sala de estar, que não dá em um restaurante ou cozinha. Dá apenas em quartos de portas fechadas. Proibido olhares estranhos.

Proponho: duas possibilidades. Voltar à estrada, na parte nova, perto da igreja, ou continuar mais um pouco nesses labirintos. Ele fala: tem uma terceira: continuar pelo caminho entre aquelas duas casas, para, de cima, ter uma visão global da cidade. Não era má ideia. Foi assim que fizemos, para ter uma visão da pedra, pelo lado de fora. Então vimos que entre as casas tinha uma torre de igreja, que se fechava por dentro sem orações.

Eu comparei: estivemos em três cidades de pedra, todas as três a cavalo sobre colinas: Matera, Morano e Acquaformosa — esta, a mais pobre delas. E olha bem, essas ruelas, estreitas demais, parece que foram feitas para aproximar as casas e as pessoas. Todo lugar fora da casa é um espaço de possíveis encontros. O que mais me surpreende é que normalmente, numa construção de cidades, os construtores não constroem ao seu bel-prazer. Os prédios públicos, por exemplo. Há exigências técnicas a serem observadas, cumprindo uma difusa vontade política, social ou intelectual. Como se determinada ordem movesse o tecido urbano.

Nessas três cidades visitadas — Acquaformosa, Morano e Matera — houve também um forte componente de afeto. Do estar próximo dos outros, mesmo cruzando o solar de sua casa. Na rua, por exemplo. Li um dia que Lúcio Costa queria que Brasília fosse uma cidade igualitária. Não no sentido socialista, mas no sentido capitalista. Mas ele queria antes de tudo fazer com que a rua deixasse de ser um espaço de trocas sociais. Não tem esquinas, Brasília. As outras cidades têm esquinas. Onde pessoas esperam? Em esquinas. Mas, em Brasília, não. Para Lúcio Costa, as superquadras, feitas geralmente de quatro grandes caixas de fósforos envidraçadas, deveriam ser o espaço dessas trocas. Fora dessas superquadras, havia também o centro comercial. Acho que, no tempo e no espaço, uma cidade como Acquaformosa é o completo oposto de Brasília.

Zuiudo não estava de acordo: apesar das duas serem cidades, você está comparando, em termos de projeto, bananas com melancias. Você pode comparar laranja com tangerina. Mas laranjas não se comparam com bananas. Há uma regra para a boa comparação. Brasília foi construída como uma cidade ideal. Acquaformosa é uma cidade construída de forma espontânea. Cito um poema de Brecht, de quando, depois da guerra, se deparou com esse tipo de cidade construída do nada:

Soube que cidades seriam construídas
Não consegui entender.
Isso é coisa de estatística, pensei,
Não da história
Cidades construídas
Sem a sabedoria do povo?

Ele prosseguiu: se observar bem, parece haver uma coesão dentro do projeto. Mas, claro, os dois seguem lógicas diferentes. Por isso, não são comparáveis. Acquaformosa tem muito mais de uma cidade medieval.

Peguei a deixa: sabia que Brasília é considerada a única cidade medieval brasileira? Zuiudo repetiu: medieval? Como, medieval, uma cidade que ainda nem tem 50 anos? E quem disse isso? Não me lembro. Acho que o Francisco Oliveira. Ele diz que ao redor de Brasília existem grandes muralhas, que são invisíveis e sólidas ao mesmo tempo, mais sólidas que qualquer muralha na Idade Média. Essas muralhas dão num enorme espaço verde e só depois desse espaço verde se localiza a imensa plebe que vive nas cidades-satélites. Dentro de Brasília, os grandes espaços, a claridade, a beleza, os grandes edifícios; fora, outro tempo e outro espaço. Nas cidades-satélites, as ruelas e os becos reproduzem em madeira o que aqui é pedra.

Só então me dei conta de que Zuiudo já não me escutava mais. Ele contemplava, embevecido, os telhados de Acquaformosa, o sinuoso das bordas das casas. E mais adiante, com outras colinas e outras planícies que se sucediam. Estava agradável porque aos poucos eu reencontrava meu irmão e descobria caminhos insuspeitos de um diálogo fraterno que havia se perdido fazia muito tempo.

Naquele instante, eu não sabia mais como pudera pensar, um dia — um dia que durou quase 50 anos —, que seria capaz de matá-lo se o encontrasse, porque ele tinha dado com a língua nos dentes. Alguém bate no barraco em que papai e eu morávamos em Taguatinga. Abro a porta e me deparo com Zuiudo. Ele afasta-se e os assassinos entram.

Ele perguntou: sim, e qual a sua cidade ideal? Eu pensei, sem chegar a nenhuma conclusão. Pequim, com seus parques, mas também seus edifícios bojudos, e seus *hutongs* que desaparecem lentamente? Londres rejuvenescida? Paris mais fervilhante e mais cosmopolita? Ou a pequena Wasserburg, na beira do Lago Constança? Marrakech, fantasmagórica, na voz dos contadores de histórias que chegam do deserto? Ou São Petersburgo, aonde cheguei de madrugada, para assistir à *Antígona* do célebre Boris Antipov?

De repente disse: eu procuro a Nefelococígia, a cidade ideal de Aristófanes, construída no ar. Ele participou de um concurso no século V e o arquiteto foi Meton, que era também geômetra, matemático e astrônomo. Ele existiu realmente ao tempo de Aristófanes, que o introduz como personagem em *Os pássaros*. A proposta de Meton é cortar o ar e reparti-lo em ruas: o centro é a Ágora, as ruas que a ela conduzem são retas e convergentes ao centro, criando um sistema astral, redondo por natureza, de onde partem raios em linha reta que brilham em todos os sentidos.

Zuiudo disse: mais ou menos como aqui de cima, contemplando a cidade imperfeita, ou seja, as que existem. A nossa, aqui no alto, deve ser de Meton depois de pronta. Eu ri. Isso, Zuiudo, você finalmente está pegando a lógica das coisas sérias.

* * *

Descemos a colina, entrando novamente no universo da pedra. E as ruas estavam cheias. As janelas, abertas. Música. Crianças a correr. Outra Acquaformosa, com cadeiras nas calçadas, onde se sentavam dezenas de homens e de mulheres, a maior parte deles idosos, conversando e rindo. Convergência de um mundo real e de um mundo imaginário, que readquiria substância diante dos nossos olhos.

Voltamos ao ponto de partida, sentados na mesa de fórmica e cadeiras de plástico, que se generalizaram e que tanto são encontradas em toda parte do mundo. Quanto tempo havia se passado desde que entramos no labirinto de pedra? Uma hora? Duas? A cantilena pouco acima de nossas cabeças prosseguia, ora em dialeto, ora em italiano.

Uma voz soou contrariada: veja bem o halo que existe ao redor da cabeça da Virgem. Um círculo, a figura geométrica perfeita. Só que um círculo trabalhado. O dos santos, nem tanto. O triângulo é de Deus pai.

Ouvimos passos na rua e vimos se aproximar um homem magro, de barba quase branca. Nariz adunco e a boca pequena. Apesar da sombra do fim da tarde que se estendia, fantasmagórica, pelo leito da estrada e do calor, o estranho usava boina e vestia um casaco de lá. As conversas foram interrompidas. Certamente também o observavam. Ele nos saudou a todos, abrindo levemente os lábios, mas sem emitir qualquer som. Entrou na venda e pôs um chaveiro com diversas chaves sobre o balcão e saiu sem dizer nada.

Onde o tinha visto antes? Medo novamente do duplo ou repetido. O *déjà-vu*. Esse personagem estranho me perturbou, porque remexia minha caixa de lembranças. Lembro-me, uma vez, em São Paulo, que participava de um funeral no cemitério israelita e o rabino tinha esse mesmo porte, esse mesmo semblante, essa mesma barba.

Não estava agora em São Paulo, mas em Acquaformosa. E o estranho entrou no seu carro, deu ré, desviou-se do carro da frente e pegou a rua, tomando o mesmo caminho por onde tínhamos vindo na direção de Lungro. Ao pagar a água mineral, perguntei ao proprietário do bar se ainda havia muitos judeus em Acquaformosa. Respondeu que havia alguns, quando os albaneses chegaram em 1500. Depois foram embora. Ou se converteram. Perguntei: e esse senhor que deixou a chave no balcão? Ele riu. Judeu? Não, aquele não é judeu. Aquele é o *papa* Capparelli, o pároco da igreja bizantina de nossa cidade. Papa? Papa aqui, disse Zuiudo, é o mesmo que padre.

20
Os albaneses estão chegando

Há cerca de cinco séculos, Martino Capparelli, juntamente com Pellegrino Capo e Giorgio Cortese, apresentam-se ao abade Carlo de Cioffis, no Mosteiro de Santa Maria de Acquaformosa. Eles chegam de longe, do outro lado do Mar Jônico. Nesse momento as tropas turcas já haviam derrotado a resistência, e milhares de albaneses, para fugir do domínio otomano, embarcavam em galeras venezianas nos portos de Vallona, Particci, Musachese, Durazzo, Bojana, Dulcigno e Antivari, que os levariam à região da atual Bascilicata, à Puglia e à Calábria, e também à Grécia.

Esses homens, mulheres e crianças, com suas armas, seus bens e sua memória, sabiam que iriam encontrar outros albaneses, que tinham vindo para o sul da Itália nas três ondas migratórias precedentes. Muitas vezes, no passado, o reino de Nápoles e da Sicília, subordinado ao rei Fernando II, de Aragão, tinha apelado a mercenários albaneses para conter a invasão de forças estrangeiras, principalmente os lombardos e os angevinos, de Charles d'Anjou. Muitos desses voluntários retornavam à Albânia em tempos de paz. Outros permaneceram, recebendo terras e dedicando-se ao cultivo de uva e oliva.

O abade Carlo de Cioffis preferiu reunir todos os monges do mosteiro para discutir o pedido. De um lado, a favor dos solicitantes, havia o fato de serem quase todos católicos, com exceção de dois ou três judeus. Se antes eles faziam xales rituais, podiam muito bem fazer batinas. De outro, eram católicos, mas de rito bizantino, que não aceitavam a autoridade do papa. Por outro lado, o mosteiro beneditino tinha muitas terras devolutas, que poderiam ser fonte de renda à irmandade, desde que se fizesse um contrato claro em seus direitos (geralmente os direitos do mosteiro) e deveres (geralmente os deveres dos forasteiros).

Os registros do Mosteiro de Santa Maria de Acquaformosa mostram que as negociações foram detalhadas. Pellegrino Capo Capparelli, Giorgio Cortese e Martino Capparelli ficaram sabendo por Carlo de Cioffis que o melhor sítio para se instalar seria em Arioso, e que cada domicílio deveria pagar *"ciascheduno anno tarì uno, e grana cinque in dinare"*. E começou a desfiar as outras obrigações, como a percentagem que os monges receberiam no mês de agosto de cada ano sobre a criação de animais de pequeno ou de grande porte, o trabalho sem ônus a ser prestado por moradores nos períodos de festas, especialmente na de Santa Maria Benedita, e assim por diante, até mesmo os castigos caso uma criança quebrasse algum galho de árvore ou um adulto recolhesse um tronco podre para usar como lenha nas noites mais frias do inverno.

Zuddio parecia não me escutar. Assim mesmo, disse: mas a chegada desses albaneses ao convento beneditino começou muito antes. Durante 500 anos os turcos ocuparam a Albânia. Parte da região foi independente por um curto período do século XV, quando o albanês Giorgio Castriota Skanderbeg, que era na ocasião um general otomano, traiu os turcos. Em 1444, ele reuniu os príncipes albaneses em Veneza e com o apoio da República de Veneza tornou-se líder nacional. Mas ele já estava na mira do sultão Murad. Ali Paxá chegou com cem mil homens para prendê-lo, mas foi derrotado. O papa Eugênio II ficou tão entusiasmado com essa vitória que propôs uma nova cruzada, sob o comando de Skanderbeg.

Murad II reuniu em 1450 um exército de 150 mil homens para acabar com essa revolta de uma vez por todas. Dessa vez também não conseguiu, mas metade das tropas de Skanderbeg morreu no campo de batalha. Skanderbeg tentou uma aliança com o rei espanhol, Fernando II, de Aragão, também rei de Nápoles, mas essa aliança não se concretizou, porque o rei espanhol temia contrariar os turcos e perturbar as vias de comércio.

Zuiudo me pergunta: por que Skanderbeg e não Skanderberg? Porque Berg é alemão e Skanderbeg não é alemão, apesar da sonoridade. Skanderbeg vem do turco "Iskender bei", "Iskender" é Alexandre em turco e "bei", líder, comandante, que vai dar comandante Alexandre. Ele pareceu surpreso: não vem me dizer que sabe turco! Claro que não. Está aí, na internet. E ele, pensativo: fico me perguntando quem tirava essas dúvidas antes do Google.

Ele dá de ombros e fica atento, como se esperasse alguma coisa. O quê? Ele responde: Skanderbeg. Você falava sobre ele. Pois bem, Skanderbeg continuou sua luta. Mas os turcos insistiram em terminar com os últimos vestígios do império bizantino. Constantinopla já tinha caído em 1454. Skanderbeg morre de malária em 1467.

A partir daí, conclui Zuiudo, com alívio — não sei se pelo fim da guerra ou porque eu chegava ao fim —, os turcos conquistam tudo. Não. Não conseguiram tudo. A resistência continuou durante muito tempo. Até mais ou menos 1500. É a época da grande onda migratória dos albaneses, principalmente para o sul da Itália e para a Grécia, porque os turcos agora têm o domínio de todo o território albanês. Quem não emigrou foi obrigado a se converter à fé islâmica. Nós, não, porque emigramos. A Albânia só vai recuperar a liberdade em 1912.

Mas me diz: de onde tira todas essas coisas? Eu abro um sorriso: cultura de internet, Zuiudo. Cultura de internet. Olha bem aqui — agora já estávamos na entrada do hotel, onde havia um computador em rede para os hóspedes —, aqui pode ter uma ideia. Olha bem esse texto de 1857, de Domenico de Marchis.

A página da internet demorou a baixar. Mas ali estava, vívida, como no momento em que a encontrei pela primeira vez. Entre outras coisas, apresentava o nome dos primeiros albaneses que tinham chegado a Acquaformosa em 1504:

1. Pellegrino Capo
2. Giorgio Cortese
3. Martino Capparelli
4. Pellegrino Capparelli
5. Vetere Progano
6. Michele Damisi
7. Giorgio Buono
8. Martino Piccolo
9. Procano Buono
10. Tommaso Capparelli
11. Pumbo Belluccio
12. Pellegrino Buono
13. Paolo Blescia
14. Perruzzo dello Previti
15. Giovanni Capparelli
16. Cola dello Previti
17. Jacovo Lazaro Buono
18. Dimitri dello Previti
19. Camillo Dramisi
20. Cola Gramisci
21. Miglionico Panibianco
22. Giovanni Frega

Quatro pessoas com o sobrenome Capparelli? Sim, quatro Capparelli. Zuiudo disse, com um ar de zombaria: quatro Capparelli em 1504. Em mais de 500 anos, a população passou de 22 pessoas para 1.234 habitantes. Brincadeira! E a cidade continuou a mesma. Debruçada na colina, olhando a planície. Espero que os moradores de Acquaformosa não estejam pagando ainda para o convento o aluguel das terras em galinha, pato ou marreco. Respondo: não, não devem pagar à moda antiga. Zuiudo diz: eles constroem suas próprias igrejas. Bizantinas, eu digo, bizantinas, porque não se converteram ao rito romano. Uma forma muito clara de resistência aos católicos romanos. E têm, hoje, um papa Capparelli. Sim, um papa Capparelli.

Zuiudo: quer dizer que um calabrês em São Paulo ou em Buenos Aires espera 12, 20 anos para conseguir um passaporte italiano e chega aqui para descobrir que o dialeto de seus pais é o albanês antigo? Aquiesço: mais ou menos isso. Só que dentro dessa lógica os italianos também não existiam, porque a unificação da Itália tem 150 anos. É complicado. Sim, complicado. E o que somos? O que somos? Não sei. Ele deu um suspiro. Estava encalacrado: os judeus, como havia dito Zuddio, vieram de mais longe, da Polônia oriental ou da Ucrânia. Ou da atual Bósnia, por que não? Ou da Turquia! Pelo menos não morremos de fome.

Ficamos no saguão do hotel até tarde da noite, bisbilhotando a internet. A alegada proteção que os albaneses propiciaram aos judeus durante a Segunda Grande Guerra. O isolamento durante o totalitarismo de Hoxa. A emigração para Israel dos quase 300 judeus que ainda viviam na Albânia, por ocasião da queda do comunismo. E, principalmente, os oito ou dez judeus que ainda existem naquele país.

Zuiudo perguntou: de que cidade mesmo a gente era? Estava cansado. Queria encerrar a conversa. E eu vou saber? Talvez de Berat, Durazzo, Elbassan, ou Valona. Ou de Dulcigno. Prefiro que seja de Dulcigno, onde viveu o falso messias Shabbetai Zevi. Ele saía a cavalo acompanhado de um grande cortejo. Com ele, os 12 apóstolos, representando as 12 tribos de Israel. Criava tantos problemas em Esmirna que o sultão o condenou à morte. Ele pôs um turbante na cabeça e disse que tinha se convertido à fé islâmica. Ganhou do sultão o título de Efendi, o Guardião dos Portões do Palácio.

Mas as aventuras do Shabbetai Zevi não terminaram. Pouco depois pediu ao sultão para se reunir com os judeus e assim convertê-los. O sultão achou boa a ideia. Mas a partir daí não entendeu mais nada, porque Shabbetai Zevi convertia muçulmanos ao judaísmo e judeus ao islamismo, começando, logo depois, reconversões, para convertê-los mais uma vez, dando um nó na cabeça e na religião. Mais tarde foi descoberto junto com outros judeus cantando salmos. Como castigo, o exílio em Dulcigno, perto de Tirana, e que já tinha sido dos venezianos. Albanesa, passou a se chamar Ulqim. Agora é de Montenegro, com o nome de Ulcinj. Foi ali que Shabbetai Zevi morreu louco em 1676. Ainda tem seguidores em comunidades da Turquia, Europa e nos Estados Unidos.

Zuiudo exibiu um ar de dúvida: para você, os Capparelli devem ter vindo de Dulcigno por causa de um falso messias que morreu louco? Respondi: não, não só por isso. Principalmente outro adorável louco morou nesse lugar: Cervantes. Contra a vontade, claro, ao ser capturado pelos turcos. Ele escreveu *Dom Quixote*, cujo cavaleiro enamora-se de Dulcineia. Veja bem, Dulcigno, Dulcineia. Por isso dizem que quando preso em Dulcigno esteve apaixonado por uma moça, Dulcineia.

Eu me entusiasmava com a conversa, mas o dia tinha sido cansativo. O responsável pela portaria queria fechar e se retirar. O bar já tinha baixado a porta de metal. Nenhum hóspede desperto além de nós. Zuiudo disse: acho que vou te deixar sozinho com seus místicos e seus cavaleiros. O que quero ago-ra é dormir. Disse: também preciso. Mas, pela primeira vez, estava gostando de trocar ideias com Zuiudo. Como irmão, não sei se me entendem. Acho que ele também. Tanto que parou no meio do caminho: mas me diz, por que gostaria que nossa família tivesse vindo de Dulcigno? Eu respondi: simples, porque nossa família foi sempre pobre, e a única coisa que os pais conseguem deixar para os filhos é enguiço e desgraça.

21

A Via Sacra do Tavinho

Meu pai foi expulso do seminário redentorista de Uberaba porque queria se casar e rezar missa em grego. E aqui estou na frente da Igreja Cristã Ortodoxa Santa Caterina Megalomartire, de Acquaformosa. É pequena, bonita, com uma pintura suave do Cristo Pantocrator na fachada. Zuiudo ainda não voltou de uma das vielas do centro histórico. Tenho tempo, portanto. Sou eu que agora peço um café.

Sobre a mesa, algumas revistas. E um volante sobre o calendário ortodoxo. Logo de início, uma proclamação a todos os ítalo-greco-albaneses que querem retornar à fé de seus antepassados. Inicia com a história da fé ortodoxa no sul da Itália, que foi tolerada, mas que, depois do Concílio de Trento e da Contrarreforma, foi perseguida pelos bispos onde se localizavam as comunidades ortodoxas.

"Não devemos esquecer que o último santo padre casado de Spezzano Albanese, o último defensor das práticas ortodoxas, o

Padre Nicola Basta, com seus seis filhos, foi preso nas masmorras do Castelo de Terranova de Sibari e levado à morte por ordem do bispo latino e dos príncipes Spinelli."

Quem assina a proclamação é o Padre Giovanni Capparelli, pároco da Igreja de Santa Catarina, do decanato da Itália, integrante da Diocese de Bogorodsk, Patriarcado de Moscou.

Ela conclui:

"Abandonar a Tia ingrata (Roma e litinjët) para voltar à verdadeira Mãe (a Ortodoxia) é fácil: Depende apenas de você, basta querer, basta desejar, basta ambicionar, basta aspirar e a venerada Mãe, a Santa Igreja Ortodoxa, estará pronta a acolhê-lo no seu seio, na sua casa, no seu coração, e o mesmo que fez para o Filho Pródigo fará por você, matando igualmente um bezerro gordo, e a festa lhe será oferecida não só na terra, mas no céu, e no seu dedo colocará um anel de diamantes e pedras preciosas. Ortodoxia = única e verdadeira fé. Ponto."

Padre Giovanni Capparelli
Patriarcato di Mosca
Decanato d'Italia
Tel. e Fax: 0981 35356
Cell.: 3280140556*

---

* Abbandonare la zia ingrata (Roma e litinjët) per tornare dalla vera Mamma (l'Ortodossia) non comporta nulla: basta volerlo, basta desiderarlo, basta ambirlo, basta anelarlo e la Venerata Mamma, la Santa Chiesa Ortodossa, è pronta ad accogliervi nel suo seno, nella sua casa, nel suo cuore, e come si fece per il Figlio Prodigo, anche per voi si ammazzerà il vitello grasso, si farà festa non solo in terra, ma anche in cielo, e sul vostro dito verrà messo un anello di diamanti e brillanti. Ortodossia = Unica e vera fede. Punto e basta.

O cappuccino foi servido. Repus a proclamação sobre as outras revistas e aspirei fundo o cheiro da bebida. Nesse momento entrou uma família no terraço onde eu me sentara. Era um senhor magro e baixo, de bigode, portando um terno preto, com uma camisa branca. A mulher era esbelta, também cerca de 40 anos. Mas foi o filho que me chamou a atenção: era pequeno, os olhos com fendas palpebrais oblíquas. Quase me levantei. O Tavinho, me disse. E examinei-o disfarçadamente. O Tavinho não era, e o que os ligava era a mesma síndrome de Down. E me perguntei o que teria acontecido com o Tavinho, caso sua doença tivesse sido tratada desde o início, por médicos competentes, em um hospital bem aparelhado. Ao contrário, apesar do amor que Seu Valdemar sentia pelo Tavinho, seu desespero e falta de saída o tinham levado aos araxás do cerrado.

De repente, vejo a mãe sorrir para o filho à mesa do café. Ela inclina-se e põe a mão dele entre as suas, depois avança o rosto devagar e esfrega o nariz dele no seu. No instante seguinte, os dois rostos se afastam. A cena é substituída por duas bocas, a da mãe e a do filho, metamorfoseando-se em sorriso e em ternura.

Naquele dia, tinha sido diferente. A cerimônia a que Tavinho fora levado, me lembro bem, era um misto de cristianismo e crença popular. A prisão e morte de um inocente, João Relojoeiro, tinha crescido no imaginário popular. O cemitério onde estava enterrado transformara-se em lugar de peregrinação. E fora dele, do outro lado do córrego, já na subida para o cerrado, a cerimônia da crucifixão de Jesus se transformava, com a criatividade de caboclos, proletários, prostitutas, marginais, araxás e pentecostais. Dessa vez incluía-se também Tavinho no vértice cerimonial do triângulo: Jesus, João Relojoeiro e Tavinho. Tavinho era o vice-versa dos outros dois. Era Jesus e João Relojoeiro.

João Relojoeiro era um Jesus muito limitado que não podia sofrer mais que o original, senão seria desclassificado. Disus Zé Beste intervinha, suspendendo a cura, sem castigar o infrator, pois com o castigo — uma das artimanhas do coisa-ruim — sofreria mais, embaralhando o sim e o não.

Disus Zé Beste suspendia a cura porque nem Jesus nem João Relojoeiro estavam ali para serem curados — eles eram a cura. Quem estava era o Tavinho, fazendo o papel dos dois. E, se Tavinho sofria na sua Via Sacra, engrandecia João Relojoeiro e Jesus, que nem precisavam de engrandecimento. Daí a artimanha do Disus Zé Beste. Um jeito de ele lembrar que Jesus e o João Relojoeiro eram hoje e não ontem. Para ele, Disus Zé Beste, ser amanhã.

Estranho pensar nisso agora. Muito estranho. Ao meu lado, parecia uma família feliz. E lera que muitas vezes certo tipo de infelicidade, em vez de destruir um grupo familiar, serve para reforçá-lo. Era o que via. Bastava observar ao lado. O mesmo não tinha acontecido com Seu Valdemar e Tavinho, levando, mais tarde, à ruptura, quando a mãe foi embora.

Pensar em Seu Valdemar, agora, em Dona Cocota, naquele instante, e em Tavinho, desde sempre, era perigoso, principalmente por serem julgamentos envolvidos pela névoa. Porque tempo é névoa. Não conseguia nem mesmo me lembrar por que Disus Zé Beste e os araxás tinham capado o americaninho e tomado o templo dele, adotando um nome de louvação.

Lembrava-me de que Disus Zé Beste era rigoroso. Não aceitava qualquer candidato. Para o Tavinho pesou a deferência de Seu Valdemar para com os araxás. Não eram expulsos da venda, por exemplo. Se quisessem, podiam, inclusive, levar uma lata de picles. Mas ninguém levava, diga-se de passagem.

E ali, envolto na névoa, estava o Tavinho, pronto para a primeira estação.

Nessa primeira estação o delegado e os dois investigadores puxam Tavinho. Ele não quer acompanhar os dois esbirros. Seu Valdemar insiste: vai, Tavinho, é para o seu bem. Acontece que "vai, Tavinho, é para o seu bem" não fazia parte de nenhum espetáculo. Era a dor e talvez também a ignorância. Ou o desespero. Ao mesmo tempo, Seu Valdemar havia se tornado parte integrante do espetáculo, ao entregar Tavinho.

Começa a estação e o delegado Veríssimo, substituindo o delegado Pompílio, faz a mímica de estar telefonando. Alô, alô. Uma voz sai do tronco da árvore. Aqui é o juiz Costa Amâncio, pode entregar o elemento. Tavinho é colocado dentro de um carro feito de madeira e papel, para ser levado pelos investigadores Napoleão Silva, Vicente Brota e Bebé. Um araxá abre um jornal amarelado e lê que terminou o julgamento de João Relojoeiro. Denuncia que as testemunhas tinham sido preparadas, com acusações falsas e um juiz sonso.

Até aí, nada de mais. Pura encenação. Que nem a Abigail, outro dia, batendo pé que se chamava Antígona e dizendo que ia enterrar o Alex. Só que, de uma hora para outra, tudo passa a ter cara de verdade, porque verdade é só isso mesmo, cara.

O delegado empurra Tavinho, sem muita força, para não machucá-lo, enquanto Dulce, aquela da pinguela do Val, recita:

João foi traído por um informante da polícia. O delegado e os investigadores levam Jesus, aliás João Relojoeiro, aliás Tavinho, para a Fazenda Água Limpa.

Fim da primeira estação.

Tavinho parece alegre. O oposto de Jesus na Via Sacra, sempre sério na obrigação de sofrer. Um a zero pra Jesus, diz Disus Zé Beste.

Passa-se então para a segunda estação. Seu Valdemar parece preocupado com aqueles archotes, aquelas fogueiras e, principalmente, com o que poderia acontecer. Com Tavinho era sempre assim. Podia estar rindo sem motivo nenhum e também sem nenhum motivo emitir grunhidos, causados pelos espinhos de Jesus e pelos espinhos do ouriço-cacheiro em que tinha se transformado seu coração.

Na segunda estação, os 14 homens e mulheres da primeira estação seguem junto com Tavinho, rodeado também pelo pessoal da segunda, debaixo da sucupira representando a Fazenda Água Limpa.

O Tavinho tá que tá. O máximo! Ri, com a boca bem aberta para o segundo grupo, só de araxás. Acho que eles também tinham bebido o chá fornecido pelo Seu Japonês do meu pai naquela vez. Dirigia seu carro vrumm, vrumm, vrumm, vrumm, tentando se desviar dos outros crentes. Logo o trânsito complicou. Multiplicaram-se os automóveis de papel crepom. Eu me lembro bem. Quase disse: vamos embora, Seu Valdemar, o Tavinho já está curado. Não disse e fiz bem.

Esses dois carros de papel crepom traziam o TAVINHO e o outro acusado do roubo da Joalheria A Royal, mais o delegado Bolívar Veríssimo. Em um deles, TAVINHO e Antônio

Valentino. No outro, os inspetores Napoleão e Brota, acompanhado de um empregado, com cobertores e mantimentos. Vrumm, vrumm, vrumm. Piiii, piiiii.

Eu já tinha ouvido sobre a morte de João Relojoeiro, ocorrida quando eu tinha 8 anos. As empregadas da Tia Helena viviam cochichando. Que tinha sido assim. Que fizeram aquilo. Um dia perguntei à minha prima: a nossa religião permite? A deles não só permite como aprova. A deles, quem? A dos católicos. Iche, pensei, não sabia que Tia Helena era araxá!

Estava me lembrando dessa conversa quando a velhinha da primeira estação repetiu que nós adorávamos o Senhor Jesus e o bendizíamos, mandando de novo todo mundo de joelhos. Eu me ajoelhei numa touceira de espinho e esperei com urgência a voz da branquinha do Val, pra me liberar. E no fim ela disse: e ele está agora nas mãos do destino.

Na terceira estação, Tavinho cai pela primeira vez. E tudo desanda, a partir dessa queda sobre o formigueiro. Os olhos do Tavinho iluminam-se. Chi, vai dar certo não!

Achou que tinha sido levado até o formigueiro para atormentar as saúvas. Que nada! Foi logo amarrado com embira e recebeu uns sopapos na cabeça. Ele procurou Seu Valdemar com os olhos, mas não encontrou. Então enfiaram sua cara no formigueiro. Ao mesmo tempo, os investigadores chutavam suas costelas. Felizmente apareceu a velhinha da primeira e da segunda estação, dizendo: nós Vos veneramos, João Relojoeiro, Vos bendizemos. Todos se ajoelharam. Seu Valdemar agora estava muito preocupado. Tavinho parecia fraquejar. Se continuasse assim, não salvaria o mundo.

À quarta e à quinta estação não quis assistir. Decidi sair, porque boa coisa não podia acontecer. Tavinho me vê e me chama. Corro até ele. Do fundo de seus olhos, ele me pede, por favor, que consiga tinta para pintar de novo sua cara e seu peito com as cores do Flamengo, pois a pintura atual está se diluindo. Disus Zé Beste concorda: ah, isso pode! Dois ajudantes vão buscar a tinta. Tavinho diz coisas sem nexo. Conversa com alguém que parece ser sua mãe. E recomeça a grunhir. Aí, sim, me espanto. Os grunhidos não vêm de dentro dele. Vêm das pedras. Das árvores. De nuvens colhidas de pouco. De manga sabina madurada à força. De torrador de café que atravanca a manivela e cospe fumaça tostada pelos lados, puf, puf, puf. De um caminhãozinho que eu tive e uma vez encrencou subindo o morro.

Sentado atrás de uma árvore, longe do pandemônio religioso, descubro que estou chorando. Algumas ideias passaram de raspão na minha cabeça. A primeira: pela primeira vez, eu olhava a cidade pelo lado de fora. O outro lado do corguinho não era o cerrado. O outro lado do corguinho é que era a cidade. E a cidade de antes eu nem sabia onde se encontrava. Onde estará a cidade em que eu moro? É a pergunta que eu fazia revirando os bolsos. Não tive tempo para resolver esse dilema porque os gritos agora eram mais fortes. Acho que cessaram os grunhidos do Tavinho. Pelo menos por enquanto.

Engano meu! Ele está grunhindo, dentro de uma bacia. Piques de grunhidos. Seu Valdemar está por perto. Tem os olhos vermelhos. Tavinho está dentro da bacia com. água quente e cuida para não apagar a pintura. De repente, aparece o investigador Brota, que desbasta um pau de mamona e lhe dá uma coça. Tavinho chora, tentando sair da bacia, consegue, e engatinha que nem bebê que descobre pela primeira vez a utilidade do movimento.

Nessa hora aparece Verônica, para enxugar o rosto de Tavinho. Conheço muito bem essa Verônica. Aliás, Dona Olga. Na hora do recreio, põe sempre um pouco mais de mingau de fubá no meu prato. Mais alta do que é na escola. Uma mulher ao meu lado que diz: aquela lá é Verônica e logo vai secar o rosto de Jesus. Disus Zé Beste pede que despejem na calça dele um vidrinho de tinta vermelha, porque Ele tinha urinado sangue nessa estação.

O delegado Bolívar Veríssimo parece preocupado. Ele chama os investigadores e conversam sobre o que fazer. Talvez fosse interessante que um médico viesse de Uberlândia, pra ajudar no interrogatório, e nós Vos louvamos, Senhor João Relojoeiro, e Vos bendizemos (ajoelhar), pois junto com Tavinho remistes o mundo! (Levantar.)

O cortejo tem agora aproximadamente 90 pessoas. Dona Olga abre a custo espaço entre tantos crentes, avançando com uma toalha para enxugar o rosto de Tavinho, e agora ninguém, mas ninguém mesmo, nem Disus Zé Beste, sabe qual a próxima estação.

E Tavinho cai pela segunda vez. Os investigadores o obrigam a puxar uma tora amarrada na cintura. Ele não aguenta e cai. Tenta de novo. Diante dos olhos preocupados de Seu Valdemar, tenta mais uma vez. Cinco minutos. Quando a tora vai devagar, os investigadores batem-lhe com um rabo de tatu.

Agora Valentino esfrega as mãos. A sepultura está pronta, mais ou menos palmo e meio de profundidade. Colocam

Tavinho dentro dela. Mandam chamar o dono da Fazenda Água Limpa para assistir à cena engraçada que vai acontecer.

De fora da sepultura, apenas os pés de Tavinho, quer dizer, de João Relojoeiro. Seu rosto está soterrado e ele não consegue respirar. Começa a se debater com violência. É ou não é engraçado?, pergunta Napoleão para o dono da fazenda.

Tiram Tavinho da sepultura. Depois de recuperar o fôlego, parece conformado. Não grunhe como antes. Está deixando até de ser bicho. Os araxás o empurram, riem e caçoam dele. Mesmo com a claridade da lua, impossível não tropeçar nas raízes das árvores que se alastram na clareira. Ele cai diversas vezes.

Salve, João Relojoeiro, nós Vos bendizemos nesse momento difícil, ajudai-nos com o Tavinho! (Ajoelhar.)

Porque o sofrimento de Tavinho marca a distância entre o bem e o mal! (Levantar.)

Quando me dei conta, Seu Elpídio me cutucava. Chama aqui Seu Valdemar. É urgente! Chamei Seu Valdemar. Os dois começaram a discutir. Seu Elpídio disse: pelo amor de Deus, tira o Tavinho disso. Seu Valdemar quis saber o motivo. Seu Elpídio falou: até agora, ninguém passou da décima estação. Eles vão endurecer. Se quer o Tavinho vivo, dá o pira.

Era o que Seu Valdemar procurava. Alguém que o tirasse de uma dúvida atroz. Disse que estava de acordo, falaria com Disus Zé Beste.

Nós Vos amamos, João Relojoeiro, e Vos bendizemos! (Ajoelhar.)

Nós Vos veneramos, João Relojoeiro, porque ajudastes o Cristo a remir o mundo! (Levantar.)

Disus Zé Beste e Seu Valdemar mandaram que largassem o Tavinho de mão. As pessoas, surpresas, reclamaram. A interrupção da corrente da cura não era muito aconselhável. Saímos bem depressa com Tavinho, antes que Disus Zé Beste mudasse de ideia. Seu Elpídio ajudou Tavinho a se aboletar. Eu ajeitei os pés dele na parte da frente da boleia. Tavinho dormiu logo, pousando a cabeça no meu ombro. E o resto do caminho eu pensava numa maneira de ajudar o Tavinho a resolver a vida dele de uma vez por todas.

* * *

Os acontecimentos da Via Sacra do Tavinho, meio século depois, me deixam constrangido. Depois me conformo. Porque esse antigo constrangimento me leva à outra parte da longa conversa com Seu Valdemar, naquela excursão à Lagoa do Vittorio.

Começou quando ele quis saber sobre meu trabalho de jardinagem com Dona Sílvia e contei que meus canteiros de onze-horas tinham se espalhado por boa parte do jardim. Que nem uma colcha, Seu Valdemar, que nem uma colcha florida. Seu Valdemar virou-se: não diz isso não, menino! Só os mortos usam colchas desse tipo!

Me dava conta naquele instante que eu mesmo, com aquele comentário da colcha de onze-horas, me propunha a participar de um outro tipo de teatro com meus irmãos, Tavinho, Dona Sílvia e tantos outros. E era eu mesmo que me oferecia a colcha florida. Não é que Seu Valdemar tinha razão!

Ele tinha os olhos grudados no Tavinho, que se inclinava para colher uma flor de maracujá do cerrado. Ele vai perder o equilíbrio, Seu Valdemar, quer que eu pegue para ele? Não. Um não seco como o cerrado.

Com Seu Valdemar calado e o Tavinho colhendo a flor, perguntei: será mesmo que o Tavinho, atado na cama, todo dia sai de moto pelo cerrado à cata de Deus, Seu Valdemar?

Ele não entendeu onde eu queria chegar. Ora, Seu Valdemar, é ainda a mesma conversa. Como ele não reagisse, prossegui: aquela nossa conversa de meu pai com Abigail. A doidice que ele dizia. Qual? Que a morte é parada e que a vida é movimento. E o que tem a ver com o Tavinho, quis ele saber.

Era o que eu esperava. Que o Tavinho estivesse sempre dentro da conversa. O que eu queria mesmo era discutir a situação do Tavinho amarrado. Sempre procurava um jeito de chamar a atenção dele para os grunhidos que ele dava.

À cata de Deus na moto, já pensou Seu Valdemar?

À cata do Deus completo, Seu Valdemar. Porque Deus é completo? Ora, Seu Valdemar, ele é o de cá e o de lá do corgo. O antes e o depois do cerrado. Por isso ele é tão Irresponsável!

Foi aí que Seu Valdemar perdeu a paciência. Por nada no mundo, mas por nada mesmo, fale mal da bondade de Deus na minha frente. E eu? Eu bufei. E disse: falo mal dele, sim. No caderno de Deus só tem garrancho. E a nota que Ele merece é ZERO.

Por que estou aqui em Acquaformosa, a milhares de dias do cerrado, pensando essas coisas? Tinha também muita coisa boa. Tio Sebastião e Tia Terezinha, por exemplo, quando dançaram naquele dia perto do tanque, alheios a tudo. Eles, sim, eram dois felizes!

No Caffè E La Nave Va, onde me encontro, os únicos clientes além de mim são um casal de meia-idade, com um filho com síndrome de Down. Eles deixam a mesa. O homem vai ao caixa e paga a despesa e saem para a rua. Do outro lado, um religioso deixa a Igreja de Santa Catarina. Tem barba. O rapaz acena para ele, desajeitado. A mulher e o homem também. Da outra calçada, o padre acena para eles.

Deve ser o Padre Giovanni Capparelli, penso. Uma das revistas dizia que era casado. Parece estranho vê-lo à minha frente, sabendo que representa na Itália o patriarcado de Moscou. Cada um vai para o seu lado. O pároco entra em um Fiat estacionado diante da igreja, e o pai e a mãe, de mãos dadas com o filho, seguem pela calçada. Um sino bate ao longe. E Zuiudo aparece numa das saídas, entre duas casas de pedra. Olha para um lado, para o outro e vem na direção do café.

22
O médico Dr. Juscelino Kubitschek

Naquele dia eu estava bem cedo aguando os canteiros de onze-horas, quando ouvi um grito. Apurei o ouvido, sem saber de onde vinha. Como não se repetiu, continuei meu trabalho. Eu me perguntava se valia ainda a promessa de ajuntar dinheiro para o meu pai viajar à Calábria. Descobri que uma passagem custava muito e naquela noite tinha feito as contas e descoberto assim por alto que teria de trabalhar até os 57 anos para conseguir dinheiro suficiente, com aqueles dois empregos que eu tinha. Além do mais, como papai já estava empregado, bem que poderia ele mesmo pagar pelos seus caprichos.

Pouco depois veio o Seu Valdemar perguntar se eu podia substituí-lo no dia seguinte. Sem falta, Seu Valdemar, sem falta. Algum problema? Ele respondeu: o Tavinho. Levar ao médico. Quase não dormi, preocupado com Seu Valdemar. Coitado! Não tinha ninguém pra conversar, apesar de prosear com todo mundo. Ia se afastando, perguntei: Seu Valdemar, não é hoje que vem o Juscelino? Ele respondeu: sim, de tarde.

Por isso a rua estava engalanada. Perto das dez apareceram uns tipos fazendo uma inspeção do lugar. Calculavam distâncias, ordenavam que as bandeirinhas que tinham caído fossem estendidas novamente e entraram na venda para conversar. Eu terminei meu trabalho e fui avisar Dona Sílvia que no dia seguinte não viria, porque tinha de substituir Seu Valdemar.

Ao entrar, novo grito. Corri. Ela estava desorientada. Quer que chame alguém, Dona Sílvia? Melhor não. Dava conta sozinha. Mas é pra quando? Ela tinha barriga que era uma lua cheia. Respondeu: esse mês, o mês que vem. A qualquer hora, disse. Seu rosto estava bem inchado.

A qualquer hora Dona Sílvia daria à luz e teria de cuidar sozinha do bebê. Pior ainda se Seu Ângelo chegasse e encontrasse um filho dentro de casa. Ter filho assim, sem ter marido? Hum, sei não! Seu Valdemar estava certo. Seu Ângelo, 12 meses fora. E o filho, oito meses na pança. E certamente ela não tinha ficado grávida de friagem. Homem, sim, pega gonorreia porque mija contra o vento. Mas engravidar de friagem? Até pode ser, mas tem de ser uma friagem muito grande. Quer que eu fique com a senhora, Dona Sílvia? Disse obrigada, estava bem.

* * *

Perto das nove foi a vez da Banda Marcial do Colégio Estadual aparecer. Eles eram muito bons. Uma vez, na Praça Tubal Vilela, eles tinham disputado com a Banda Marcial do Colégio Diocesano de Uberaba. A de Uberaba era melhor, mas a do Estadual também era muito boa. Naquele dia foi uma festa muito bonita. Eu tinha planos de um dia entrar na banda do Estadual e tocar tarol. Súper! Parece chuva de pedra no zinco. Rrrrráááááá, rrrráááááá, tacatacarrrráááááá tacatacatá! tacatá, tacatá, rrrrráááááááááááááá rrrrrrrráááááá.

Estava quase na hora do Juscelino começar a invasão. E os foguetes deviam estar atrapalhando Dona Sílvia. Melhor ver de novo se ela precisava de alguma coisa. Chamar o médico, por exemplo. Essas coisas! Mamãe também tinha mudado. Estava preocupada com Dona Sílvia. Diz pra ela que dei à luz sozinha, oito moleques. Se precisar, me chama, que tenho experiência.

Eu disse pra Dona Sílvia. E falei também: quanto mais a sua barriga cresce, mais mamãe deixa de enticar com a senhora. Engraçado, não é, Dona Sílvia? Antes vivia me vigiando. Dizia: sua casa é aqui e não lá. Agora mudou de ideia. Sem mais nem menos me chama: por que não vai até a casa de Dona Sílvia? Vai. Ela pode estar precisando de alguma coisa. Dona Sílvia ficou muito contente em saber dessa mudança de mamãe.

* * *

Dessa vez Dona Sílvia disse que sentia pontadas na barriga. Mas também, Dona Sílvia, a senhora é a mulher mais grávida que conheci. Quer alguma coisa na farmácia? Pediu uma bolsa de água quente. Eu fui. Sei não, acho que não vai dar certo esse negócio de Dona Sílvia sozinha no sobrado.

Corro em casa, pego a bolsa de água quente da mamãe emprestada, e digo: mãe, acho que precisa ver Dona Sílvia, ela não está bem, não. Vi um lençol no cesto de roupa cheinho de sangue. E tem mais: disseram que, quando chegar o

Juscelino, ninguém atravessa a rua porque a polícia não vai deixar. Minha mãe pensou um pouco e disse: se piorar ou se ela pedir, me chama. Eu falei: OK, mãe. Se piorar, dou um grito. E fui embora. Mamãe é assim. Pega birra, pisa em cima e depois adoça. Nem Deus sabe explicar. O diabo sabe?

Quando volto, Dona Sílvia está no primeiro degrau da escada. Em cima, o alçapão fechado, com os morcegos assustados com os foguetes. Arranhavam a tampa, querendo fugir do barulho.

Dona Sílvia está pálida. E cai. Dá um grito. Eu também dou um grito. Corro pra acudir. Nesse momento, a porta do alçapão se abre com um estrondo. Levo susto. Tem a cabeça de um homem apontada, saindo de dentro do forro. Eu conheço esse homem. É o médico que bateu em casa de madrugada para curar Alex. Ele pendura-se na borda do alçapão, joga o corpo para fora e salta, depois de um impulso com o corpo.

Ele só tem olhos para Dona Sílvia. Examina Dona Sílvia. Pelo jeito é grave. Diz: chama sua mãe pra ajudar. Eu respondo: mas, Seu Ângelo, é pra já! Chego à janela. Minha mãe está no portão. Vem aqui, mãe! Ela não escuta, por causa dos foguetes. Cada vez mais foguetes. Um explodindo atrás do outro. A banda começa a tocar. As pessoas gritam, agitando bandeirinhas.

Desço pra chamar mamãe. De relance, vejo que tem uma poça de sangue no chão. Fico zonzo. Os degraus da escada também estão zonzos. A parede também. Saio e respiro fundo. Não posso ver sangue. Corro. Os carros ainda nem chegaram, mas não querem me deixar passar. Explico: é urgente. Dona Sílvia está tendo filho. Tenho que chamar minha mãe. Nem assim me deixam. Então, corro, que nem no pique, finjo que vou para um lado, que nada, passo pelo outro, atravesso a rua, uns três tentam me pegar, desembesto numa reta e no último instante me desvencilho, entrando pelo portão aberto e grito: vem, mãe, tá nascendo!

Mamãe tinha tudo preparado, pega a bolsa e desce. Não sei por que, mas num lampejo agarro o cabo do Baiano, um chicote que eu tinha achado na rua e que mamãe usava quando a gente ficava impossível. Eu me viro, mamãe está atravessando a rua e um guarda vem por trás e ordena que ela volte.

O carro embandeirado está bem perto. Os foguetes são agora ensurdecedores. A banda toca. Os bumbos gritam: BUM-BO, BUM-BO, os surdos, cataplum, cataplum, e os taróis rrrrráááááá, rrrráááááá, tacatacarrrráááááá tacatacatá! tacatá, tacatá, rrrrráááááááááááááá rrrrrrrrráááááá. E mamãe esperneando nas mãos dos guardas. Mamãe implora. Diz que é um caso urgente. Não é problema nosso, dona!

Nesse momento, passo o Baiano pra mamãe. E começa o baile. Porque um rojão estoura atrasado perto do portão e largam mamãe. O primeiro soldado leva uma lambada. *Tou.* Vem a segunda. *Tou!* Bem na cara. Ele grita. Essa mulher tá endemoniada, sô! *Tou.* Viu o que ela me fez, Otoniel? Otoniel, o outro soldado, tem uns olhos desse tamanho. E leva dois, bem na testa, *tou* e *tou.* Só falta agora a marca do Zorro. Chega um terceiro soldado, mas mamãe está cansada de estalar o Baiano, por isso dá de cabo na cabeça *pof* e passamos correndo pelo portão.

* * *

Mamãe me manda esquentar água. Acendo o fogo no fogão e ponho água para esquentar. Pouco depois, Seu Ângelo aparece afobado. Eu digo: já está quente. Gritam na rua. Seu Ângelo também grita. Parece que mamãe não consegue estancar o sangue. O bebê está em má posição. Diz: corre à farmácia e me compra esses medicamentos. Põe na minha mão bolo de dinheiro. Quanto mais depressa, melhor.

Chego à rua e já estão se organizando para a invasão, pois há muitos dias a casa estava sendo observada. Acho que tinham reconhecido Seu Ângelo. Nem tento fugir. Uns quatro ou cinco me pegam. Estão armados. Querem confirmar se Seu Ângelo está armado. Que armado que nada, eu digo, o filho dele está nascendo e preciso buscar remédios. O soldado na minha frente me dá o troco. Que passar que nada, moleque.

Eu ligo o motorzinho que tenho para essas ocasiões e disparo, enfiando a cabeça na barriga de um deles, enquanto gritam em minha volta "Viva o Juscelino, viva o Juscelino!". O soldado cai de costas. Por pouco a cabeça dele não é esmagada pelo carro da frente, onde está aquele homem de Brasília, com a jaqueta de couro marrom e óculos escuros.

Ele tinha dito: eu sou médico. Quero pedir ajuda, mas o guarda me puxa para trás, e o médico de Brasília me vê, certo que me reconhece, porque me olha bem firme, e o guarda me puxa, enquanto eu grito: Dona Sílvia está perdendo sangue, preciso comprar remédio!

Me levantam pelo cangote e me levam. Uma voz forte dá uma ordem. Parem! Parem! Eu acho que é para eles me pararem. Mas não é. O médico de Brasília pula do carro embandeirado e quer saber o que está acontecendo. Me ajude, é importante, grito chorando para o médico de Brasília. As pessoas continuam a gritar "Juscelino, Juscelino".

Os meganhas se cagam de medo, afrouxam as patas no meu pescoço, eu explico o que está acontecendo e levo o presidente do Brasil para o sobrado de Dona Sílvia, mas nem me importo com ele, indo para o meu posto, porque, se ele é piloto de avião, eu sou piloto de fogão nessa hora difícil. Difícil e maravilhosa. Acho que cada vez que nasce alguém sobre a terra o homem deveria comemorar. Cada vez. E depois Seu Valdemar diz que eu só vejo o lado ruim da vida!

Fico sabendo o que está acontecendo lá em cima por causa das ordens que chegam embaixo. Ele pede uma coisa e minha mãe diz: aqui, senhor Presidente. Pede outra: aqui, senhor Presidente. Quando falta um material, Seu Ângelo aponta a cabeça no alto da escada, diz: gaze! Eu grito: gaze! E o general que acompanha nosso Presidente chega à porta e grita: gaze! E as motos do Exército Brasileiro roncam na rua para buscar os remédios, e se o Juscelino pedisse traziam até o edifício da farmácia. E olha que tem umas 60 ambulâncias novas sobre 12 fenemês, mas o general diz: são novas, mas infelizmente ainda não estão aparelhadas.

Muitas pessoas querem saber o que está acontecendo. E, nessas horas, todo mundo tem uma explicação. O ajudante de ordens do Juscelino quer as coisas mais claras. Explicam sobre Seu Ângelo. Os soldados explicam que Seu Ângelo é um elemento — eles falam elemento — muito perigoso que difamou a República nos jornais de São Paulo.

Pouco depois, o presidente Juscelino Kubitschek desce as escadas e diz: podemos seguir viagem. A multidão grita. Agora é a banda municipal que entoa um dobrado. Poucos sabem o que realmente tinha acontecido. Acham que o Juscelino tinha descido do carro para cumprimentar Seu Valdemar. Ou fazer um xixi de última hora. Outros, mais atilados, têm certeza de que, tão logo o Juscelino desaparecer, Seu Ângelo será preso.

Eu pergunto para o Juscelino: ainda vão prender Seu Ângelo? Quem é Seu Ângelo, menino? O ajudante de ordens diz baixinho para ele que é o marido da Dona Sílvia. Ele escuta e estala os lábios de desgosto. Então diz: vão prender esse homem não! Só porque falou que a malária estava campeando no Triângulo? Ah, não! E nesse momento disse as palavras que o tornaram famoso em toda a região: *neca de pitibiriba!* O que disse foi reproduzido pelas emissoras de rádio e pelos jornais do país inteiro.

Então o ajudante de ordens deu a contraordem: *neca de pitibiriba!* Subiram no carro, saudaram Seu Ângelo na sacada e partiram debaixo de vivas e de papel picado. Quinhentos caminhões. Noventa deles com 60 ambulâncias. Uma fila de muitos quilômetros. Rumo a Brasília.

Dias depois, todo mundo falava que Seu Ângelo não tinha arredado o pé de casa durante todos esses anos, escondido no forro do sobrado.

23

Lena depois do banho

Uma semana depois, uma carta do Juscelino. Agradecia a Seu Ângelo ter chamado a atenção sobre o triste problema da malária no Triângulo, em um momento em que o próprio Plano de Metas & Bases propunha a erradicação dessa doença no Brasil. Seu Ângelo nem teve tempo de ficar contente com essa carta, porque sua alegria maior tinha sido o nascimento de sua filhinha Felícia.

Eu também estava feliz. Não é pouco um presidente da República sair da casa de Dona Sílvia, respirar fundo no meio do jardim, enquanto espocavam foguetes e rojões, olhar para os canteiros e dizer: que bonitas essas onze-horas! Só isso! E eu não disse nada, pois tudo tinha sido dito.

Dito, mas não resolvido. Tanto a liberdade de Seu Ângelo como a carta do Juscelino tinham incomodado o delegado Pompílio. Ele choveu de ameaças. Que isso vai ficar assim não. Que iam ver só. Até entrevistas à Rádio Educadora ele deu.

Impressionante, com voz tão boa, como era capaz de dizer coisa ruim! Denunciou que o bairro Taboca era um ninho de vermelhos, um soviete no Planalto Central escondido entre as toras. E também espalhou poucas e boas do nosso Presidente, inclusive que ele enxergava longe, mas era cego. Visionário com Brasília, porque estava construindo a nacionalidade brasileira, cego com os comunas, porque deixava que criassem um soviete nas portas de casa.

O delegado Pompílio, diziam, não era nenhum ignorante. Tinha estudado. Papai o conhecia bem. Tinham sido colegas de seminário. Também ele tinha largado a batina atrás de um rabo de saia. Como papai, apreciava as artes. Teatro e cinema. Ele era papai repetido, mas de sinais trocados. Deixaram o seminário na mesma época. Papai ficou com essa mania de grego no cerrado e o delegado Pompílio, que não era delegado, entrou na Escola de Polícia de Belo Horizonte. Eu nunca tinha visto o delegado Pompílio, mas ouvi mamãe dizer que um era focinho do outro.

* * *

Uma semana depois, o delegado Pompílio decidiu arregaçar as mangas e coibir a greve dos operários da Fábrica de Móveis Bisson e da Fábrica de Banha Piau. Cuidar desse problema na Taboca era uma forma de ficar de olho no Seu Ângelo e, ao mesmo tempo, ver o que andava fazendo no cerrado o seu velho colega de seminário, meu pai. Tia Maria disse um dia que o ódio do delegado Pompílio contra meu pai vinha do fato de os dois terem se apaixonado no seminário pela mesma noviça: minha mãe. Não acreditei. Tia Maria era, também naquela época, cheia de invenções.

Logo começaram os recados e ameaças contra a greve através das ondas da Rádio Educadora. Um passarinho cantava, o delegado Pompílio dava uma entrevista. Os trabalhadores protestavam com o atraso do salário, o delegado Pompílio dava uma entrevista. Acabava conseguindo um efeito oposto.

Acontece que é muito difícil o trabalho político no interior, principalmente em pequenas cidades. Todo mundo parecia desacorçoado. Quer dizer, até discutiam os preparativos para a greve, mas preferiam discutir o boxe programado para o Estádio das Toras, onde tinham criado uma pequena arena, com pequeno retângulo verde no centro, onde seria instalado o ringue.

Norfão e Norfãozinho já estavam na cidade, hospedados dentro do próprio sindicato dos trabalhadores no comércio. Sempre juntos. Norfão, peso-pesado, 1m95 de altura, 110 quilos, mais da metade de puro muque. Norfãozino, peso-pena, 1m70 de altura e 59 quilos. Ninguém entendia como podia acontecer uma luta entre duas categorias tão diferentes. Meu pai falou que era tudo montagem, pois no fim o Trabalho daria uma sova no Capital.

Na noite anterior, Norfão e o Norfãozinho tinham saído para conhecer a cidade, mas foram cercados pelo pessoal da delegacia. Problema não: um gancho no primeiro, um *jab* no segundo, um sopapo no terceiro e os outros dois policiais correram, deixando para trás três a nocaute. Mas, temendo que esses ataques se repetissem, com resultados diferentes, os trabalhadores acharam melhor que deixassem o hotel e dormissem na sede do sindicato.

Segundo a programação, o nocaute do Capital pelo Trabalho seria o início da maior e mais discutida greve contra a carestia. Outras tinham acontecido em São Paulo, no Rio de Janeiro, uma no Recife. Mas era a primeira do interior do Brasil. Do outro lado do Rio Grande, as cidades de Franca e Ribeirão Preto observavam, para decidir se participavam do movimento ou não.

A tensão aumentava também entre os que tinham vindo de São Paulo, e os de Uberlândia mesmo, preocupados com uma notícia muito triste: a prisão do Nego Juvêncio. Uns diziam que estava sendo barbaramente torturado na delegacia. Outros, que já estava morto e que não entregavam o corpo porque temiam uma revolta maior.

* * *

Essa agitação toda me deixava alegre, nervoso, triste, com raiva, confiante, falante, mudo, todas as cores do arco-íris. Eu era uma mosca tonta nesse sábado em que todo mundo saiu de casa. Enchiam a venda, bebendo, conversando, rindo, formando pequenos grupos nas esquinas, ou se agachavam no meio-fio, como se esperassem algum sinal.

Agitação me incomoda. Fugi para o jardim da Dona Sílvia. E foi aí que me deu um aperto no coração. As rosas trepadeiras, espalhadas pela cerca, tinham sido atacadas pelas formigas-cabeçudas. Encostei-me ao mourão, a observar. Diacho! Aqueles insetos horríveis nem ligavam para o fato de eu estar por perto. Trabalhavam, como se as rosas tivessem perdido a importância e eu fosse só um boca-mole observando.

Baixei os olhos e vi o carreiro, rente ao meu pé direito. Uma das formigas errou o caminho. Ela trazia uma folha cinco vezes o seu tamanho. Cambaleou, batendo no meu pé. Nem assim largou a folha. Deu mais alguns passos para a frente, cambaleou mais uma vez e trombou de novo. Ergui o pé e deixei que passasse. Enquanto isso, imaginava o que poderia fazer, que não fosse ficar ali, pensando na morte da bezerra.

A primeira coisa que senti foi raiva de Dona Sílvia. Onde ela andava, que não tinha visto nada? Tudo comigo! O canteiro não era nosso? Olhei o sobrado. Janelas fechadas. Segui o carreiro das formigas. Quinze passos e virava à esquerda. Zilhões de formigas no trabalho. Bem disciplinadas, cada uma com sua folhinha.

Fora da cerca, estava cheio de gente. Pedi licença e fui avançando, licença, e as pessoas abriam caminho. O que foi, menino? Era Dona Sirlei, mãe da Lena. Formigas, Dona Sirlei, formigas. Atacaram as roseiras da Dona Sílvia. Tento descobrir de onde vêm. Ah, disse ela, descobri hoje que entram e saem do meu terreiro.

Ué, Dona Sirlei, o formicida que trouxe para a senhora não fez efeito? Ela ficou encabulada. Sim, sim, mas agora é outro panelão. E outras também as formigas. Se quiser, Dona Sirlei, dou uma olhada. Faz isso pra mim? Beleza! O panelão é no fundo do quintal, depois do quarador. Posso entrar lá, Dona Sirlei? Tem de agir rápido com essas demônias. Pode, pode. Vai, que a Lena está em casa.

Mandou, fui. Lena não estava, mas as formigas, sim. Examinei o panelão que elas tinham construído. Medi, dando passadas regulares. Comprimento. Largura. E já ia imaginando onde colocaria as iscas de formicida. Depois segui o carreiro até a cerca. Examinei o tamanho das formigas, os passinhos miúdos que elas davam, e concluí que pra destruir as roseiras elas viajavam o correspondente à distância de minha casa até o centro da cidade.

Muito decididas, essas formigas. É preciso reconhecer que o trabalho delas era muito arriscado. A qualquer hora, um distraído pisava em cima e babau. E logo me imaginei com uma folha gigantesca nas costas, licencinha, licencinha, do centro da cidade até minha casa, e os gigantes desciam uns pezões enormes, do tamanho de uma nuvem, e eu vinha, coitada de mim, formiguinha, com uma carga equivalente a uma porção de edifícios, fugindo dos carros, dos ventos e das borrascas. Boa essa, né, borrasca! Aprendi ontem. Quando chegava, exausto, a rainha do formigueiro me olhava desapontada e dizia, se coçando com os ferrões: só isso?

Agora, porém, eu estava muito preocupado e tirei da cabeça aquelas ideias malucas. Anotei em seguida o lugar de cada isca num caderninho que tenho no meu cérebro e fui na direção do portão. Mas Lena não me deixou sair, rindo e me olhando de um jeito que nunca tinha me olhado antes. Minha nossa, fresquinha, fresquinha. De toalha. Macia, macia. E o meu coração disparou. Ticutum. Ticutum. Ticutum. No instante seguinte, sua imagem me entrou na contramão. De um lado, eu, bem sério. Do outro, o sorriso dela: entra, porque não posso ficar assim na porta, né!

Certo, não podia. Sentamos na beirada da cama. De início conversamos um pouco. Ela disse: brigado pelo jeito que deram. Não sabia do que ela estava falando. O meu pai. O que tem seu pai? A morte dele. Sei que ele morreu, Lena. Mas não estou entendendo. Não entende porque se faz de desentendido. Não foi você quem disse que as pessoas dão bola pra cachorro bravo que fica doido ou que incomoda? Disse, mas e daí? Daí que as formigas apareceram de repente e mamãe te pediu que trouxesse formicida.

Caí das nuvens. Quer dizer, o céu é que despencou sobre a minha cabeça. Continuei sentado na cama, sem dizer nada. Será que eu tinha escutado direito? Nessa hora me joguei para trás, bem sestroso. E fiquei um tempão deitado, olhando o fio da lâmpada, que vinha do teto, enlaçava a cabeceira da cama e terminava com uma pera na ponta. Queria ter uma, igual àquela.

Sentei de novo. O chão de cimento. Vermelhão. Uma penteadeira de caixotes de Manzanas del Río Negro empilhados, com uma toalha branca por cima. Guarda-roupa simples, que nem o meu. Colcha de chenile bem esticada. Era ali, então, o refúgio da Dona Lena. Benza Deus!

Primeira vez que eu entrava no quarto de uma menina. Tinha de pensar nesse assunto do formicida outra hora. Era muito grave. Eu já estava cansado. Muito cansado. Lena achegou-se mais, silenciosa, sua perna quase tocando a minha. Calma, Lena, calma. Estou desgostoso de você, sabe? Ela disse que sabia. Ela reconheceu minha mágoa, assim com tanta facilidade, me desarmou. Mas estávamos falando sobre a mesma mágoa? Para fugir, arrumo um assunto: quantos anos você tem? Depois, sinto vertigem e fecho os olhos.

Logo tenho certeza: a desgramada de Dona Sirlei tinha me enganado!

24
O lobo de todos os lobos

A venda ficou cheia naquele sábado, mas a população espalhou-se também pelas esquinas, como se fosse um feriado, conversando, dizendo, desdizendo, o que vamos fazer e o que não vamos fazer. No Estádio das Toras, o sindicato dos eletricistas instalava agora um sistema de som. Faziam testes e as conversas eram interrompidas por causa do barulho, alô, alô, testando, testando. A seguir, irrompia uma música alta, de doer os ouvidos.

O Simca, o Citroën e o Peugeot desapareceram. Claro, foram os taxistas que haviam denunciado Nego Juvêncio, dizendo que ele havia não só esvaziado os pneus dos táxis, para beneficiar os proprietários de charretes, como tinha deixado caolho o Simca. Os da Prefeitura queriam dar um golpe de misericórdia nas charretes. Daí a mentira. Nego Juvêncio foi preso, e o que era para ser susto fugiu do controle, pois ele teve um ataque no pau de arara. E os nossos não estavam gostando dos que tinham vindo de fora para preparar a greve, pois os paulistas e os cariocas martelavam apenas greve, capital e luta de classes. Nego Juvêncio merecia mais atenção.

* * *

Perto das cinco, os moradores foram chegando. Traziam as crianças, passeavam pelo campo de futebol, conversavam em pequenos grupos. Os seguranças da fábrica de móveis andavam pra lá e pra cá dentro do pátio. Os cães policiais se jogavam contra a tela do portão, irritados com o movimento do lado de fora. Apesar de mais de 500 lugares disponíveis sobre as centenas de toras de jacarandá, angico-vermelho, ipê-do-cerrado, guajuvira, aroeira, peroba-rosa, ipê-roxo, pau-ferro, mogno, cedro, cabreúva, caviúna, guarantã e jatobá, a disputa começou cedo pelos lugares mais próximos do ringue.

Logo no início, uns cem reunidos. A noite estava fresca, com uma brisa leve soprando. Eu não me continha. Tinha reservado os lugares para a nossa família — ninguém nunca tinha visto uma luta de boxe e queriam saber como era — e meu povo estava demorando muito. Havia lugar até mesmo para Alex, recuperado da maleita. Dentro de poucos instantes seria impossível guardar os lugares do papai, da mamãe e dos outros, porque muita gente perguntava: tem gente aqui? Tem não, não vê que está vazio. Mas vai ter.

Eu estava sentado numa ponta, o Zuiudo na outra. No meio, Abigail. De vez em quando vinha um, ficava de olhos iluminados quando avistava os lugares vagos, ali, ali, corria para ocupar o lugar, mas se frustrava, já está ocupado, já está ocupado. Uma hora veio um do sindicato, com uma braçadeira vermelha, e proibiu reservar lugar. Só depois de muita conversa aceitou esperar mais um pouco, um pouquinho só. E em um pouquinho só mamãe apareceu com o resto do nosso povo, ufa, pensamos que vocês não viessem!

João Carlos explicou que mamãe tinha ficado o tempo todo no espelho. Ela disse: claro, eu também tenho o direito de ficar bonita. De fato, ela estava linda no seu vestido de organdi que papai lhe tinha dado. Mamãe disse: vai lá, vê se consegue convencer seu pai. Só então me dei conta do atraso do papai. Sei lá, seu pai é muito sistemático, disse mamãe. Está com vergonha porque não conseguiu aprontar aquela peça de teatro.

Anoitecia e as luzes foram acesas. Eu me esgueirei entre as toras e me apressei, para trazer papai. Encontrei-o na cozinha, de terno, com uma rosa vermelha no bolso da camisa. Nunca tinha visto papai assim. Ué, papai, mamãe pediu que eu te buscasse. Mas o senhor já está preparado. Ele riu. E disse, também com um vozeirão: não posso perder essa festa.

Fui contra papai de terno e gravata. Achei que tinha de vestir alguma coisa mais quente. Podia se resfriar. Ele disse: meu terno é ralo, mas bonito. Não adianta, eu disse, precisa de alguma coisa mais quente. Ele pegou uma mantilha e pôs no ombro. Os foguetes já estouravam e a música invadiu o lugar.

Papai disse: o canto dos escravos, do Nabuco. Muito bonito! Pouco depois, o sistema de som anunciou as delegações: agora, a delegação do Sindicato dos Professores de Araxá. Agora, a delegação dos metalúrgicos de São Paulo. Agora, a delegação dos metalúrgicos do Rio de Janeiro. Agora, os plantadores de cana de Ribeirão Preto. Agora, a delegação dos trabalhadores da indústria de calçados de Franca. Dos plantadores de abacaxi, de Monte Alegre de Minas. Dos estudantes secundários de Catalão.

Pouco depois, a própria Dona Ada, diretora da nossa escola, pegou a palavra. Agradeceu a oportunidade de estar ali, junto com os companheiros grevistas professores, pois aquela era uma ocasião rara. E finalizou, até em São Paulo e no Rio de Janeiro veem essa greve como um exemplo.

Um barulho ensurdecedor veio de João Pessoa. Ônibus e mais ônibus estacionaram, cruzando faróis, roncando motores. Deles saíram pelo menos mais uns cem — de Belo Horizonte, gritavam, mas também de Sabará e de João Monlevade, atendendo aos pedidos desses bravos companheiros grevistas.

Claro, houve atraso no espetáculo. Claro, o campo de futebol foi todo ocupado. Claro, a plateia teve de aumentar os assentos disponíveis, com os paulistas deslocando toras no muque, para sentar. E, claro, se todos não puderam sentar sobre toras, sentaram na grama diante do palco, se penduraram nos galhos dos cinamomos, ocuparam os telhados em volta do campo, e, claríssimo, a delegação dos eletricistas teve de reorganizar o serviço de som com a aparelhagem especial de São Paulo. E, mais do que claro, dos que chegavam não tinha um que não falasse sobre a sorte do Nego Juvêncio.

Lembraram que ele tinha sido pego em casa e levado para averiguação no posto policial. Muitos o viram deixando a camionete da polícia e entrando no posto. E ninguém o tinha visto sair. E, quando no dia seguinte foram visitá-lo, disseram que não, não está lá o Nego Juvêncio. Já foi embora.

A família dele protestou, pedindo que ele fosse solto ou que lhe entregassem o corpo, como sucedia no caso de negros, mas disseram que ele devia estar longe, junto com os araxás, que eram amigos dele. Por que não perguntam ao Disus Zé Beste? Acontece que os araxás também estavam na frente da delegacia e começaram a soar os tambores. Algumas crianças do Grupo Escolar Dr. Duarte Pimentel de Ulhoa abriram uma faixa com a pergunta "ONDE ESTÁ O JUVÊNCIO?".

O desaparecimento do Nego Juvêncio misturou-se com a greve. Agora os policiais, civis e militares, respondiam: "Vamos averiguar." "Mas uma coisa é certa", acrescentou o vice-delegado, "vocês estão sendo manipulados pelos de fora".

E neste momento, no Estádio das Toras, era o representante do Sindicato dos Metalúrgicos de São Paulo que tomava a palavra. Ele disse que a greve não seria apenas dos companheiros da Vila Taboca e da Via Martins, mas, como todos sabiam, uma greve de todo o país. Os olhos do Brasil estão aqui, disse, enquanto o pessoal de São Paulo e do Rio aplaudia.

Seu Valdemar achou um desaforo. E o Nego Juvêncio? Por que os paulistas defendiam a greve, mas se esqueciam do Nego Juvêncio? E, quando um dos nossos falou da profunda tristeza e raiva que sentíamos por nos ser negado um enterro digno ao capitão da congada da Vila Taboca, Nego Juvêncio, as nossas palmas começaram no início a nadar miúdas, mas Seu Valdemar correu lá pra frente, batendo umas bem fortes.

Incentivadas, nossas palmas miúdas ficaram mais encorpadas, e, na filosofia dos corgos, das lagoas e dos rios, viraram bagres e sardinhas. Logo trataram de novo da injustiça que tinha acontecido com Nego Juvêncio e os peixes foram aumentando, em tilápias, pacus e dourados, e alguém viu lá na frente um peixe-espada, um só, e o nosso representante continuou a falar sobre Nego Juvêncio — e no ar já nadavam as enguias e as corvinas. As palmas pegaram jeito e, pronto, chamaram outras e outras mais, aos pirarucus juntando-se garoupas, esses de água salgada, mais badejos, carapaus, robalos, até que as palmas eram tantas que deram lugar a um cardume de mobidiques.

Acontece que os paulistas e os cariocas têm as mãos boas para aplaudir o que merece aplauso e eles não quiseram ficar para atrás. Eles não são de arriar e fugir com o rabo entre as pernas. Deram resposta. Nossos mobidiques começaram a minguar, a encolher, viraram sardinhas bem pequenininhas, coitadas, quase lambaris, vocês nos desculpem, estávamos passando aqui por acaso, já estamos indo embora e não entramos em briga de peixe grande. Já não se falava mais no Nego Juvêncio, mas em luta de classes. E só luta de classes nós não queríamos, queríamos também o Nego Juvêncio.

Dessa vez quem me distraiu foi a Lena. Sem querer, é bom explicar. Ela estava com uma ripinha na mão e bateu na tora de angico em que estava sentada. Tive um sobressalto e me virei. Bate de novo. Ela bateu. Que som esquisito! Parecia um angico dizendo não. Ela bateu duas vezes em seguida. O angico disse não e não. Aí, na outra ponta, o Zeca bateu com um sarrafo. A timbaúva também disse não. Cada um começou a bater, para ver se era verdade. Alguém gritou: aqui o cedro disse SIM mas o pau-ferro disse NÃO.

Era muito engraçado!

244

A brincadeira foi suspensa por causa dos caminhoneiros. Porque os caminhoneiros, centenas, que faziam carretos para Brasília, eram dos nossos e falaram que sem Nego Juvêncio não tinha greve. E você já viu estouro de boiada? A terra tremer? Quando dá vontade de se esconder porque essa boiada vem do centro da terra e de dentro da gente, soltando ferro derretido pelas ventas? Pois bem, foi muito mais do que isso. Porque mais de cem caminhoneiros começaram a gritar ritmado, tão forte, que as nuvens baixaram mais um cadinho do céu, afobadas, o que será que está acontecendo aqui, gente?

De repente, os paulistas abriram o peito, cantando em picadinho GRE-GRE-VEEEE e o pau-ferro respondeu NÃO, a peroba disse SIM, outra peroba deu contra NÃO e NÃO, o ipê-do-cerrado tiniu, a guajuvira gargalhou, a aroeira soltou chispas e a cabreúva se descabelou, no coro de cabreúva, caviúna, guarantã e jatobá que quis saber: ONDE ESTÁ O JUVÊNCIO?

Os paulistas então mudaram de ideia, por descuido ou por necessidade, e passaram também a exigir que devolvessem Nego Juvêncio. Assim, sem mais nem menos. Olhamos desconfiados. Pior ainda, eles estavam mais bravos que a gente. Muito mais. Gritavam JUVÊNCIOOOOOO. Fina fúria. E as mãos começaram a se levantar, os dedos das unhas cravaram-se na palma da mão e se transformaram em socos e punhos.

Nó!

Agora não tinha jeito, nós todos, paulistas, cariocas e mineiros, exigíamos greve e Nego Juvêncio ao mesmo tempo, com os paulistas e os cariocas atrás em carreirão...

RÁRÁRÁRÁRÁ, escutamos. Esse RÁRÁRÁRÁRÁ não é nosso! É forasteiro. É *nubifragio*. Queda de barreira. RÁRÁRÁRÁRÁ RÁRÁRÁRÁRÁ. E as sirenes, meu Deus, as sirenes abertas, as luzes faiscantes, TROPA DE CHOQUE, alguém gritou, e agora que uma voz avassaladora espalha-se por todos os cantos, bater de cassetetes e porretes nos escudos blindados ATENÇÃO, CINCO MINUTOS PARA DESOCUPAR O ESTÁDIO DAS TORAS, ATENÇÃO, CINCO MINUTOS, RÁRÁRÁRÁRÁ, era o batalhão de choque que enviava mensagens.

Então, em vez dos dois boxeadores, um senhor bem-vestido, com uma comitiva civil e militar, subiu no ringue. Muitos conheciam esse homem. Ele não era do sindicato. Era Pompílio, delegado, mas principalmente feitor. Agarrou o microfone e confirmou as ordens. Ninguém vaiou. Ninguém o mandou a lugares impróprios ou desaconselháveis. Só uma voz quase inaudível: onde está o Juvêncio?

O delegado Pompílio pediu silêncio. E disse que o Senhor Juvêncio Silva tinha tido um mal súbito e seu corpo seria liberado depois de uma averiguação. Outra voz perguntou: o mesmo mal súbito do João Relojoeiro? O delegado Pompílio se fez de desentendido. Apenas explicou que Nego Juvêncio seria enterrado na época certa pelas pessoas certas, porque não tinha cabimento instrumentalizar a morte.

Papai, até então calmo, transtornou-se. Rugiu, desatando o choro do Dircinho de Dona Juja. Disse:

— Bem-aventurado aquele que passa a vida sem males, pois, quando chega, a ira dos deuses abate-se sobre as gerações futuras, separando os homens de suas mulheres, as mães de seus filhos.

As borrascas arrancam pela raiz a vegetação magra e retorcida do cerrado e o vento dobra as palmas do buriti. Flores de pequi, roucas, tombam dos talos e a cidade-pássaro do Planalto estende suas asas.

* * *

As luzes apagam-se de repente. Acesas novamente, o menino que a tudo assiste se transforma e é um menino de 65 anos, hoje tentando entender o que aconteceu. Não consegue. A verdade ainda está entalada. Impossível saber. Tudo se embaralha. Vejo papai subir, um saco de aniagem nos ombros, não um xale ritual de Durazzo ou Dulcigno. Sua voz é forte. Insolente. Nesse instante, o delegado Pompílio também o vê. Parece que os dois se reconhecem. E me dou conta de que têm o mesmo porte, quase a mesma voz e a mesma determinação. O delegado pede que todos ali sejam responsáveis.

Meu pai, solene:

Aqui todos somos responsáveis.

Delegado Pompílio

Mas devem sair dessa propriedade. O que você quer mais?

Meu pai

Enterrar um dos nossos. Nego Juvêncio.

Delegado Pompílio

E vem me dizer isso, sem rodeios? Já coloquei guardas ao lado do cadáver. Não ouviu que acabei de proibir essa cerimônia?

Meu pai

Entendi. Como poderia ignorar? Suas palavras foram claras.

Delegado Pompílio

Mesmo assim, você e os outros querem transgredir as minhas ordens?

Meu pai

Esta ordem não veio de Deus. Da justiça também não. Não acho que seus decretos são fortes o bastante para se sobrepor às leis naturais de Deus e do céu, porque você é só um homem. Essas leis não são de ontem ou de hoje, mas de sempre. Ninguém nesta cidade pode dizer que somos culpados diante de Deus. Sei que posso morrer pelas suas mãos. Aliás, outros já morreram. Eu sei que tenho de morrer, claro, mas com ou sem sua ordem. E, se isso tem de acontecer, que seja logo. Se alguém vivesse o tormento diário em que vivo, estaria contente de morrer.

Delegado Pompílio

Não esperava que a desobediência chegasse a esse ponto. Porém, as vontades mais rijas são as que mais quebram. Estamos acostumados com isso nos interrogatórios. Verás o ferro mais inflexível, endurecido a fogo, rachar com frequência e se romper. Pensamentos altaneiros não caem bem em pessoas simples. A baderna nessa cidade deve ser condenada, porque começou. Essas manifestações devem acabar. Primeiro, porque quebram a lei. Segundo, porque, na sua pessoa, acrescenta o insulto à injúria. Não pode ficar impune tamanho atrevimento. Guardas, levem esse enfurecido!

Meu pai

Está bem. Me leve preso então! O que mais quer?

Delegado Pompílio

Eu? Nada. Isso me basta.

Meu pai

Queremos apenas enterrar um irmão. Um irmão, independentemente da cor de sua pele. Estamos cansados, nesta cidade, de preconceito e de discriminação. De negros que não entram em escolas. Que são expulsos das igrejas e dos clubes. Estamos cansados de tudo. E, agora, um deles é proibido de ser enterrado. Estou dizendo aqui o que todos gostariam de dizer.

Delegado Pompílio

Os bons cidadãos não estão aqui.

Meu pai

Não estão, mas gostariam também de falar. Mas não ousam.

Delegado Pompílio

E por que não faz como eles? Por que quer ser diferente? Vai pra casa, que é melhor.

Meu pai

Quem morreu sob tortura foi um irmão.

Delegado Pompílio

Ele atacava os fundamentos da pátria. Ele perturbava a ordem. Ele não obedecia à lei.

Meu pai

O reino dos mortos é igual para todos.

Delegado Pompílio

O inimigo nem morto será considerado justo.

Meu pai

Não nasci para odiar, mas para amar.

Delegado Pompílio

Muito bem, caso goste dos mortos. E por um negro qualquer, todo esse frege?

Para estupefação de todos, cinco policiais subiram ao palco para levar papai. Logo uma das toras de angico-rosa emitiu um lamento seco, demorado, seguido de outro lamento do cedro. A cabreúva disse não. O cedrinho soltou um gemido, a cabreúva disse não, e o pau-ferro gritou NÃO, NÃO. O ipê-roxo-de-sete-folhas disse não, a sucupira talvez. E o mogno, NÃO, NÃO e NÃO. NÃO, NÃO, NÃO, NÃO.

Os paulistas e os cariocas entraram e em coro disseram NÃO. A cabreúva, NÃO e NÃO. Os caminhoneiros ergueram os sarrafos e os sarrafos gritaram NÃO. E abriram caminho, cantando NÃO. E depois disseram sim, que iriam enterrar o Nego Juvêncio custasse o que custasse.

* * *

A luz mantém-se acesa, mas não diminui a perplexidade do menino de 12 anos de antigamente, visto com os olhos do homem de agora, de cabelos brancos, sentado no terraço do Antico Caffè Bottegon, de San Vito al Tagliamento. Faz frio e o inverno promete ser rigoroso. Os outros clientes deixaram as mesas em frente do campanário e foram para dentro.

Um dia tentei explicar essa cena que se encontra em *Antígona*, de Sófocles, com outras palavras. Trata-se de duelo verbal entre Creonte e Antígona. O delegado Pompílio, como disse, tinha sido amigo de meu pai no seminário dos padres redentoristas de Uberaba, partilhando inclusive a paixão pelo teatro grego. Talvez a imagem de meu pai depois de tanto tempo tenha deflagrado no delegado Pompílio a memória do tempo em que contracenavam *Antígona*. Daí a familiaridade com palavras e com o tema, reacendendo o que parecia extinto e adaptando as cenas ao novo contexto. Mesmo assim, sou tomado de dúvidas. Nas narrativas literárias, é fácil inventar uma trama assim. Mas não estamos falando de literatura. Na vida real, tal hipótese perde força e até pode soar ridícula ou incompreensível.

Por isso mesmo o menino de antigamente, pelos olhos do menino de hoje, procura outras explicações. A mais plausível, ou melhor, a mais atual, é que o menino de antigamente estava tão emocionado com a manifestação trabalhista no Estádio das Toras que ouviu o que queria ouvir e não só isso: distorceu a cena para que ela se adequasse aos seus desejos. Nesse caso, seu pai, já de fora da casinha, pega o manto grego, sobe ao palco e ele mesmo oferece uma parte de *Antígona*, em um jogral com sua própria voz, ora atuando como Creonte, ora como a desdita heroína grega, enquanto, mais embaixo, o Capital e o Trabalho dão *jabs* no ar, prontos para entrar em cena.

Ultimamente concebi uma terceira hipótese. O menino de antigamente sabia de cor o nome das capitais e tinha uma boa memória. Chegou mesmo a se apresentar de noite como Creonte junto ao leito de seu irmão com maleita, que na peça representava Haemon. Nessa hipótese, portanto, o delegado Pompílio apenas assiste, sem nada entender do que acontece. O pai, no palco, representa Creonte, e o filho, Antígona. Talvez a emoção de finalmente ver seu pai representando no cerrado, talvez a mágoa por não ter sido aceito em um papel que não fosse o de morto, tudo isso é a favor da terceira hipótese.

A quarta hipótese não existe. Ou existe, mas ainda não foi formulada. A bem da verdade, é sem importância como as três primeiras. Talvez exista. Talvez não exista. Você agarra-a, mas ela foge por entre seus dedos. Porque tempo é névoa.

Não existe também porque o contexto delas depende de outras perguntas. O que se passava na cabeça de papai quando queria encenar a comédia "Uma cidade suspensa no ar", do grego Aristófanes, em Itumbiara? Há alguns dias essa peça me veio às mãos e tive dificuldades em entendê-la. E o que foram fazer Voltaire e Candide na Vila Taboca? O que os dois poderiam conversar com Disus Zé Beste sobre o golpe militar de 1964, cada vez mais próximo, precedido de numerosos indícios?

25

Flamboyant

Nada de o veranico acabar. Pegamos algumas fotos antigas no centro, que Zuddio havia nos deixado, e, em seguida, descemos a colina de Spezzano. Apareceram as primeiras placas de Sibari. Zuiudo estava de bom humor e pilheriava. Eu tinha de lhe fazer certas perguntas, as mesmas que me tinham levado a buscá-lo em Torre del Greco, mas perdia pé a cada momento. Questioná-lo seria fazer derrapar a viagem e acabar com aquela harmonia fraterna em movimento. Mas, na hora certa, seria direto: por que levou a polícia à casa de Taguatinga? Precisava dar um enterro digno ao passado, mesmo se atiçá-lo significasse sofrimento. Então tudo estaria perfeito, no dizer de Cecília: *a praia lisa, as águas ordenadas, meus olhos secos como pedra e minhas duas mãos quebradas.*

O carro agora tomava a direção do Norte, sempre ao lado do Mar Jônico. E eu comecei a relatar ao Zuiudo os acontecimentos daquela noite, depois que subiu ao palco e enfrentou o delegado Pompílio. Contei-lhe sobre papai de braços dados com mamãe. Papai com os trabalhadores cercando a delegacia. Vidros quebrados. Carros com chapa fria — Rural Willys, jipes, dois Studebakers — incendiados. Seu Gaspar 30 saltando a mureta do avarandado. A fuga dos policiais pelos fundos. A invasão propriamente dita. A queima de armários, mesas, cadeiras e papéis. A libertação dos presos.

* * *

Agora me diz: por que mesmo Seu Valdemar te despediu aquela vez? Assim, repentino, me assustou. Como? Ele ficou calado alguns instantes, para ceder espaço a uma ultrapassagem, e continuou: você trabalhou na venda de Seu Valdemar, foi despedido. Mais tarde foi para Brasília e estudou no Colégio Elefante Branco. Mas, me diz, por que foi despedido pelo Seu Valdemar?

Ele viu que eu sorri, com a pergunta. Lembrei-me do dia em que estava ao balcão e entrou Aline, a mesma menina que havia comprado doces e se recusado a pagar. O que ela queria desta vez? Examinei-a com o rabo dos olhos e esperei.

Aline era meu primeiro cliente. Sua mão direita segurava a esquerda, enrolada em gaze. Ela perguntou: o que é bom pra picadura de marimbondo? Levei um susto. Como ela se atrevia a pisar de novo dentro da venda? Quis me certificar: picadura de marimbondo? Ela confirmou: sim, picadura de marimbondo. Olhei-a bem nos olhos e disse: melhor boceta de abelha.

Ela me olhou com olhos de fúria, gritou que eu era desbocado e saiu pisando duro. Assustado, eu ainda me perguntei: o

254

que foi que eu fiz dessa vez? Aí me dei conta. Corri atrás, mas era tarde. Quando cheguei à porta, ela já passava o portão da sua casa, com a mãe correndo na sua direção, pois algo terrível deveria ter acontecido.

Pouco depois apareceu Dona Maria Aparecida na venda. E também Seu Altino. Resultado: Seu Valdemar me despediu. Ainda tentei explicar que era um mal-entendido, que sempre soubera que álcool alcanforado era bom para picadura de marimbondo, mas era tarde.

Zuiudo riu de minha infelicidade. Expliquei que gostava de trabalhar na venda, mas que tinha sido melhor ir para a oficina da Cruzeiro do Sul e depois Brasília. Zuiudo perguntou: e o que foi feito do Tavinho? Quer saber mesmo? Sim, queria. Morreu. E de quê? Demorei a responder. Não sei. Pra dizer a verdade, um dia vi Seu Valdemar muito pálido e de olhos vermelhos no corredor. Corri ao quarto onde o Tavinho vivia amarrado. Seu corpo estava frio. Muito frio. Seu Valdemar devia ter descoberto. Voltei ao corredor. E encontrei Seu Valdemar lá, de pé, com as costas contra a parede.

Você acha que Seu Valdemar matou o Tavinho? A pergunta me surpreendeu. Nunca tinha pensado nessa possibilidade. Respondi: a única coisa que sei é que Seu Valdemar conhecia os formigueiros da cabeça do Tavinho. E sabia também que não tinha jeito. É preciso entender um pouco aquela época com os olhos daquela época. Entender? Sim, entender, não necessariamente aceitar. Mas não foi o Tavinho que fez o tratamento com os araxás? Sim, fez.

De relance, me vejo novamente na charrete, com Seu Valdemar e Seu Elpídio, chegando à clareira e logo depois o fracasso da cura. Ah, disse ao Zuiudo, mudando de assunto, sabe que na última vez que fui a Uberlândia visitei o templo do Disus Zé Beste? Corrigiram. Agora é Jesus the Best.

Ontem você contava sobre o incêndio do Estádio das Toras, mas e a luta de boxe? Sorri. Não saiu a luta de boxe. Quando o delegado Pompílio mandou todo mundo se dispersar, agarrando o microfone e ocupando a cena, o Norfão e o Norfãozinho ficaram ao lado do ringue, dando ganchos imaginários no ar, *uppercuts* e se esquentando para os dez *rounds* que nunca aconteceriam. No fim, a arena foi cercada pela polícia e não os vi mais; só mais tarde, quando foram presos.

Até aí eu sei, disse Zuiudo, porque também estava lá. Mas tive de ir pra casa com mamãe, porque era muito pequeno. Ouvi contar sobre o início do Quebra-Quebra, o segundo em um curto período. E também o fogo que puseram na delegacia, depois de já terem incendiado o Estádio das Toras. Só vocês, mais velhos, puderam participar da brincadeira.

Eu disse: dessa delegacia passamos ao necrotério. Nego Juvêncio também não estava lá. E a notícia tinha chegado antes. Só um guarda-noturno, que nos entregou as chaves e se despediu. A vertigem diante dos mortos estendidos sobre a mesa de granito, os beiços roxos, a palidez, os cortes enormes, do pescoço até o umbigo, o odor nauseabundo — de formol, de álcool alcanforado, de sujeira e de morte — me fizeram sair e vomitar no meio-fio.

A terceira parada foi na delegacia do bairro Lídice. Finalmente Nego Juvêncio na sala dos fundos, debaixo de folhas de jornais. Ao lado, a maricota, que usavam para dar choques elétricos durante os interrogatórios. E depois, sempre os mesmos se defenderam: todo criminoso reclama que foi torturado, como se isso provasse que tortura não existe. Esquisito, não?

O enterro do Nego Juvêncio aconteceu no dia seguinte. Foi pesar e alegria ao mesmo tempo. Pesar porque tinham matado Nego Juvêncio. Alegria porque os ternos de congo seguiram o cortejo até o cemitério. Teve até um terno de Catalão fazendo a homenagem. Cesinha estava na frente, de olho seco, mordendo os dentes. Mãe dele, Dona Estela teve um chilique, mas se recuperou.

O resto você sabe. Dizem que o delegado Pompílio andava de um lado para o outro dentro de sua jaula, esperando o momento de ir à forra. Por enquanto, não podia. Brasília estava para ser inaugurada. E chegou o dia da inauguração. Ouvi as transmissões de rádio, como fazia sempre com papai. Brasília inaugurada, os arcos do Palácio do Planalto em revistas e jornais. No fundo de tudo isso, o delegado Pompílio imaginando a revanche.

Vai que o Jânio sucedeu ao Juscelino e renunciou. Jango estava na China. Voltou às pressas e foi obrigado a engolir um modelo parlamentarista. O delegado Pompílio achou que era o momento do acerto de contas e começaram as perseguições. Seu Ângelo e Dona Sílvia não aguentaram, venderam o sobrado e se mudaram para o Sul. De repente, papai perde o emprego. Seu Martins mesmo explica: não sabemos o que fazer, Seu Rafael. Impossível aguentar! Papai começou a fazer bicos, como professor de Filosofia e de Francês. Cadê os alunos? Se pelo menos fosse outra língua. Inglês, por exemplo. Um dia agarraram papai no Centro e ele voltou para casa com duas costelas quebradas, uma lhe perfurando o pulmão.

E como ele descobriu Taguatinga? A pergunta do Zuiudo me pega desprevenido. Olho meu irmão de banda. Alguma coisa não está batendo bem. Para tomar tempo: Taguatinga? Sim, Taguatinga. Ah, sei lá. Coisa da vovó. Ela conhecia Comadre Luiza. Inclusive eu e ela tínhamos ido a Taguatinga, antes da inauguração de Brasília. Com o delegado Pompílio no pé de todo mundo, vovó achou melhor espiritar papai da cidade. Mamãe concordou.

Comadre Luiza confirmou que o quartinho estava vago. Mas papai estava doente. Alguém tinha de ficar com ele. Esse alguém, eu, seguiu com ele pra Brasília. Hoje faço os cálculos: fui com papai para Brasília exatos dois meses antes do golpe de 64.

Por que a pergunta? Zuiudo dá de ombros. E diz: porque nunca ficou muito claro na minha cabeça. A perseguição começou antes de Brasília, pelo que estou ouvindo. Sim, antes de Brasília. No início até dava certo charme ouvir o nome de nosso pai no noticiário da Educadora. Mas, depois que ele perdeu o emprego, tudo desandou.

* * *

Então fomos para Brasília. Na boleia de um caminhão de mudança. Lembro que Goiânia tinha crescido muito, recebendo em cheio o ricochete da capital. Depois de instalados no quarto dos fundos do barraco de Comadre Luiza, as coisas habituais: arrumar escola, me acostumar com as ruas, o comércio, as pessoas. Muito difícil. Pior ainda: muita gente sabia do que tinha acontecido em Uberlândia. Mas estava proibida de falar, para que não soubessem onde estávamos escondidos.

Logo de início, papai foi contratado como professor de Português no Imaculada Conceição. Um dia a Irmã Dulce exclamou: Rafael, ah, não me diga! Papai perguntou: o que, Irmã Dulce, o que você não quer que eu lhe diga? Não me diga que foi o senhor que criou aqueles problemas em Uberlândia! Deus me livre e guarde, disse Irmã Dulce, tenho de falar com a madre superiora.

A solução foi papai deixar a sala de aula e passar a guarda-noturno do colégio. Uma decepção e tanto. Papai entrou em depressão. Começou a falar sozinho. Uma noite eu vim da escola e fiz um desvio para falar com ele. Na guarita do colégio, nem sinal de papai. Fui averiguar na porta de entrada. Lá estava ele gesticulando e falando com alguém que eu não conseguia enxergar. Alguém sem rosto. Ele me olha e diz: *víti-ma sou da chacota. Todos zombam de mim. Por que, meu Deus, não me insultam morto, mas vivo? Estou só. Não me visitam os amigos. Vede que leis me golpeiam. Vivo em uma prisão-tumba, feita de paredes solitárias. Não me procureis entre os vivos nem entre os mortos. Nem vivo nem morto. Um dia, como o pássaro em cujo ventre vivo, alçarei voo sobre o cerrado e sobre todos imporei as minhas nuvens.*

* * *

Acordava sobressaltado. Eu procurava saber o que estava acontecendo. Ah, é você, filho? Sim, pai, sou eu. E logo ia dormir, para levantar cedo no dia seguinte. Onze horas de trabalho por dia, mais a escola até as 11 da noite, me deixavam moído.

Continuava ajuntando dinheiro, não mais para a viagem à Calábria, mas para levar papai ao médico. Mas estava dividido, pois queria também comprar uma passagem para visitar Uberlândia. Sei lá. As pessoas. Dona Sílvia. Será que foi mesmo para o Sul? E o que foi feito do Estádio das Toras? Tinha jeito não. Viagem, nem pensar. E tinha Brasília.

Em Brasília, gostava de passear na feira, perto da Torre da Televisão. Ver os *flamboyants* florindo no Eixo Monumental. Árvore que aprecia a vida. Não só gosta, mas leva todo mundo a apreciá-la. Incendeia o olhar de quem gosta e de quem não gosta. Quem passa perto de um *flamboyant* para, olha e entra para a religião do fogo. Tem uns que nem percebem. Eu percebo. Meu maior desejo era ter nascido *flamboyant*.

Agora, o que detestava: excesso de trabalho durante o dia e escola à noite. E olha que gramei pra conseguir vaga de desmontador, como eles diziam. O meu trabalho? Sempre com o maçarico. Parece simples demais. É simples, mas não demais: um trator. Ele tem pneus enormes. Eu e mais três temos de desmanchá-lo. Algumas peças são recuperadas. Outras, postas de lado para serem vendidas como ferro-velho. Esses tratores são agora inúteis. Desmanchado o primeiro, levam o esqueleto embora. E chega o segundo. Às vezes de dois tratores imprestáveis se constrói um terceiro, capaz de trabalhar bem durante meses ou anos.

Que nem agora. Desmancho dentro de minha cabeça todo um cerrado. Separo as partes. Aproveito alguma coisa. Manejo o maçarico. Vou separando meus irmãos, minha casa, a venda do Seu Valdemar, Seu Ângelo, Dona Sílvia, o cerrado, enfim. Às vezes tudo parece muito confuso. Muito misturado. Aparecendo uma peça ou uma pessoa de repente, no meio do que estou falando, tornando tudo confuso, até para mim. Pode ser que aproveite algumas partes. E com certas lembranças possa construir um motor novo. Assim, a vida.

De noite, ia para o Colégio Elefante Branco, recém-inaugurado. Impossível, anos depois, alguém como eu entrar em um colégio de tão boa qualidade. Mas entrei. Ficava na Asa Sul, o que já era todo um charme. Estudar e meu trabalho como mecânico faziam parte deste projeto de motor.

Mas uma coisa é certa: vista a distância, era uma vida dura. A máscara dupla protegia os olhos das faíscas do maçarico e o ouvido das batidas do motor hidráulico de 125 kN. Acho que é isso. Quilograma-força. Ou estou me confundindo? Era tudo muito novo, eu não estava acostumado. Como se até hoje eu ainda estivesse dentro daquela névoa.

26
O tigre na neblina

Esperava Zuiudo dentro do mar. Ele demorava. Mar azul, quase liso. Um pouco fria, a água. O curto verão não conseguira aquecê-la. Mas era uma água como nunca tinha visto antes. Certamente a água que meu pai reverenciava. Água do tempo sem nome. Por isso, mais do que nadar, eu cumpria um rito.

De vez em quando, vinha à tona e me erguia. Tentava chamar Zuiudo, mas não o enxergava. Eu parecia encantado e temia que um gesto qualquer pudesse quebrar o encantamento. E você fica ali, a ver navios, como aquele, ao longe, a caminho da Albânia ou de Corfu. De onde vêm? Da Sicília? Da Espanha? Vontade de acenar com um lenço branco, como mamãe fazia na estação de trem, quando papai partia em viagem de negócios.

Mas onde estava o Zuiudo? Por que não vinha? Então, me dei conta, minhas preocupações eram ecos distantes. Eu não o esperava ali, por ser o irmão que fazia tanto tempo eu não via, mas por reviver aquela imagem dele, criança, querendo sair conosco, os mais velhos, no mundo sem limites. Só que agora era diferente. Eu, o mais velho, tinha entrado no mar, e me inquietava por deixá-lo sozinho. Como se precisasse ainda protegê-lo. Ou ele me proteger. Irmãos, enfim.

Mergulhei novamente, me deslocando lento, para observar a areia do oceano. E depois dei longas braçadas, avançando sempre. *Mar, ó mar, dá-me tua cólera tremenda, eu passei a vida perdoando. Mas eu não queria,* como disse a poetisa Alfonsina Storni, pedir cólera ao mar e seguir adiante, avançando sempre como ela fez, para se matar.

Eu tinha de voltar. E, voltando, encontrei Zuiudo pensativo diante de um copo de cerveja. Eu sabia que dentro de mim o passado chegava em ondas, como se o mar tivesse enfim me ouvido. Ao olhar meu irmão, senti uma ponta de irritação devido à sua autossuficiência. Sempre com aquela pretensa elegância. Um calor forte e ele sempre com camisa de manga comprida. Assim mesmo me contive. E perguntei: preferiu ficar? Ele respondeu: gosto do mar, mas de longe. Até porque não sei nadar. E você sabe disso.

O bar era uma enorme lona de circo. Pedi um *prosecco* com Aperol, examinei sua cor âmbar contra a luz e dei o primeiro gole. Pouco antes, ao entrarmos, Zuiudo havia dito: não, essas tendas eu não monto, porque as nossas são mais sofisticadas. Acho que minha irritação vinha dessa maneira desdenhosa de ele se referir às coisas mais rústicas. E agora, lamurioso, não sei nadar.

A verdade é que Zuiudo e os outros, os mais novos, nasceram em uma época muito difícil. Não como os mais velhos, quando existia um lugar seguro onde morar. Com escola e médico. Mas, no longo período de desemprego de papai e também, quando empregado, na sua ausência, assistimos à lenta e inexorável desestruturação familiar. Não é à toa que Gabriel até hoje não sabe ler nem escrever. Mas nem por isso ele fica com esse ar infeliz, como Zuiudo. Ah, faça-me um favor!

Como se não bastasse a roupa imprópria. Como se ouvisse minhas perguntas, ele se mexeu na cadeira e olhou para o braço direito, para se certificar de que a manga da camisa vinha até o punho. E deu de ombros. Por que ele está dando de ombros? Isso me irrita!

Senti o álcool me entorpecer lentamente. Procurei me distrair, observando, na areia, sombrinhas e mais sombrinhas coloridas, como velas de barcos, esperando que soprasse a brisa para sair ao largo: Circe cantando para Ulisses. *Me empobreci, porque entender abruma/ me empobreci, porque entender sufoca.**

Disse ao Zuiudo: sempre me perguntei por que você teve a coragem de delatar o esconderijo de nosso pai. Ele me olhou com o ar de quem já esperava a observação. E, como esperasse, já tinha erguido suas defesas. E ele tinha uma: a de desconhecer a observação. As aletas do nariz, no entanto, tremeram imperceptivelmente. Ele ergueu o copo e disse: à nossa saúde! Enfureci. Um mar que se avoluma, mas cuja superfície ainda se mostra lisa.

Com muita calma, ele falou: eu nunca delatei ninguém. Até porque nem sabia onde estavam. Basta? Não, não basta, eu disse. Como, então, chegou com a polícia e tudo mais? Sua

---

* Alfonsina Storni.

voz tornou-se mais grave, mais incisiva, mais dura, de palavras marteladas: eu sabia quais eram suas intenções, quando me convidou para essa viagem. E eu vim. Porque eu também sabia o que eu mesmo queria, quando aceitei o convite. E agora, aqui estamos. Bonito esse mar, não é mesmo?

E, cortando o tom irônico, avançou a linha vermelha: vou te mostrar uma coisa, irmãozinho! Voz agora densa. Ergueu-se, para encorpar ainda mais as palavras com seu próprio corpo, dobrando devagar a manga da camisa. E, à medida que remangava, apareceu um braço cheio de cicatrizes, mas não só cicatrizes, um braço que parecia esmigalhado e recomposto ao mesmo tempo, torto no antebraço, como se trabalhado a maçarico. O garçom fez menção de intervir, mas a um sinal meu, parou, curioso, ouvindo frase que não entendia.

Meu irmão estava vermelho, mas também aos prantos. Desabotoou a camisa e mostrou as costas, dilaceradas pelas marcas de queimadura: isso tudo eu passei, quando eles chegaram e me prenderam. Queriam que eu contasse onde estava nosso irmãozinho e nosso pai. Eu não disse. Eu não contei. Por um motivo simples: eu não sabia. Quando me escaldaram as costas com água fervente, nem assim eu contei, simplesmente por não saber. Porque, se tivesse contado, não teriam me esmagado os braços com os coturnos. Nem me pendurado no pau de arara. E lembre-se, irmãozinho, eu era uma criança.

Engoli em seco, tomado de indecisão. Por fim, perguntei: como, pelo amor de Deus, eles souberam onde estávamos? Foi você mesmo, Zuiudo, não pode negar, quem entrou aquele dia no barraco, para dar passagem aos assassinos. Envergonha-se do que fez?

Ele de novo martelou as palavras: eu não sabia onde vocês estavam. Se soubesse, teria contado. Mas não contei. Tentei de novo: mas Zuiudo, você passou pela porta! Explica: como? O motivo é muito simples, respondeu. Eles já sabiam onde vocês estavam. E me levaram junto, porque não sabiam o que podia acontecer.

Eu ri. Essa é boa. Eu, de 15 anos, iria reagir! Zuiudo manteve-se inquebrantável: não, eles não tinham medo de você. Mas eles sabiam que a invasão que houve no Sara Kubitschek 2 ainda não tinha acabado. Todo mundo atento. Medo de serem expulsos. Os paus-mandados do delegado Pompílio queriam invadir a casa, sem despertar a atenção dos invasores. Eu também me perguntei o tempo todo como eles tinham descoberto o endereço. Hoje, eu sei. Porque meu irmãozinho, querendo que mamãezinha se reconciliasse com nosso papaizinho, insistiu para que ela fosse lhe fazer uma visita em Brasília. E ela, boba, foi. Uma, duas vezes, três vezes. Sem pensar que a polícia estava de olho. Que os homens do delegado Pompílio tinham agora o mapa da mina. E pronto: agarraram a isca, eu abri a porta e ao te ver, irmãozinho, voltei, achando que assim vocês teriam a oportunidade de fugir.

Papai não podia fugir, eu disse, ele estava doente. Zuiudo ergueu-se. Isso não vem ao caso, irmãozinho. Não estamos discutindo se tinham ou não condições de escapar. Estamos discutindo se eu dei alguma vez com a língua nos dentes. E isso eu nunca fiz. E você, que confundia ser bom com ser ingênuo, trouxe os meganhas para dentro de casa, causando a morte de papai. E eu te digo — falou, agora já baixando novamente a manga da camisa sobre as cicatrizes —, nunca, mas nunca mesmo, achei que meu irmãozinho tivesse culpa. Porque você tinha apenas 15 anos. Como eu poderia te acusar de alguma coisa, irmãozinho? Se tivesse de te acusar, seria por te julgar uma pessoa muito boa. E bondade em excesso dá no que dá.

Eu não tinha resposta. Como poderia lhe responder, nessas circunstâncias? Mas, antes de me levantar, disse: se é assim, se eles já sabiam onde estávamos, por que te torturaram? Ele respondeu: e eu vou saber? Desde quando os torturadores precisam de uma justificativa para praticar tortura? Sabia que o nosso país de merda é onde mais se tortura em todo o mundo, e geralmente sem motivo?

Desgostoso, estalei a língua contra os dentes e fui para a beira do mar. E ali fiquei não sei quanto tempo. Uma hora? Duas horas? O azul do mar de meu pai à minha frente, perene no seu esquecimento. Uma leve brisa começou a soprar e logo as cristas das marolas cintilaram. O vendedor ambulante afastou-se, erguendo nos ombros a estrutura metálica onde se penduravam os cabides de roupas. Aquela viagem já estava durando muito. Eu tinha ainda de subir até Duisburg, para devolver o carro ao Senhor Engelbert, e de lá a Londres, para me despedir de meus filhos e tomar o avião de volta ao Brasil. Vovó morrera havia alguns meses e me deixara parte de seus bens. Eu não queria saber de nada. Bastava a lembrança que eu tinha daquele tempo, principalmente a viagem a Brasília. Mas, percebia agora, essa renúncia só surtiria efeito caso a fizesse formalmente. Por isso devia ir a Uberlândia. E sabia muito bem o quanto esse lugar me despertava sentimentos contraditórios.

Quando retornei, Zuiudo não estava mais. Decidi ir para o carro. Ele que me procurasse. E não me importava se tivesse dificuldades de me encontrar. Acontece que até o carro havia bem uns setecentos metros. Duas possibilidades. Ir a pé, sob o sol escaldante, ou pegar um táxi. Preferi uma terceira, subindo numa dessas charretes de passeio de turista. O dono da charrete perguntou: para o Centro?

Era bonita, a charrete. Vermelha. Bem vermelha. Freio com pedal, molejo duplo, banco com encosto almofadado, dois estribos, bagageiro dianteiro e traseiro, dois para-lamas e capota preta. Capacidade para três lugares. Antes de entrar, pude ver o aro raiado da roda. Frisos vermelhos. E os cascos soando no asfalto. Quis entabular conversa, mas o homem, muito sisudo, respondeu com o estalo do chicote.

O cansaço, a intensidade das emoções e o balanço da charrete me fizeram dormitar. No outro dia cedo devia subir novamente, deixando Zuiudo em Salerno. Um bom pedaço, ainda, pela frente! E algo que o dono da charrete gritou aos cavalos me lembrou a conversa dos charretistas na venda de Seu Valdemar. Tudo parecia um sonho dentro de um sonho, em que eu vivia.

E me lembrei, então, da história do sonho dentro do sonho, de Zhuangzi. Borboleta? Zhuangzi? Segundo o guru Gaudapada, do século 9, o estado de vigília é irreal porque negado pelo estado de sonho. Tudo bem. O sonho também é irreal, porque anulado pelo estado de vigília. Dentro da afirmação de Zhuangzi, diz Guadapada, está implícito que ao acordarmos nos damos conta de que o mundo dentro do sonho é irreal. E, ao sonharmos, nos damos conta de que o mundo fora do sonho é irreal.

Como resolver esse problema? Ele conclui que, sendo as duas experiências irreais, há necessidade de uma consciência neutra, situada na parte externa do sonho e da vigília, **para** fazer um julgamento isento.

Pensando bem, devia ser assim que sentiam os donos de charretes quando a economia cartesiana transformou a Uberlândia dos anos 1950. No fim, resignaram-se, trabalhando para turistas. Tive, porém, de interromper meus pensamentos, **pois** avistei o nosso carro e dentro dele Zuiudo, que me esperava.

* * *

O clima foi se distendendo. Ainda ruminávamos tudo o **que** tinha sido dito. De fato, tinha sido ingênuo, com essa mania intempestiva de defender o bem, porque aquilo que tinha **como** bem só produzia caos. Para Sêneca, justifica-se o mal sobre **a** terra porque ele pode ser uma fonte de prazer. Nessa linha, eu, que acreditava estar sendo do bem, armava o palco para o mal se apresentar com suas máscaras venezianas. Eu havia transformado o bem em mal e o oferecera em espetáculo. O mal, sim, podia ser sublime. E o bem? Que dormisse na soleira das portas, até o advento de outro São Francisco.

* * *

Deixamos passar uma entrada da autoestrada e, em vez de seguirmos para o norte, descobrimos que estávamos indo na direção de Reggio Calabria, ali mais adiante, de frente para o Estreito da Sicília. A voz do navegador mais uma vez ficou histérica, retorne logo que puder. Olhamo-nos e rimos. Bati-lhe na perna. Tudo bem aí, cara? Ele riu. E respondeu: nunca estive melhor.

O que posso dizer mais? Que os 220 quilômetros até Salerno foram tranquilos. Zuiudo estava bem-vestido, com calça preta e sapato social. No encosto do banco traseiro, paletó e gravata, esperando o momento de serem vestidos em Salerno, para a cerimônia de formatura de sua filha. Ele disse: uma criança como essa... Perguntei: criança? Que criança? Minha filha, estou falando de minha filha. Uma criança como essa se forma na faculdade e recebe o grau de *dotoressa* ou doutora. Estranho, não? O que essas crianças conhecem da vida? Fico apavorado com isso.

Contei que em dois dias encontraria meus filhos em Londres e que conservávamos sempre uma imagem deles de muito tempo atrás, quando eram pequenos e vulneráveis. E isso era uma prova de que estávamos envelhecendo muito depressa. Vulneráveis agora éramos nós. Ele falou sobre seus planos, dizendo que logo que a outra filha também se graduasse daria outro rumo à vida, mas que não sabia qual ainda. Quando o deixei frente à Faculdade de Direito de Salerno, parecia um náufrago que finalmente chega à praia depois de muito tempo perdido no mar.

Perto de Nápoles, o desejo de ver surgir *a lua em Marechiaro e ver que até os peixes faziam amor, "acorda, Carolina, veja como a brisa é doce"*, como na canção napolitana que papai cantava. Mas desisti. Teria de enfrentar mais uma vez o lixo acumulado nas ruas e praças, os choques entre a polícia e manifestantes e o fedor do que eu queria deixar para trás. Santo Agostinho diz ser próprio do homem nascer entre sangue e fezes. Eu acrescentaria: espiritualmente, no meio do lixo.

27

Dia de matar o cão

A morte do Tavinho me entristecera. Eu sabia o quanto Seu Valdemar gostava do filho. Mas ali, quase no meio do mato, era muito difícil para ele aguentar sozinho tanto sofrimento. Ninguém para ajudar. E o mundo de Tavinho era uma rede de carreiros, todos eles enleados com o seu cérebro. Era ali que se instalavam as formigas que governavam o mundo. Por isso, quando Seu Valdemar passara segurando um travesseiro pelo corredor, não tinha dito nada. Apenas correra ao cômodo com Tavinho morto.

Devia dizer? Sei não. Minha imagem aquele dia no espelho mostrava o quanto era fácil embaralhar a existência. De tanto pensar nisso, acho que me debilitei. Perdi gosto de trabalhar para o Seu Valdemar. As dificuldades de papai também me incomodavam. Quando viveria em paz? Nessa época, dei de achar que Deus não existia e que, se existisse, era feito de pura ruindade. Penso assim até hoje.

Minha situação piorou quando reapareceram os enguiços. Pelo menos foi assim que disse o médico. Achava que estava curado, e neca. Estava não. Fui mais uma vez para a casa da Vó Arzelina, acho que na última semana de junho. Fazia frio e as rajadas de vento na janela me deixavam inquieto. Acordei de madrugada. As vozes que chegavam de fora eram as mesmas e a conversa também se repetia.

Comecei a me confundir, pois dentro da história eu não achava um encaixe para Ciccio e Salma. Além do mais, o corredor que dava para a sala dentro da casa de Vovó Arzelina mudava continuamente. Agora era o corredor da minha escola e não o da casa de minha vó. O que eu podia fazer? Mudava assim, sem explicação. A sala da frente estava aberta. Esquisito! Dona Ada nunca deixava a porta aberta!

De novo a conversa. O Salma e o Ciccio. Só então me dei conta de que estavam se cheirando, como fazem os cachorros que se interessam um pelo outro. Um cheira daqui, outro cheira dali. Assim se reconhecem. Desguiei. Eles ficaram nervosos, porque estavam na sala da diretora da escola, Dona Ada. E talvez não apreciassem serem vistos em cheia-cheira compulsivo.

Justo nessa hora tudo muda de novo. Eu passava pelo corredor da casa da vovó. Em vez de sair, eu entrava. Só que os cachorros repetidos estavam no sofá da antiga sala de costura da Tia Maria, fazendo tricô. Os dois com toucas coloridas. Avancei alguns passos. O Salma e o Ciccio rosnaram para a porta. Assim, só mostrando os dentes e as gengivas vermelhas, mas sem abrir a boca. O Salma falou: pode ir porque estamos terminando. Só falta dar um avesso do ponto de meia, um ponto de meia enviesado e um ponto de meia retorcido. E o

Ciccio disse: eu demoro mais um pouco. Me falta um ponto de argolinhas, um ponto vazado e um ponto de furinhos. Não é, Chamego? Ele chamava o Salma de Chamego. Sim, Ciccio, se quer assim, para mim está bem.

Como eles tinham entrado? Por que Ciccio usava os óculos da Tia Maria? Os dois continuaram a falar, mas as palavras haviam perdido a densidade sonora. Sem densidade, viravam bolinhas de sabão. Pof! Como eu estivesse distraído com os estouros das bolinhas, Salma aproveitou e pulou. Não vou negar, senti medo. Quis gritar novamente, mas as bolinhas translúcidas das palavras ficaram ainda mais agitadas.

Eu já tinha visto fotografias de esquilos raivosos, mas de cão dentro da escola, sentado em sala de costura ou navegando dentro de bolhas, nunca. Engasguei, sem ter o que dizer, pois as bolhas poderiam se multiplicar ainda mais. Salma veio por cima e ouvi o primeiro estampido. O tiro de vovó o interrompeu em pleno voo. Caiu no chão. Só então percebi que o tiro tinha saído da carabina de Vô Giacomo. Ciccio largou seu tricô e fugiu pelo corredor. Vovó foi atrás.

Passei por cima do Salma e fui ver o que estava acontecendo, depois de ouvir um barulho muito grande. Acho que Ciccio tinha pego vovó de tocaia. Salma rosnava, com outro xale, o que tinha tricotado. Tentei pegar a espingarda no chão mas ele me jogou contra a parede. Ainda tive tempo de pensar: mas ele já estava morto! Como ressuscitou? Abri os olhos. Não tinha mais Salma. Só o Ciccio mais lá na frente, arrastando vovó pela perna. Entraram na cozinha.

Me recuperei e fui atrás. Onde estou mesmo? Sempre faço essa pergunta quando quero saber onde estou. Não era no brejo, perto da casa do Seu Elpídio, nem na ponte do corguinho, nem no corredor de minha escola, mas na casa de Vó Arzelina. Atravessei a cozinha e desci os degraus para o pátio. A parreira estava bonita. Debaixo dela Tio Sebastião tinha num dia de chuva dançado com Tia Terezinha. Mas agora havia um rastro de sangue. Vovó gritava. Vocês vão perguntar: e por que esperou para atacar? Eu respondo: não ataquei porque ainda estava zonzo. Tudo embaralhado. E pensei assim: Ciccio vai acabar perdendo essa touca, se continuar assim, segurando a perna da vovó!

Aí continuei: preciso dar um jeito. Se é vida ou é sonho, penso depois. Fiz uma banda em volta da cabeça e fui de novo atrás. Já tinham passado o pé de cajá-manga. Lá estavam os dois, Ciccio e vovó. Ciccio ficou sem graça quando me viu. E disse, amedrontado: faz isso não, por favor! Preferi não escutar. Puxei o gatilho. Ouvi o estrondo. A parede atrás ficou cheia de sangue, lambiscada de cérebro. Bem do jeito que eu pensava que deveria ser. Mas, quando abaixei para examinar o corpo, só tinha sobrado uma maçaroca, um emaranhado de fios de lã, como se um gato tivesse desfeito o novelo da inexistência do Ciccio. Vovó estava bem. Só a mordida na perna, que demorou a cicatrizar.

28

E, de repente, uma imensa paz

Dizem que herança é um presente contraditório que os mortos fazem aos vivos. Contraditório por ser incorreto chamar alguém de herdeiro quando o indivíduo que poderá conceder a herança ainda está vivo. Só os mortos concedem herança. Por outro lado, é um presente cheio de armadilhas. A herança pode ser em posses, mas também em dívidas e obrigações.

Quando são posses, o que poderia trazer alegria pode significar conflito, ressentimento e até mesmo a morte. Quantas famílias se esfacelam depois da chamada "passagem" de um patriarca que deixa uma imensa fortuna? Viúva, filhos e filhas jogam-se ao coxo para abocanhar a maior porção do farelo, e os cuinchos espalham-se pela pocilga familiar. Tudo isso por desentendimentos, mágoas, mas também por antigos costumes.

Nos países árabes, geralmente os filhos homens recebem o dobro do que as filhas mulheres. Já o filho mais velho de um judeu em Israel tem direito ao dobro do que o filho mais novo. Um *mosuo*, em Lijiang, no sudoeste da China, me disse que em sua etnia a sucessão é matrilinear e as mulheres é que herdam as posses.

Eu pensava nesses estranhos presentes oferecidos pelos mortos depois de receber novamente uma mensagem pela internet para resolver de uma vez por todas o espólio de minha Vó Arzelina. No fim, encontrei uma solução: aproveitaria minha viagem de renúncia à parte na casa de vovó na Avenida João Pessoa para andar a pé pela cidade onde eu tinha morado meio século antes. Assim gosto: andar sem rumo, em companhia de vivos e de mortos.

Avisei com antecedência, para não perder tempo com obrigações formais de renúncia. Foi então que, lendo o testamento de vovó, feito com sua letra tremida e sem ter passado por qualquer instância judicial, fiquei sabendo, entre outras coisas, que ela me legava parte da casa onde morava e também uma moto BMW, ano 1955, dois carburadores, 5.800 rpm, *sidecar*, tanque com capacidade de 17 litros, cada litro significando 25 quilômetros rodados. Foi então que disse: existe aqui um problema. Meus tios ficaram lívidos. Depois de tanta espera, problemas. Renuncio a tudo, menos à moto. Eles mostraram alívio. Onde ela está? Meu tio deu de ombros: no depósito, na casinha dos fundos.

No dia seguinte, lá estava eu, pondo em dia a BMW. Fazia isso com carinho. Desmontava, polia, remontava, substituía algumas peças, polia de novo e ela retomava aos poucos a beleza de outrora. Quando me cansava, andava por aquela cidade que eu desconhecia. A estação ferroviária? Minha nossa!

Está do outro lado da cidade, no Jiló! Ocê não é daqui? O Liceu de Uberlândia? A Casa das Linhas? Icha, mas isso foi há muito tempo!

Numa tarde, avistei um portão com um pátio cheio de plantas e de árvores, o conjunto formando um jardim japonês. De novo a imagem do Armazém Tóquio, com Seu Japonês e Dona Japonesa me explicando, sem o dizer, que Tóquio era uma cidade mais desenvolvida do que Uberlândia. Fui até o portão, examinei o jardim, detendo-me nas rochas semeadas entre as pequenas árvores. Quando um menino apareceu no pátio, abandonei meu posto de observação.

Voltei então para terminar a revisão da moto. Logo depois a pus do lado de fora, para tomar sol. Equilibrava-a sobre o apoio quando parou um carro preto, marca japonesa, e dele saiu um senhor que disse chamar-se Uóchinton. Cumprimentou-me e disse ser advogado. Propunha um processo contra a União, para ganhar um bom dinheiro.

Pego de surpresa, perguntei por que tomaria tal decisão. Ele riu: seu pai foi morto pela ditadura. Agora pode ter um lucro razoável. Respondi: nunca pensei nisso, Uóchinton. Por que não esquece esse processo e fala um pouco sobre você? Ele respondeu que era um simples advogado: entre outras coisas, quero justiça por tudo o que aconteceu. Perguntei: o que você sofreu, Uóchinton? Icha, muita coisa. Perdi muitos amigos, sabia? Eu sei, Uóchinton. E até te dou razão. Mas não quero esse processo.

Pouco depois ele voltou à carga, agora exaltado: não acredita na justiça? Zombo de sua pergunta: como é que você descobriu que eu não acredito na justiça? Claro, Uóchinton, não acredito na justiça. Acredito em poucas coisas e entre essas poucas coisas não está essa justiça de que estamos falando. Ele quis saber como eu fazia para viver. Procuro viver observando alguns princípios. Quer um exemplo? Sendo íntegro. Já quebrei muitas vezes a cabeça na vida, por causa do que acredito. E, como não tenho uma religião que me traga vantagens na vida eterna e acredito na vida aqui e agora, tenho de ter princípios; senão, qual seria minha razão de viver?

Substituí Deus por princípios. Vejo a cena do mundo e me recolho, acreditando no que acredito, e assim tenho forças para continuar assistindo ao espetáculo. Não, Uóchinton, não quero abrir nenhum processo pessoal pelos excessos da ditadura. Existe alguma ditadura que em si mesma não seja excesso? Nesse caso, todos temos direito a indenizações milionárias. Pelo jeito, tentou ele mais uma vez, não é a favor das indenizações aos que sofreram tanto. Sou a favor de indenização, mas não a favor da corrida dos sempre os mesmos ao pote de ouro administrado por sempre os mesmos. Me dá repulsa.

Ele parece desanimar: você ficou difícil, hein? Mas eu sabia que ia encontrar uma pessoa difícil. E gosto de casos difíceis. Quanto aos princípios de que fala... Eu disse: meus princípios não se reduzem a processar ou não o Governo. Aliás, são muito menos pomposos. Meus princípios exigem coisas menos importantes. Como entrar com uma ação dentro de meu próprio tribunal para ser bom. Para me mandar uma advertência quando fraquejo e acho que o mal sempre vence. Quando não vivo conforme a justiça fora dos tribunais. Não a de execuções sumárias. Não, nada disso. O palco é bem menor. Menos iluminado. No meu palco, só eu assisto à minha defesa. E só eu exijo procedimentos e prestações de contas. E não pense que se trata de um tribunal obscuro. Soturno. Crispado. Não. Nele o sol entra pela janela da frente e as pessoas não se calam quando chega o juiz. No mais das vezes, é um tribunal alegre, aberto, iluminado, cheio de movimentos e de cores. Porque aprendi a exigir, mas também a ser tolerante. Ser severo e amoroso. Está aí, Uóchinton, um adjetivo em falta no mercado das palavras do cotidiano: amoroso.

Era isso: um reencontro de dois moleques, mais de 50 anos depois. Ele estava mudado. Só podia! Um ventre advocatício proeminente, cabelos brancos nas têmporas, mas o mesmo olhar de águia, hein, Uóchinton! Quer dizer que se especializou em ações políticas contra a União? E dá dinheiro? Não posso me queixar, respondeu. Mas faço isso também por princípio. Você tem os seus, eu tenho os meus, e estamos quites. Vocês saem, vão embora e, quando voltam, acham que têm o monopólio da moral.

Uóchinton, você está querendo que eu aprove um processo contra o Estado, pela morte de meu pai. E, para isso, vai provar que papai sofreu uma injustiça muito grande por ser de esquerda perseguido por esbirros pouco antes do golpe militar de 1964. Pois bem, sabia que meu pai era um grande admirador de Mussolini? Ele pareceu surpreso: quem inventou essa besteira? Disse: naquele ano e meio que moramos na periferia de Brasília, conversamos muito. Ele já estava muito doente. Perguntei-lhe, brincando, se o país tinha conserto e, caso tivesse, qual. Ele falou que o remédio era a ordem. E disse que a ditadura estava sendo incapaz de trazer a ordem e o desenvolvimento prometidos. Então perguntei: e na Itália, pai, quem mais admira? Ele nem pensou muito: Mussolini. Mussolini foi um dos maiores estadistas que o mundo conheceu. E você, Uóchinton, quer entrar agora na justiça para provar que papai morreu por ser de esquerda? Pode processar o Estado por ele ter sido perseguido e assassinado. Ponto. Não entra aqui tendência de esquerda ou de direita.

Após alguns instantes calado, recuperou a voz: não sabia que Seu Rafael admirava Mussolini, mas isso não vem ao nosso caso. Ele morreu, não morreu? Ele teve uma discussão inesquecível com aquele delegado, não é verdade? Procurei acalmá-lo: sim, é verdade. Acho que você também tem razão, Uóchinton. Pensei muito nesse assunto. Quer dizer, nem tanto, logo concluí que não valia a pena. Além disso, já expirou o prazo para processar a União. Deixa de mão. Não me interessa.

Escuta bem, disse Uóchinton, tem gente no Rio e em São Paulo levando uma nota preta. Grana demais! Podemos te pôr também no processo. Aliás, é por isso que estou aqui. Na época você trabalhava, não trabalhava? Aquiesci: trabalhava. Claro, cara. Basta fazer os cálculos, multiplicando tudo o que deixou de ganhar durante tanto tempo, por motivos políticos, já que seu pai e você perderam o emprego. Reagi: meu pai perdeu o emprego por motivos políticos. Eu, não! Claro que foi. Eu me lembro que a vila inteira falava na injustiça que tinha acontecido. Uóchinton, eu perdi meu emprego por outros motivos. Se me permite, vamos conversar outra coisa. Sobre o cerrado, por exemplo. Sobre os camponeses do Araguaia mortos pela Aeronáutica e que nada tinham com a guerrilha. Fugindo dos aviões que lançavam *napalm*. Uóchinton fez uma pausa e respondeu: ninguém sabe para onde foram os sobreviventes.

É deles que estou falando, Uóchinton. Por que a justiça só acontece onde existe eletricidade? Ele contra-argumentou: Por que esse frege todo por um caboclo qualquer? Uóchinton, essas foram as palavras do Delegado Pompílio, no Estádio das Toras, em outubro de 1961. Tento então pela última vez: 20%. Não entendi. O que tem 20%? Não precisa fazer nada. Confia em mim e assina um papel. Que papel? Uma procuração para abrir o processo. Seu pai ganha aí uns dois milhões. Você, mais conhecido, ganha uns quatro milhões.

Perguntei: se não podem achar os humilhados do Araguaia, porque não procuram os humilhados de São Paulo e Rio? Por que não entra na justiça por eles? Não entendeu: quais? Os que não eram e não são os mesmos. O Manoel Filho, por exemplo. Que Manoel Filho? De Uberlândia? Não, Uóchinton. Acha ainda que aqui é o centro do mundo? Manoel Filho foi o primeiro metalúrgico morto nos porões da ditadura. O primeiro da safra. A mulher foi indenizada com um salário mínimo, mil vezes menos que esses milhões de que você fala. Ele fez descaso: mas esse Manoel é um ilustre desconhecido. Estou falando dos que lutaram pelo bem do Brasil, enfrentando a ditadura. Nesse momento, pensei no João Relojoeiro, mas claramente não seria um bom argumento. E disse: Manoel Filho não morreu pelo bem do Brasil... Mas o que é o bem do Brasil, cara-pálida? Ele apenas não faz parte dos sempre os mesmos. Ele disse, preocupado: não fica nervoso! Aquiesci: sim, estou nervoso. Certas coisas me deixam nervoso. Uóchinton explicou: esse Manoel Filho não tem apelo público. Não dá mídia, em resumo. E os juízes em geral só julgam bem os que são de bem e de bens. E, quanto a isso, não podemos discutir, as regras estão na lei. Rebati: porque também a lei foi feita por sempre os mesmos. Dessa vez Uóchinton não respondeu.

Eu queria pô-lo porta afora, mas ao mesmo tempo estava curioso para saber como funcionava a lógica da vantagem. E lhe pedi explicações sobre os 20% de que ele tinha falado. Simples, disse, muito simples. Do total da indenização, por exemplo, quatro milhões, você fica com três milhões e pouco e me passa 800 mil, ou 20% do total. Eu fico com 400 mil e, como seu caso já está fora do prazo, tenho um juiz por aí que leva outros 400 mil, porque ele tem de conseguir uma brecha legal para dar a sentença. Brecha é sempre complicada. Acredita em mim. Nada a ver com corrupção. Apenas brecha legal, está ouvindo? Legal. Será um bom investimento. Você investe no passado e amacia o futuro.

Tenho uma última proposta, Uóchinton: aceito entrar nessa ação. Seus olhos brilharam. Faço isso porque somos velhos amigos. Mas tem uma coisa: precisa incluir na ação o João Relojoeiro. Não entendi. O que tem a ver o João Relojoeiro? O João Relojoeiro morreu sob tortura. A família dele tem o direito à indenização digna e não ninharia. Quatro milhões para a viúva e pensão vitalícia. Claro, antes você tira seus 20%. E estamos conversados. Se não aceita, conversamos outra hora, porque tenho ainda algumas coisas para resolver.

Ah, pode não! Como não pode, Uóchinton? E prossegui: o caso do João Relojoeiro é mais fácil de provar. Está tudo registrado no Centro de Documentação em Pesquisa e História, da Universidade Federal de Uberlândia. Do dia em que foi preso, no começo de agosto de 56, a sua morte em 2 de setembro. Inclusive dados sobre o julgamento artificioso, em que os condenados passaram uns dias presos e foram mandados com diplomas de honra ao mérito. Só isso. Você e seu juiz que calibra sentença encontram essa famosa brecha e reabrem o processo. Tem até o nome do juiz que fechou os olhos quando o João Relojoeiro foi retirado da cadeia, para ser torturado na Fazenda Água Limpa. Fácil, fácil!

Mas não pode. Por que não pode? Uóchinton disse: João Relojoeiro não é uma morte política. Ele é um caso isolado. Não gostei do que ele falou: a tortura no Brasil é um caso isolado, Uóchinton? Tortura sem causa vale menos do que tortura com causa. O que é causa, cara-pálida?! E, falando em cara-pálida, me lembrei: coloca na conta também a matança de 8 mil índios. Que matança de índios? Ora, os que até 1967 habitavam a região entre Manaus, no Amazonas, e Caracaraí, em Roraima. Mais de 8 mil foram mortos pelos garimpeiros, desmatadores e pelas Forças Armadas. E por quê? Atravancavam o caminho. Ou não sabia que os garimpeiros e os militares estavam por trás da matança coordenada de índios? As aldeias prejudicavam o bom andamento da segurança nacional. Não sabia? Ele deu de ombros: vamos deixar a indiada de fora da conversa. E, falando em gente normal, o João Relojoeiro não vale. Por quê? Prescreveu. A lei criada no Brasil contra as vítimas da ditadura estabelece muito claramente quem pode se beneficiar ou não. E não é o caso do João Relojoeiro. Fiz ar de surpresa: ah, o problema está na lei. Mas, Uóchinton, tortura é um crime imprescritível, porque contra os direitos humanos. E a cada momento alguém está sendo torturado ou morto no porão de uma delegacia. Mas essas mortes não valem. Mortos sem causa.

Ele disse: você está tornando as coisas muito difíceis. Talvez eu tenha me enganado. Me diz uma coisa: você é contra esses dois que ganharam recentemente uma bolada? Esses dois? Quais, Uóchinton? Está com vergonha de falar o nome desses dois? Isso me surpreende. Não sou contra, Uóchinton, mesmo que não saiba a que dois se refere. Eu não sei o que os fez decidir pela ação. Não os conheço. Simplesmente não conheço a mecânica da decisão. Só percebo um abismo entre os que levam, com pompas e holofotes, enquanto outros que pagaram com a própria vida são esquecidos. Não, sua proposta foi condenada sem apelação. Conheço bem todas as circunstâncias.

Ele pareceu resignado. Se você quer assim... Tenho de querer, não é, Uóchinton? Nossas perspectivas são diferentes, vê-se logo. Você, por exemplo, segue a sua. Desde aquele tempo. Pensei dia desses naquele lobo que encontramos no cerrado. Você logo achou um jeito de ganhar dinheiro, cobrando ingresso de quem quisesse assistir à humilhação de Dona Sílvia. Ele riu: não me lembro dessa cena, cara. Parece que você vive em outro mundo.

Devia se lembrar. Claro, devia se lembrar. Mas repentinamente mudei de assunto. Faço assim, de vez em quando. Para não ficar muito crispado. Ou nervoso, como disse Uóchinton. E os outros? O que aconteceu com os outros? Ele apreciou a mudança de assunto. Os outros? Espalhados por aí. Cesinha, o filho do Nego Juvêncio, tem uma borracharia na saída para Goiânia. Seu Valdemar, você sabe, não aguentou mais, principalmente depois da morte do Tavinho. Muito difícil para ele. Sabia que o Tavinho batia no Seu Valdemar? Um dia, Tavinho apareceu morto. Infarto, acho. Não sei onde anda Seu Valdemar.

Fiquei paralisado. Seu Valdemar era muito bom, pensei. De fato, na venda, ele aparecia machucado. Uns vergões na testa. O braço lanhado. Dava umas explicações que não me convenciam. Que tinha caído da cama, por exemplo. E aquele medo que sentia toda vez que o Tavinho grunhia. E de repente me pergunto: por que ele arrastava um travesseiro pelo corredor naquele dia? Me dei conta de que, com o tempo, em vez de saber mais, sabia menos. Perdia certezas. Sabia cada vez mais que sabia menos.

E a Lena? A Lena, respondeu, a Lena você não soube? Muito complicado, ele disse, pensativo. E o que tem de complicado? As duas, aquelas, mataram o velho com formicida. Verdade?, perguntei como se não soubesse. Deram formicida para ele. Dona Sirlei ainda está presa? Que nada. Descobriram que Seu Evandro era também pai dela. Teve três filhos e abortou outros quatro. Vítima de abusos sexuais do próprio pai, Seu Evandro. O júri popular acatou a tese de "inexigibilidade de conduta diversa". O que é isso? Ela foi coagida desde a infância e matou Seu Evandro porque não tinha saída. Já a Lena... nossa centroavante, a Lena foi morar em São Paulo. Não tive mais notícia dela.

Uóchinton mudou de assunto: soube da sua vó. Que pena, rapaz! Todo mundo esperava que viesse para o enterro. Mas cada um tem suas razões. Eu disse: esta é a primeira vez que venho aqui. Mas, durante todo esse tempo, vovó sempre me escreveu. De início, caneta e papel. Depois, internet. Ela me mandava *e-mails*, a velha, aos 98 anos. Uma vida e mais um pouco. De repente, as mensagens foram interrompidas. Não tinha a quem perguntar por ela. Não iria de repente pedir um favor a ninguém. Por isso, soube com atraso que não conseguiu se levantar certa manhã. Preciso morrer bem, como ela disse uma vez, mas nem sempre é possível, não é mesmo?

A conversa parecia esgotar-se, mas Aline me veio de raspão: sim, Aline! Uóchinton ficou pensativo: Aline? Não me lembro de nenhuma Aline. A Aline, Uóchinton, filha do Seu Altino. Ah, a Aline. Acho que foi para o Rio. Tem hoje uma butique, na Lagoa. Vou te fazer uma pergunta, Uóchinton, vê se me responde: o que é bom para pica dura de marimbondo? Picadura de marimbondo? Álcool. Gelo. Sei lá... Que pergunta mais estranha! Não, Uóchinton, não é isso. Pra pica dura de marimbondo, o melhor é boceta de abelha. Uóchinton fechou a cara e não disse nada, e levantou-se, ainda tinha um negócio urgente para fazer.

Na saída, ele bateu os olhos na moto e foi examiná-la. Depois, ergueu-se e caminhou depressa para o carro. Eu, pelo meu lado, tinha ainda algo urgente a resolver. Por isso, subi na moto, dei partida e saí na direção do corguinho canalizado, do setor de indústrias que era uma cidade dentro da cidade, ali, dinâmico, com modernos *call-centers*, Souza Cruz, cervejarias, unidades agroindustriais, e me disse: pelo menos, logo mais adiante, existe um lugar agradável. Melhor não tivesse dito: a Lagoa do Vittorio tinha sido drenada. Era pequena, cabia na minha mão. O leito seco. Um pé de magnólia. Uma nuvem branca no céu. E, em mim, uma imensa paz.

29
Epílogo

Dia desses recebo uma carta de Tia Maria. Ela diz que ficou muito preocupada quando leu esta história, antes da publicação, e esperava que a correção pudesse ser feita em tempo. Faço um recorte do que ela escreveu:

Fiquei preocupada, porque tem um erro grave na sua história, quando você pergunta se Pavel devia matar Strelnikov. Não, não devia matar Strelnikov. Nem poderia. Você está fazendo uma grande confusão. Pavel é do Dostoieski, do livro que te emprestei, Humilhados e Ofendidos. *E ele não pode matar Strelnikov porque Strelnikov é do Boris Pasternak, do livro* Dr. Jivago, *que eu nunca te emprestei. O Pavel nunca poderia sair de* Humilhados e Ofendidos *e entrar em* Dr. Jivago, *assim, sem mais nem menos, e assassinar quem quer que seja. O nome certo não seria Raskolnikoff?*

Sua Tia Maria

Este livro foi composto na tipologia Adobe
Garamond Pro, em corpo 11,5/16, e impresso em
papel off-white no Sistema Cameron da
Divisão Gráfica da Distribuidora Record.